古典文獻研究輯刊

二 編

曾永義 主編

第 10 冊

東坡詩文思想之研究（下）

李慕如 著

國家圖書館出版品預行編目資料

東坡詩文思想之研究（下）／李慕如 著 ― 初版 ― 新北市：
花木蘭文化出版社，2011〔民 100〕
目 8+214 面：19×26 公分
（古典文學研究輯刊 二編：第 10 冊）
ISBN：978-986-254-497-6（精裝）
1.（宋）蘇軾 2.傳記 3.學術思想 4.宋代文學
820.8   100000959

ISBN-978-986-254-497-6

古典文學研究輯刊
二 編 第 十 冊   ISBN：978-986-254-497-6

東坡詩文思想之研究（下）

作　　者　李慕如
主　　編　曾永義
總 編 輯　杜潔祥
出　　版　花木蘭文化出版社
發 行 所　花木蘭文化出版社
發 行 人　高小娟
聯絡地址　新北市永和區中正路五九五號七樓之三
　　　　　電話：02-2923-1455／傳眞：02-2923-1452
網　　址　http://www.huamulan.tw 信箱 sut81518@ms59.hinet.net
印　　刷　普羅文化出版廣告事業
初　　版　2011 年 3 月
定　　價　二編 30 冊（精裝）新台幣 48,000 元

東坡詩文思想之研究（下）

李慕如　著

目

次

第七章　東坡詩文中之生活藝術思想

第一節　導　論

　　東坡一生俯仰，殊不同人。論其生活，亦呈多元面貌，是以生活藝術思想，多有可觀。本章正論有四——

　　首言其兼善、獨善之思想或因政治、社會，或由家庭、個人，時而調適，是以鎔鑄眾家。

　　次言其生活藝術思想在成之於國於民、應世處變、安閑自得，隨緣處逆，則多有可觀。

　　參言其生活藝術之各層面在讀書著述、情誼美食、閒居養生乃至評人登臨、嗜好珍玩，亦多與其思想相應。

　　肆言其生活藝術思想予人之啟迪。

　　以下試分別析論，以得其生活藝術之特殊思想，以為吾人之參酌。

第二節　東坡生活藝術思想溯源

一、政治革新

　　東坡處於仁宗、英宗、神宗、徽宗朝，時北宋正當革新迭變中。

　　趙匡胤雖欲勵精圖治。正如《宋史》卷四二六〈循吏傳〉：「簡擇之道精矣，考課之方密矣。」然君強臣弱，冗官、冗兵、賦稅苛重，財政困窘，加

之遼夏之強，有識之士，無不力圖懲治弊政，挽救國家。東坡前後又歷慶曆、熙寧兩次變法。

（一）范仲淹慶曆新政，第一次政治革新。

仁宗慶曆朝內憂外患，國勢日弱，正歐陽修《文忠集》卷五九〈本論〉所謂「兵無制，用無節，國家無法度，一切苟且而已。」

仁宗慶曆三年（1043）八月，范仲淹參知政事，以其「先天下之憂而憂，後天下之樂而樂」之理念，進行十大政治改革，《宋史》卷一三四〈范仲淹傳〉即列上仁宗改革十事為——

一明黜陟；二抑僥倖；三精貢舉；四擇長官；五均公田；六厚農桑；七修武備；八推恩信；九重命令；十減徭役。而以「削除冗官」、「厚利百姓」兩項為主。

《范文正集》卷八〈上執政書〉，即以官僚特權之世襲「恩蔭」為大弊。即：「權貴之子，鮮離上國，周旋百司之務，懵昧四方之事。」而於官吏「可以責以廉節，不法者可誅廢。」又「圖民之利而利之」，重厚農桑、修水利、節費用。

陳亮《龍川集》卷十一〈銓選資格〉：「慶曆間，范、富諸公，思救磨勘薦舉之弊，欲去舊例。」

歐陽修《文忠集》卷九七〈再論按察官吏狀〉亦言：「年老、病患、贓污、不材四色之人，以行澄汰。」

曾鞏《元豐類稿》卷十五〈上歐陽舍人書〉以當世之急在聽賢、裕民、力行。卒因此革新觸犯官僚階層根本利益，加之官僚集團中朋黨之爭糾纏，故難成功。即《續資治通鑑長編》卷一五〇，「慶曆四年六月條」載：「始，范仲淹忤呂夷簡，放逐者數年，士大夫持二人曲直，交指為朋……，任子恩薄，磨勘法密，僥倖者不便。」故新政執行不及一年，即慶曆四年（1044）下半年，上即明令廢罷，范仲淹等人亦被貶謫外放。

（二）王安石變法，第二次政治革新

慶曆新政之後，北宋更加窘迫。強敵壓境，北遼、西夏每年索需無饜，有識之士思以改革，欲得生機。

《宋史》卷三二七〈王安石傳〉言安石為歐陽修門下、南豐早年好友。嘉祐三年（1058）安石《臨川文集》卷三九〈上仁宗皇帝言事書〉言變易更

革天下之方，在「饒之以財，約之以禮，裁之以法。」

神宗熙寧二年（1069）安石參知政事，於神宗支持下，創置「三司條例」議行新法。安石新法有十項——即均輸法、農田水利法、市易法、將兵法、保甲法、保馬法、軍器監等。而其重點在理財，故設立三司條例司，掌管天下財政。梁啟超《王安石評傳》第十章第47頁言——安石之原意，在於「制兼併，濟貧乏，變通天下之財，以富其民，而致天下於治。」

《續資治通鑑長編》卷二二〇「熙寧四年二月庚午」條：「論理財以農事為急」，以農業振興而富國強兵。王安石於神宗支援下，行「熙寧變法」前後十五年，然因北宋冗官冗政之沉疴已極，又用人不當，上獨斷專行，即或當年全力支持范仲淹之前輩，或與安石不同朝之士人，於新法皆多所抨擊。至神宗逝世，司馬光掌握政權之後，新法即告失敗。東坡身歷二度政治革新。

二、社會環境

東坡所處之社會，士風如何？據孟元老《東京夢華錄·序》謂，其時士人競以聲色酒肉相誇，三日五日小酌大宴，且與妾媵歌妓大樂。即：

> 輦轂之下，太平日久，人物繁阜。垂髫之童，但習歌舞；斑白之老，
> 不識干戈。時節相次，各有觀賞。……舉目則青樓畫閣，繡戶珠簾；
> 雕車競駐於天街，寶馬爭馳於御路，金翠耀目，羅綺飄香。

而阮葵生《茶餘客話》亦謂宋代文人飲宴之風甚盛，家常備妓樂以應賓客，如俗客至則出以絲竹歌聲及「搽粉虞侯」以應之。如遇佳客，則屏絕聲色，只備清茗佳釀，相與坐談累夕，興會淋漓。

又據宋袁文《甕牖閒評》卷四謂東坡樂與朋友群居，而不昵婦人，即使家中婦女、明慧美姬，雖偶為作曲作畫，亦少交談。尤於五十歲後，即以詩表之曰：「已將鏡鑷投諸地，喜見蒼顏白髮新；歷數三朝軒冕客，聲色誰是獨完人。」故東坡之「不昵婦人」，除時風外，自與道家「養生」有關。觀其黃州「雪堂四戒」之一即為去欲——「皓齒蛾眉，命曰伐性之斧。」（〈書四戒〉文五／2063）東坡故常以此告戒秦觀、王鞏、楊繪「戒之在色」。如東坡〈與王定國四十一首·其三〉（文四／1514）即勸定國以道眼看破「火宅中狐狸」，勤於道引服食。然而東坡何以有數妾，又娶朝雲而寵之。以下試以東坡娶妾社會背景析之：

世人於朝雲理解甚少，不知東坡對理想愛情追求，完全集中體現於王朝

雲。自惠洪《冷齋夜話》記及東坡〈朝雲詩〉、〈悼朝雲〉及〈梅花詞〉（「玉骨那愁瘴雲」）後，世人以東坡對朝雲所作，但此三篇。未知東坡詩、文、詞中仍多此作。蓋宋人多妾，除爲官較易，生活待遇亦高於唐人。以下試細繹東坡何以於杭州通判任內娶朝雲爲妾。

東坡個性熱情外露。如蘇洵《嘉祐集・名二子說》：「軾乎！我懼汝之不外飾也。」言東坡之被命名爲「軾」，乃似車上橫木，扶手時露車外，與東坡開朗、豪放個性同。時老泉即唯恐「軾」之美才外露不飾，此其一也。

又受時風娶妾習染，如號「張三影」之湖州張先（990～1078）長樂府，所作可追配古人。晚歲優游鄉里，常以泛扁舟，垂釣爲樂，卒年八十九。傳李公擇守吳興，招張先、蘇軾等六人雅集郡圃，名爲「六客」。東坡曾爲子野題其詞集：「愁似鰥魚知夜永，嬾同蝴蝶爲春忙。」〔註1〕云云。又東坡 38 歲權開封府推官時，繼室王閏之在京，即與之「時相唱和」。如〈張子野年 85，尚聞買妾，述古今作詩〉云：「詩人老去鶯鶯在」（詩二／523）。又以諧謔之筆作〈贈張、刁二老〉云：

　　兩邦山水未淒涼，二老風流總健強。

　　共成一百七十歲，各飲三萬六千觴。

　　藏春塢裏鶯花鬧，仁壽橋邊日月長。

　　惟有詩人被磨折，金釵零落不成行。（詩二／568）

張指風流長壽、仁春橋畔之詞人張先。

刁指潤州萬松岡藏春塢主人刁景純。據《續通鑑長編》，康定元年十月，刁曾與歐陽修同修禮書。

二人皆致仕養老，東坡以欣羨口吻，言二人共有 170 歲，猶「風流」、「健強」。

「鶯花鬧」者，指刁景純之妾媵熱鬧也；「日月長」者，指張子野八十五歲猶買妾。末聯，東坡言己妾已離去。

又〈常潤道中，有懷錢塘，寄述古五首・其二〉之前二聯曰：

　　草長江南鶯亂飛，年來事事與心違。

　　花開後院還空落，燕入華堂怪未歸。（詩二／54）

〔註1〕 查注引《石林詩話》云：「張先郎中，能爲詩及樂府，至老不衰，子瞻作倅（即指杭州通判）時，先年已八十餘歲，家猶畜聲妓。子瞻贈詩云……。蓋全用張氏故事戲之。先和云：『愁似鰥魚知夜永，懶同蝴蝶爲春忙。』極爲子瞻所賞。」

此言江南春意盎然，而事與心違，功名未就，離京外放，次聯言花開空落，燕不歸堂，指妾離去而迷惘若失。

則東坡外放杭州，熱情放誕，又初至江南，於詩酒文會中，受時風感染，加之「金釵零落」，自有再納妾之想，此其二也。

三、家庭因素

宋仁宗景祐三年（1036）陰曆十二月十九日卯時，東坡生於四川省眉山縣城南沙縠行。眉山自來為古樸小城，重經術、好隱逸，其地今存「三蘇祠」，明末曾燬於燹火，清代重建，今存蘇氏著作刻本，門前題幅有「一門父子三詞客，千古文章四大家。」蜀人引以為榮，已見東坡學行得自家庭。

東坡祖宗舊籍於趙郡，故三蘇常題名為趙郡蘇某；蘇轍文集名《欒城集》，亦因欒城屬趙郡。

蘇洵《嘉祐集・蘇氏族譜》言其遠祖出自周朝司寇，唐武后世，蘇味道為眉州刺史，其子遂家趙郡欒城，而有蘇氏。東坡四世祖釿，以俠義聞於鄉閭。曾祖杲善事父母，樂善好施。

東坡祖父蘇序，據《嘉祐集・族譜後錄》、曾棗莊《蘇洵評傳》、東坡〈答任師中〉（詩二／362）、〈蘇廷評行狀〉（文二／495）謂蘇序為謙和好施、生活簡樸之長者，因受眉州士人隱逸之風影響，終身不仕。然堂上有書四庫，豁達大度，故東坡承自其淡泊豪邁家風。蘇序有三子，長曰澹，不仕。次曰渙，長於詩文，以進士得官。三曰洵，為霸州文安縣主簿（即東坡之父）。

東坡伯父蘇渙，為進士及第，鄉人以之為榮。東坡〈謝范舍人書〉（文四／1425）云：「於是釋耒耜而執筆硯者，十室而九。」老泉之發憤、東坡之仕宦或得自此鼓舞。又子由《欒城集》卷二五〈伯父墓表〉中言其伯父為文：「日有程，不中程不止，出游於塗，行中規矩，入居室，無隋容，……姑亦師吾之寡過焉可也。」是以蘇渙之為文「中程」，行止「中規矩」，又「寡過」，皆成為東坡典範。

東坡父洵，年少「游蕩不學」（老泉〈祭亡妻文〉）。年二十七始發憤力學，歐陽修〈故霸州文安縣主簿蘇君墓誌銘〉言老泉：「閉戶讀書，絕筆不為文者五六年，乃大究六經百家之說，……久之，慨然曰：『可矣！』由是下筆頃刻千言。」又曾鞏《元豐類稿》卷四一〈蘇明允哀詞〉：「明允為人聰明辨智，遇人氣和而色溫，而好為策謀。」是以東坡得其粹精，下筆千言。又東坡之

重經重史，除受《國策》影響，亦與老泉之好政論相關。如東坡〈策別·安萬民五〉（文一／263）曾倡「寓兵於農」每歲秋冬即集中訓練以禦西夏、契丹，正與老泉〈衡論·兵制〉所言相類。

又老泉深知二蘇個性，為其命名時言「軾」，乃戒其勿揚才露己，即《嘉祐集》卷十五〈名二子說〉云：「軾乎，吾懼汝之不外飾也。」老泉教子甚嚴，故東坡於儋州時，猶憶其父年少時責學情狀。而〈夜夢〉（詩七／2251）中即云：

> 夜夢嬉游童子如，父師檢責驚走書。計功當畢《春秋》餘，今乃始
> 及桓、莊初。怛然悸寤心不舒，起坐有如掛鈎魚。

又〈和陶郭主簿二首·其一〉（詩七／2351）中，東坡亦追懷老泉之教子曰：

> 孺子卷書坐，誦詩如鼓琴。……當年二老人，喜我作此音。

又東坡父老泉，性耿直，喜山林之遊。據《嘉祐集·憶山送人》云：（其人）「縱目視天下，愛此宇宙寬」。東坡〈鍾子翼哀辭〉（文五／1966）謂，東坡二度尋訪虔州（其父舊蹤），則東坡多得其父好遊尚隱之風。

蘇母程氏對東坡影響甚大，如子由之《欒城後集》卷二二〈亡兄子瞻端明墓誌銘〉云：

> 公生十年，而先君宦學四方，太夫人親授以書，聞古今成敗，輒能
> 語其要，太夫人嘗讀東漢史，至〈范滂傳〉，慨然太息。公侍側曰：
> 「軾若為滂，夫人亦許之否乎？」太夫人曰：「汝能為滂，吾顧不能
> 為滂母耶？」公亦奮厲，有當世志。太夫人喜曰：「吾有子矣！」。

此言范滂為漢循吏，「有澄清天下之志」，曾為黨錮之禍下獄，蘇母即以其正直廉潔以教之。老泉《嘉祐集》卷十五〈祭亡妻程氏文〉亦言程氏之教子，乃「咻呴撫摩，既冠既昏。教以學問，畏其無聞。晝夜孜孜，孰知子勤。」

四、一己融貫

東坡任官四十四年，行走十州。自二十二歲初仕鳳翔，即屢遭貶謫。如旋出為杭州通判；繼遷為密州、徐州、湖州太守；貶黃州；嗣起為吏部尚書、召知穎州；復入兵部尚書、遷禮部尚書、兼端明殿翰林侍讀兩學士；出知定州；貶英州、惠州；再謫瓊州安置，迄六十六歲卒於常州，前後四十四年，皆於浮沉流徙。

　　東坡思想兼有儒之積極、道之自然、釋之靜悟，故能隨遇而應，兼容並包。如就其個人言，博通經史、能喻善譎，善爲文。又因有氣節，自視綦重，故頻遭小人忌陷，然能堅忍不拔，是以恬然泰然，故生活超脫而有情趣。

　　細繹東坡之仕宦浮沉，與其才性密切相關。如：

　　子由於〈東坡墓志銘〉言其個性亮直，能稱善斥惡曰：

　　　　其於人見善稱之如恐不及，見不善斥之如恐不盡，見義勇於敢爲而
　　　　不顧其害。用此數困於世，然終不以爲恨。

　　《梁谿漫志》中，亦言朝雲點破東坡滿腹皆是「不入時宜」。人容不得東坡個性，故常受陷，而心不以爲忤，反能坦然受之。故《宋史》本傳論贊即謂其性情眞切，胸襟放達，曰：

　　　　雖不獲柄用，亦當免禍。雖然，假令軾以是而易其所爲，尚得爲軾
　　　　哉？

　　由上，則東坡個性亮直曠達、寬閑隨遇，故思想卒能融通，具儒之積極、道之自然、釋之靜悟。

第三節　東坡生活藝術思想

一、鎔鑄三家──儒、道、釋

（一）儒

1、忠　君

　　東坡自幼受儒家思想薰陶，雖仕途多舛，於新舊黨爭中浮沉，於上皇帝策論中，始終有行仁政、德治之想。如於「烏臺詩案」後，東坡被貶至嶺南惠州與海南之瓊州。「九死南荒吾不恨，茲遊奇絕冠平生」（〈六月二十日夜渡海〉詩七／2366），仍見東坡之豁達，亟思報國。

　　東坡雖仕途失意，然忠君報國之心不減。如：

　　　　老去君恩未報，空回首，彈鋏悲歌。（〈滿庭芳・歸去來兮〉詞二／
　　　　204）

　　　　報國無成空白首，退耕何處有名田。（〈秋興三首其二〉詩八／2548）

　　　　漢使節空餘皓首，故侯瓜在有頹垣。平生多難非天意，此去殘年盡
　　　　主恩。（〈次韻王鬱林〉詩七／2385）

晚途流落中，仍願「盡主恩」、報「君恩」，其報國之情，頗爲眞切。又如：

> 投章獻策謾多談，能雪冤忠死亦甘，一片丹心天日下，數行清淚嶺
> 雲南。（〈過嶺寄子由〉詩八／2565）

2、惠 民

東坡之忠君，源於「惠民」，由以下詩文，或可一窺其愛民心切：

> 先王舊德在民心。……尊主庇民君有道，樂天知命我無憂。（〈次韻
> 答邦直、子由五首其二〉詩三／740）

> 功成惟欲善持盈，可嘆前王恃太平，辛苦驪山山下土，阿房繚廢又
> 華清。……幾變雕牆幾變灰，舉烽指鹿事悠哉！上皇不念前車戒，
> 卻怨驪山是禍胎。（〈驪山絕句〉其一、其二，詩一／222）

此詩譴責周幽王、秦始皇昏君，而以驪山作歷史見證。

又有〈荔枝嘆〉（詩七／2126）一首，言漢永元和唐天寶年間，交州、涪州向朝廷歲貢荔枝之催送，使百姓奔馳死亡無數，乃爲：「宮中美人一破顏，驚塵濺血流千載」。進而抨擊權貴之「爭新買寵」曰：「君不見武夷溪邊粟粒芽，前丁後蔡相籠加，爭新買寵各出意，今年鬥品充官茶。」甚而指斥君上「吾君所乏豈此物，致養口體何陋耶！」

是而東坡雖尊君，而不忘「庇民」，不趨附、亦不奉承。故李燾《續資治通鑑長編》稱其「剛正嫉惡」、「遇事敢言」。

《宋史》本傳亦稱美之：「忠規讜論，挺挺大節」，其言是也。

又東坡人生抱負在關心民間疾苦，所謂「治生不求富，讀書不求官。」（〈送千乘、千能兩姪還鄉〉詩五／1604）

又言「農事安可忽」，「民病何時休？」（〈和趙郎中捕蝗見寄次韻〉詩三／685），因而發出「王事誰敢想，民勞吏宜羞」（〈和子由〉）之感嘆，蓋職官如不能爲民紓困，自應內疚。趙令時《侯鯖錄》卷四即言東坡得爲官三樂——檢災、聽訟、賑饑。

> 竊祿忘歸我自羞，豐年底事汝憂愁。（〈山村五絕〉詩三／437）

> 平生所慚今不恥，坐對疲氓更鞭箠。（〈戲子由〉詩二／324）

是以東坡任地方官，皆全力以赴，興水利、重農業、輕賦稅，乃至糶糧、施藥等。如徐州任內治黃河決口、杭州任內浚西湖、利灌溉，故能深受人民愛載，以至「家有畫像，飲食必祝，又作生祠以報。」（《宋史》本傳）

但因其長期處逆，故感力不從心，而常自我反思，如：

年年事事與心違，……世上功名何日是，樽前點檢幾人非。（〈常潤道中，有懷錢塘，寄述古五首・其二〉詩二／553）

經營身計一生迂。（〈其五〉詩二／556）

官事無窮何日了，菊花有信不吾欺。（〈次韻張十七，九日贈子由〉詩三／876）

豈意殘年踏朝市，有如疲馬畏陵坡。（〈次韻周邠〉詩五／1402）

貧病只知爲善樂，逍遙卻恨棄官遲。（〈姚屯田輓詞〉詩二／328）

功名富貴俱逆旅，……掛冠而去眞秋毫。（〈趙閱道高齋〉詩三／992）

搔首賦歸歟！自覺功名懶更疏。若問使君才與術，何如？占得人間一味愚。（〈鷓鴣天・自述〉）

長恨此身非我有，何時忘卻營營？……小舟從此逝，江海寄餘生。（〈臨江仙〉詞二／157）

東坡思想既以儒家爲主，是以善處窮達，頗具儒家君子之風，故其自云：

平生學道眞實意，豈與窮達俱存亡？（〈寄子由〉詩八／2534）

我生無田食破硯，爾來硯枯磨不出。……我雖窮苦不如人，要亦自是民之一。形容雖似喪家狗，未肯聑耳爭投骨。（〈次韻孔毅甫久旱已而甚雨〉詩四／1121）

東坡於貶逐中，雖顛沛南行而「不改其度」，其不願作「爭投骨」之「喪家狗」，但求隨緣耳。

又東坡仕宦不如意，於淡化功名下，猶有熾熱惠民之心，而於人生虛幻下，仍未甘心。如：

白髮未成歸隱計，青衫儻有濟時心（〈次韻子由送千之姪〉詩五／1438）

半生彈指聲中……休言萬事轉頭空，未轉頭時皆夢。（〈西江月・平山堂〉詞一／111）

人生如夢，一杯還酹江月。（〈念奴嬌・赤壁懷古〉詞二／152）

回頭自笑風波地，閉眼聊觀夢幻身。（〈次韻王廷老退居見寄〉詩三／890）

漂流二十年，始悟萬緣虛，……四十七年眞一夢，天涯流落涕橫斜。

（〈天竺寺〉詩六／2056）

予昔少年日，氣蓋里閭俠……願老靈山宅……禪心久空寂。（〈聞潮陽吳子野出家〉詩八／2554）

與君各記少年時，須信人生如寄。（〈西江月・送錢待制穆父〉詞三／326）

情未盡，老先催，人生眞可咍。他年桃李何誰栽，劉郎雙鬢摧。（〈阮郎歸・蘇州席上作〉詞三／377）

無可奈何新白髮，不如歸去舊青山，恨無人借買山錢。（〈浣溪紗・感舊〉詞三／326）

東坡於身心俱疲下撫今追昔，亦嘆人生如幻如寄。或縱詩酒，於醉夢中求得慰藉。如：

使我有名全是酒，從他作病且忘憂，……醉有眞鄉我可侯。（〈次韻王定國得晉卿酒相留夜飲〉詩五／1617）

薄薄酒，飲兩鍾，麤麤布，著兩重，美惡雖異醉暖同。……百年雖長要有終。……達人自達酒何功，世間是非憂樂本來空。（〈薄薄酒二首・其二〉詩三／689）

辜負金尊綠醑，來歲今宵圓否？酒醒夢回愁幾許，夜闌還獨語。（〈謁金門・秋感〉詞三／381）

3、致 用

東坡儒家致用思想，除見於詩篇，又見於其論說體，尤見於之《志林》。以下試分述之：

東坡論辨說理之文，大率題曰「論」，間或曰「義」、曰「解」。據《四庫全書・東坡全集》收有東坡文凡 64 篇，而《四部備要・東坡七集》則有 76 篇。《東坡志林》為其一，乃東坡謫儋州時隨手雜記，如依《四庫全書・東坡全集》所載 213 條中，則記 55 條、祭祀 57 條、異事 42 條、古迹 46 條、論古 13 條，而各篇皆無題目。〔註2〕孔凡禮點校《蘇軾文集》72 卷收文 2656 篇，題跋雜文都為 934 則（題跋 617 則、雜記 204 則、雜著 25 則、史評 88 則），《志林・論古十三首》在卷五（餘見本文附錄五）。

〔註2〕見拙著〈東坡志林・論古十三首〉文末附〈志林・論古十三首題目異同對照表〉。

　　本節之所以未遍論《志林》213 條，一則受篇幅拘限；一則眞僞難明。即張心澂《僞書通考》云：「《志林》則瑣言小錄，雜集公集外紀事、跋尾之類，捃拾成書，而謂僞者亦闌入焉。」而此論古十三則，宋時已自集中析出別行，知其爲眞，故可析論。

　　以下試由《志林・論古十三首》分言東坡治政之思想內容：

　　東坡生於儒學復興之宋代，宋儒力求經世致用，故東坡志行爲文，亦以儒家爲論古之基調，而重迴向現實之儒家致用。〈論孔子〉此篇直斷孔子之聖，在能引《春秋》伐亂臣賊子云：「吾是以知孔子之欲治列國之君臣，如《春秋》之去者，至於老且死而不忘也。」（文一／149）

　　〈論武王〉，旨在數落「武王，非聖人也。」〔註3〕

　　《東坡事類》言東坡早歲有入世思想，所謂「吾眼前無一個不好的人」。

　　又〈沁園春・孤館鐙青〉中謂：「有筆頭千字，胸中萬卷，致君堯舜，此事何難？」（詞一／58）

　　又〈鼂繹先生詩集序〉（文一／313）中亦謂東坡上書言事，多遵奉其父蘇洵「有爲而作」「言必中當世之過」之「遺訓」。即子由〈東坡先生墓志銘〉所謂，東坡乃「緣詩人之義，託事以諷，庶幾有補於國。」

　　則東坡言補國治國，「致君堯舜」，「有爲而作」，皆由儒家致用思想而出。

（二）道

　　東坡好老莊，早歲讀《莊子》已是心有戚戚焉。如子由〈東坡先生墓志銘〉云：

　　　（東坡）初好賈誼、陸贄書，論古今治亂，不爲空言。既而讀《莊子》，喟然歎息曰：「吾昔有見於中，口未能言，今見《莊子》，得吾心矣。」……後讀釋氏書，深悟實相，參之孔、老，博辨無礙，浩然不見其涯也。

又《宋史》本傳云：

　　　比冠，博通經史，屬文日數千言，好賈誼、陸贄書。既而讀《莊子》，歎曰：「吾昔有見，口未能言，今見是書，得吾心矣。」

此言莊子下筆爲文，奔放恣肆，語高意妙，亦莊亦諧；故東坡爲文，亦自云：「某平生無快意事，惟作文章，意之所到則筆力曲折無不盡意。」（見《宋稗

〔註3〕餘見下文〈二、憂國惠民〉。

類鈔》）。故東坡傾仰莊子，詩文中，皆時見。如：

「清詩健筆何足數，逍遙齊物追莊周。」又「腳力盡時山更好，莫將有限趨無窮。」（〈登玲瓏山〉詩二／492）此正同於《莊子·養生主篇》：「吾生也有涯，而知也無涯。有涯隨無涯，殆已。」又「與可畫竹時，見竹不見人。豈獨不見人，嗒然遺其身。」（〈書晁補之所藏與可畫竹三首之一〉詩五／1522）正類《莊子》「疱丁解牛」所言之神與物合。東坡既精《莊子》，故能心靈相契而表現其放達於其詩文中。

（三）佛

東坡之於時政，企以黃、老之「無為而治」思想以拯宋弊。故於〈王者不治夷狄論〉（文一／43）中云：「治之以不治者，乃所以深治之也」，是以反對王安石新法之激進，然至舊黨執政，又未贊成全廢新法，致成舊黨之反對派。至新黨再度執政，東坡又成打擊對象，故東坡依違二者之態度，造成宦海之長期坎坷，思想遂變軌道，如：

東坡初次外放於杭，先是徘徊於出世入世，於〈海月辯公真贊并引〉（文二／638）中云：「爰有大士，處此兩間。非濁非清，非律非禪。」後漸融入釋禪，如東坡稱美海月：「神宇澄穆，不見慍喜，而緇素悅服，予固喜從之游。」（同上）。

又東坡元宵節，曾至詩僧可久僧房，了無燈火，深有所悟云：

> 門前歌舞鬧分明，一室清風冷欲冰。不把琉璃閑照佛，始知無盡本無燈。（〈上元過祥符僧可久房，蕭然無燈火〉詩二／428）

> 己外浮名便外身，區區雷電若為神。山頭只作嬰兒看，無限人間失箸人。（〈唐道人言，天目山上俯視雷雨，每大雷電，但聞雲中如嬰兒聲，殊不聞雷震也〉詩二／456）

此東坡由雷電聲中頓悟「浮名」在身外，何苦徘徊出世、入世之間？
東坡初貶黃州，謫居無識，默自觀省，而欲求禪悟，故漸不願為人識。

其於〈黃州安國寺記〉（文二／392）中言五年中於安國寺歸誠佛僧：

> 間一二日輒往，焚香默坐，深自省察，則物我相忘，身心皆空。

東坡之閉塞，常求自新之方曰：

> 扁舟草履，放浪山水間，與樵漁雜處。

> 某寓一僧舍，隨僧蔬食，甚自幸也。感恩念咎之外，灰心杜口，不

曾看謁人。(〈與王定國書 41 首・其一〉文四／1513)

所要亭記,豈敢於吾兄有所惜,但多難畏人,不復作文字,惟時作僧佛語耳。(〈與程彝仲書六首之六〉,文四／1752)

佛書舊亦嘗看,但闇塞不能通其妙……若農夫之去草,旋去旋生,……若世之君子,所謂超然玄悟者,僕不識也。(〈答畢仲舉二首之一〉文四／1671)

此言閒居之樂,在讀佛書及合藥救人二事。

東坡晚歲得釋禪之虛無尤多,故云「坡題自己照容偈曰:心似已灰之木,身如不繫之舟。」(《蘇詩紀事》卷下〈禪師〉)。則東坡才華超人,而宦海浮沉,思想歷儒、道而佛,乃不得已之變。推設其一心淑世,志在千里,則必多艱困;如安於小成,伴以山水,當似閒雲野鶴。

東坡面對艱困,徘徊出世入世後,遂投入佛老參悟。如〈送參寥師〉一首(詩三／905)即云:

欲令詩語妙,無厭空且靜。靜故了群動,空故納萬境。

東坡論詩技,遂以佛門禪語「空」、「靜」以言。〈西江月〉(詞一／121)云:「世事一場大夢,人生幾度新涼。」正同東坡〈與王定國四十一首・其十二〉(文四／1520)云:「萬事回頭都是夢,休休,明日黃花蝶也愁。」又於〈寶山晝睡〉(詩二／451)云:

七尺頑軀走世塵,十圍便腹貯天真。此中空洞渾無物,何止容君數百人。

此亦佛家「空觀」之思想。又東坡由「靜」之體會,言「以靜制動」,故於〈上神宗皇帝書〉(文二／729)云:

以簡易為法,以清淨為心。……陛下生知之性,天縱文武,不患不明,不患不勤,不患不斷;但患求治太急,聽言太廣,進人太銳。願鎮以安靜,待物之來,然後應之。……臣之所欲言者三,願陛下結人心、厚風俗、存紀綱也。

〈朝辭赴定州論事狀〉(文三／1019):

古之聖人,將有為也,必先處晦而觀明,處靜而觀動,則萬物之情,畢陳於前。

而〈臨江仙〉(詞二／157)中寫醉酒夜歸之感悟曰:「長恨此身非我有」,亦具佛家思想影響,故東坡於人生之榮辱得失,生死苦難,皆能淡然釋之,

而一一抒發於其詩文。

東坡雖綜佛老，然於其「放」、「達」之害，不無微詞，故於〈答畢仲舉書二首其一〉（文四／1672）云：

> 學佛、老者，本期於靜而達，靜似懶，達似放，學者或未至其所期，
> 而先得其所似，不爲無害。」

由以上分析，則東坡思想上是以儒爲主，而漸入「三教合一」兼綜思想。

（四）以儒爲主之儒、道、佛合一

東坡〈與王庠書〉（文四／1422）中力主賈誼、陸贄爲代表之「濟世致用」之學，而反對道學家「空言身心性命之學」。所謂：「儒者之病，多空文而少實用，賈誼、陸贄之學，殆不傳於世。」

東坡兼儒、釋、道合一之思想爲何？東坡既篤信儒道、熱心濟世，然因宦途多蹇，讒陷不絕，是以另托清靜無爲之佛老以安身立命，抒遣鬱結。錢謙益《牧齋初學集》卷八三〈讀蘇長公文〉云：「子瞻之文，黃州已前，得之於莊；黃州已後，得之於釋。」東坡既參禪悟道，故而致力儒、道、佛之融會。

如虔州〈崇慶禪院新經藏記〉（文二／390）謂以孔子「思無邪」之言，會合佛之「如來」意。

於〈上清儲祥宮碑〉（文二／502）中申言道家本末及其治道甚詳，而結之於「黃帝、老子之道，本也；方士之言末也，修其本而末自應。」〈論項羽范增〉（文一／162）在范增宜項羽殺宋義之時去之。蓋毅然大丈夫之去就，當「合則留，不合則去」，以達觀取捨。

東坡幼習儒術，本欲爲君所用，而事與願違。經烏臺詩案，貶謫黃州，投閑置散中，得以博覽佛道之書。又與錢道人、參寥、佛印等僧人來往，遂漸融儒、釋、道爲一。如以老子哲學抗拒流俗；亦由老子悟達觀出世。漸融儒家忠君愛民，道家因任自然、同死生、輕去就，佛家之自我解脫。三者皆以不同面貌浮現於《志林・論古十三首》中。是以東坡之論古，由思想而言，是尙儒而不迂，滲佛老而不溺。

又細繹東坡詩文表現，亦兼儒、道、佛。東坡頗有諷刺時政詩文，故受江西派黃庭堅、陳師道指責，以其「文章妙天下」，其短處在好罵（黃庭堅〈答洪駒父書〉，《豫章黃先生文集》卷一九）。且才情橫溢，風格豪放，浪漫激情頗近李白，「公詩本似李、杜」（蘇轍〈東坡先生墓志銘〉）。

東坡詩文或豪放、浪漫，其思想未始不是兼綜儒、道、釋，因時、空境

遇而有所調適。

（五）其他

1、縱橫家之權變思想

李塗《文章精義》云：「蘇門文字，到底脫不得縱橫氣息。」錢穆《宋明理學概述》言三蘇「是儒門中的蘇張。」

〈論始皇漢宣李斯〉（文一／159），言秦亡之因在「以法毒天下」，全文以一「智」字貫串氣脈。《唐宋文舉要》引吳至父云：「雄奇萬變，當爲《志林》中第一篇文字。」是以邵博《聞見後錄》卷十四、李塗《文章精義》、劉申叔〈論文雜記〉皆以東坡文類縱橫家之文。（本書第二章）。

2、史家之鑒古思想

東坡爲文多取材古史，而以史家論事。呂祖謙《古文關鍵・卷上・看蘇文法》言東坡文能波瀾，乃「出於《戰國策》、《史記》，亦得關鍵法。」〈論養士〉（文一／139）言六國因養士而久存；秦國因逐士而速亡。〈論秦〉（文一／141）言秦之并天下，乃巧於取齊拙於取楚。

3、斥法家、反變法

嘉祐六年（1061）東坡應祕閣試已進呈〈進論〉、〈進策〉各25篇，系統以言改革弊政，反對變法。細繹其進呈之〈進策〉有三（〈策略〉五篇重治國之策，倡任人，斥任人，斥變法。〈策別〉十七篇闡明具體措施有〈課百官〉、〈教戰守〉等。〈策斷〉二篇言備戰抗遼、夏。）熙寧四年（1071）又兩度上萬言書，非議新法，惟贊同新法中限制貴族特權、增強國防等合理處。

是以東坡既本儒家，故反對荊公新政與斥申商，蓋變法與法家皆求速效，同有聚斂求利，用法深刻之患。如〈論商鞅〉（文一／155）並言商鞅、桑弘羊，言商鞅一夫作難，而子孫無遺種，至於桑弘羊，斗筲之才，穿窬之智，無足言者。則以儒爲主。

二、憂國惠民

東坡鎔鑄三家思想，而以「儒」之仁政愛民爲主軸，以下由其初、中、晚三期以言：

（一）初出頭地

東坡於嘉祐二年（1057）正月（二十二歲），應禮部試，以省試〈省試刑

賞忠厚之至論〉（文一／331）舉皋陶曰「殺之」三、堯曰「宥之」三為例，騁豪筆以言，擢置第二。歐陽修為主考，即與梅聖俞言；「老夫當避此人，放他出一頭地也。」朱弁《曲洧舊聞》亦謂歐陽修與其子棐即嘆曰：「汝記吾言，三十年後，世上人更不道著我也。」時東坡不作世俗之浮巧輕媚之文，已出人頭地。

嘉祐五年三月，東坡參加吏部「流內銓」試，授九品福昌縣主簿，次歲歐公以才識兼茂薦東坡應制科試，復以〈王者不治夷狄〉（文一／43～50）等六論試春秋對義列第一。八月廿五日又應仁宗殿試「賢良方正直言極諫」策問，中進士，授大理評事簽書鳳翔府判官事。

東坡之〈進策〉共二十五篇，時人李泰伯上蘇公書即云：「執事治道二十五策，霆轟風飛，震伏天下，非真有道者，安能卓犖如此？」（《經進東坡文集事略》頁 212）。而蕭公權《中國政治思想史》亦以此為東坡問政之始，此亦其所陳具體治術。

細繹〈策略五〉乃自立自強、專人待虜、立法與任人、開功名之門、深結民心，除針對其時冗官冗吏之弊外，又重君上之治道在「自立自強」、「深結民心」，乃期仁宗能斷自宸衷，以「民意」為依歸。

而〈策別〉十七乃課百官六（屬法禁、抑僥倖、決壅蔽、專任使、無責難、無沮善）安萬民六（敦教化、勵親睦、均戶口、較賦稅、教戰守、去姦民）厚貨財二（省費用、定軍制）、訓兵旅三（蓄材用、練軍實、倡勇敢）（文一／240～278）而〈策斷〉三（掌主動之權、御西戎之略、論北狄之勢）（文一／280～286），中以去冗官、冗吏、重人材為主（不同安石變法重「理財」。）如：

「抑僥倖」在清入仕之源，救冗官之弊。

「專任使」在重吏之久職而能深思。

「無責難」有德譽者為長吏，不必因舉狀有私，則以聯坐。

「無沮善」於不第而竭力為善者，亦能進。

「善材用」治軍者當蓄材而專用之。

以上皆重人材之用。

而強國以禦敵，首重「安民」，如：

「敦教化」「勸規睦」則風俗自厚。

「教戰守」則有武備，「定軍制」則不必蓄兵京師，頻遷駐防。

「練軍實」求精兵。「倡勇敢」則賞厚恩深，人人效死。

　　熙寧四年（1071）東坡 36 歲，初任杭州通判，蓋不願於熙寧變法中俯仰隨俗，故乞求外放。然憂國惠民之心，時在念中。故於〈戲子由〉（詩二／325）中云：「心知其非口諾唯。居高志下真何益？」東坡身處風口浪尖之無奈，由此得見。

（二）外　放

　　外放杭州，東坡思想深處充滿矛盾。目睹人民苦難，心急如焚。如：

　　勸農使之譏諷：「霜林老鴉閑無用，畦東拾麥畦西種。」（〈鴉種麥行〉詩一／399）

　　揭露官府迫租有「賣牛納稅拆屋炊，慮淺不及明年飢。」（〈吳中田婦嘆〉詩二／404）

　　遇蝗災之苦，如：

> 西來煙障塞空虛，洒遍秋田雨不如。（〈捕蝗，至浮雲嶺，山行疲茶，有懷子由弟二首其一〉詩二／579）

> 老翁七十自腰鐮，慚愧春山筍蕨甜。豈是聞韶解忘味，邇來三月食無鹽。（〈山村五絕・其三〉詩二／438）

> 杖藜裹飯去忽忽，過眼青錢轉手空。贏得兒童語音好，一年強半在城中。（〈山村五絕・其四〉詩二／439）

東坡目睹百姓苦辛，而矛盾悔恨，然雄心未折，故子由〈東坡墓誌〉中云：

> 見事有不便於民者，不敢言，亦不敢默視也，緣詩人之義，託事以諷，庶幾有補於國，言者從而媒蘗之。

　　東坡最嚮往與民同樂，則曰：

> 細雨足時茶戶喜，亂山深處長官清。（〈夜泛西湖五絕〉之四，詩一／353）

寫初夏牡丹，於多春綻放，亦表現其心緒不閑，〈和述古冬日牡丹〉（詩二／525）曰：

> 一朵妖紅翠欲流，春光回照雪霜羞。化工只欲呈新巧，不放閑花得少休。

「閒花」不得休，即在暗刺朝政。

　　又〈趙昌四季〉（詩七／2396）云：「倚竹佳人翠袖長，天寒猶著薄羅裳。揚州近日紅千葉，自是風流時世妝。」查註言揚州芍藥天下冠，尤以「御愛

紅」為首，此諷蔡繁卿為守，始作萬花會，欲以世妝傳四方也。

又樂府〈行香子〉：「浮名浮利，虛苦勞神，歎隙中駒，石中火、夢中身。」（詞三／368）又〈行香子‧過七里瀨〉以「遠山長，雲山亂，曉山青」之山色，以寫歷史中「君臣一夢，今古空名。」（詞一／3）

又神宗熙寧七年（1074）東坡脫離黨爭漩渦，調往密州（山東諸城）任太守，時密州百姓除重稅外，又有旱災、蝗蟲及盜賊之禍，且有棄嬰。東坡〈次韻劉貢父、李公擇見寄二首之二〉（詩二／646）中即云：「蝗蟲撲面已三回，磨刀入谷追窮寇，灑涕循城拾棄孩。」除緝盜外尤重「拾棄兒」。東坡則清查存糧，好言相勸願育者，每月撥予米六斗，「所活亦數千人」。此非「致君堯舜」之地方官，何能洞悉民困？此皆東坡思想上之惠民。

（三）被　貶

東坡被貶黃州仍不忘救嬰惠民。曾書於武昌之鄂州太守朱壽昌（朱康叔）制止溺嬰，鼓勵檢舉。又成立「育兒會」收養棄兒，使古耕道向富人募錢、使郭遘理錢等。故千年前東坡有愛心育兒養孤，從事慈善，實為難得。

中國較早之公立醫院亦由東坡於杭州太守之次年創立。蓋杭州遊客薈集，疫病易流傳，東坡熟悉《神農本草經》，故將草藥性能以大字抄寫，公布「聖教子方」於城中廣場，中列麻黃、柴胡等二十種草藥，以其有退燒、淨腸、滋補等療效。又使官府做稀粥、藥劑，廣為施捨，且打破傳統——請領醫生治病，而一己則親自叩門為人療疾，又捐出黃金五十兩，於杭州城中心眾安橋附近建公立醫院「安樂坊」。據《宋史‧蘇軾傳》言「活者甚眾」（約千人），後此坊改名「安濟坊」，仍由善於醫道之僧人主持醫療，繼續為民治病。

熙寧十年（1077）東坡知徐，黃河決口於澶州，東坡率民搶救。元豐三年（1080）元旦，東坡被貶黃州，猶關懷國事民生。如：

〈與趙晦之四首〉之三（文四／1711）中云：

> 處患難不戚戚，只是愚人無心肝爾。

〈正月十八日蔡州道上遇雪〉（詩四／1019）：

> 佇立望原野，悲歌為黎元。

為百姓重稅，漁民貧窮而抒感。又〈聞捷〉中悉官軍破西夏而欣喜。

東坡二度赴杭，元祐四年上〈乞賑濟浙西七州狀〉（文三／849）仍為飢饉盜賊而憂。至惠州，垂老投荒，程正輔勸其深戒作詩，東坡於〈與程正輔

七十一首之十六〉雖言「焚硯棄筆」，亦抨擊時政，如〈荔枝嘆〉（詩七／2126）即借求美人破顏諷君上之揮霍。

又東坡關懷黎民。

紹聖四年（1097）七月二日，東坡貶至昌化軍蠻荒貶所，猶關懷其地。

因此地人不足於食，故東坡於〈和陶勸農六首之四〉（詩七／2256）云：「斬艾蓬藋，南東其畝。父兄撝梃，以扶遊手。」自能「霜降稻實，千箱一軌。」

又頌美其人好和平，故於〈和陶擬古九首其四〉（詩七／2262）：「稍喜海南州，自古無戰場。」

東坡又頌美黎族英雄之壯烈，和〈和陶擬古九首其五〉（詩七／2262）以贊：「一心無磷緇，錦織平積亂。」「我當一訪之，銅鼓壺盧笙，歌此迎送詩。」〔註4〕

三、別出蹊徑

東坡性亮直，喜新變。細繹其詩文集中，頗多創意求以自娛。尤以表現吃食及游行為最常見，以下試一明之：

（一）吃　食

1、東坡肉

東坡之愛吃豬肉，自有來歷——

東坡因黃州城東門外，山坡上種地豐收，遂邀請親友「嘗新」喝豐收酒，故央請鄰人潘彥明做「黃州燒梅」名菜，乃以五花肉加糯米、冰糖、麵粉於砂鍋中蒸爛，飾以梅紅點（正似盛綻之石榴）。時太守徐君猷即以風味佳（而稍油膩）稱美之，後經改進，東坡肉已是酥而不碎，肥而不膩，湯肉交融，爽滑可口。東坡為吃食能牢記竅門，則有〈豬肉頌〉（文二／597）：

淨洗鍋，少著水，柴頭罨煙焰不起。待他自熟莫催他，火候足時他
自美。黃州好豬肉，價賤如泥土。貴人不肯喫，貧者不解煮。早晨

〔註4〕據《北史·列女·譙國夫人洗氏》洗夫人能「壓服諸越，海南儋耳歸附者千
　　　　餘洞。王伯宣反，夫人進兵至南海，親披甲，乘介馬，張錦傘，領殼騎，衛
　　　　詔使裴矩巡撫諸州，嶺南悉定，封譙國夫人。」又唐劉恂撰《嶺表錄異》卷
　　　　上言銅鼓為蠻夷樂，如二尺腰鼓，銅鑄，有魚蟲花草之狀。胡蘆笙，乃交趾
　　　　人安十三箕之老瓠樂器。

起來打兩椀，飽得自家君莫管。

由於做法爲東坡獨創，故人稱「東坡肉」，由此傳至杭州、四川、雲南之大理，亦以此爲上等名菜。

又傳說「東坡肉」之由來，源自江西永修縣。乃某年夏日，東坡雲遊至此，息於樟樹下，以樟葉救農人之子中暑，農人爲感恩，乃以一束稻草捆提豬肉謝之，問東坡如何煮食？只聽得東坡作詩入迷，口中但吟唸「禾草珍珠透心香……」（和草整者透心香），農人即以此煮熟成沒斫沒切之整塊大肉，又以稻草捆束，香酥綿糯，且透出草香，是爲一絕。又東坡任杭州太守，疏浚西湖，過年時百姓爲感恩，眾人抬豬擔酒，成群至杭州府向東坡拜年。東坡則將此肉製成風味特殊之「東坡肉」，依疏浚西湖民工花冊散發，自此杭州各菜館遍傳此一名菜。

不幸朝中御史趙挺之，私訪河北（東坡時任定州太守）見家家菜館皆售「東坡肉」，乃收集菜單奏上，言東坡在外做官，爲非做歹，貪贓枉法，做絕壞事，是以百姓皆指名要吃「東坡肉」，故東坡遂由定州發配至惠州。然此後杭州百姓吃「東坡肉」，即憶起東坡，甚而於家中設生祠記念東坡，是以「東坡肉」，至今仍是杭州第一道名菜。

2、又傳閩有東坡羹

〈東坡羹頌並引〉（文二／595）云：

東坡羹，蓋東坡居士所煮菜羹也。不用魚肉五味，有自然之甘。其法以菘若蔓菁，若蘆菔，若薺，揉洗數過，去辛苦汁。先以生油少許，塗釜緣及一瓷盌，下菜沸湯中。入生米爲糝，及少生薑。以油盌覆之，不得觸，觸則生油氣，至熟不除。其上置甑，炊飯如常法，既不可遽覆，須生菜氣出盡乃覆之。羹每沸湧，遇油輒下，又爲盌所壓。故終不得上。不爾，羹上薄飯，則氣不得達，而飯不熟矣。飯熟羹亦爛可食。若無菜，用瓜、茄，皆切破，不揉洗，入罨，熟赤豆與粳米半爲糝，餘如煮菜法。

實則「東坡羹」無奇，乃蔓菁、蘆菔等混煮菜湯。因東坡常食，別出心裁。如：

常支折腳鼎，自煮花蔓菁。……中有蘆菔根，尚含曉露清。」（〈狄韶州煮蔓菁蘆菔羹〉詩七／2412）

我家拙廚膳，麤肉芼蕪菁。（〈送筍芍藥與公擇二首‧其二〉詩三／818）

此言「芼」乃「蕪菁」，正《禮記》中所謂「羹芼」。而「芼羹」則指肉雜菜之羹。如牛肉芼藿、羊肉芼苦（即甘草）、豬肉芼薇之屬，然東坡所謂「豵肉芼蕪菁」，正係其創新。

3、五侯鯖〔註5〕

而肉食中，豬肉易得，人似不重其烹調，然巧味之出，正在於此。如東坡又曰：

> 紫駝之峰人莫識，雜以雞豚真可惜。今君坐致五侯鯖，盡是猩唇與熊白。（〈次韻孔毅父集古人句見贈五首其一〉詩四／1156）〔註6〕

4、河　豚

宋人筆記中載曰：「東坡居常州，頗嗜河豚，有妙於烹者，招東坡享。婦子傾室闚於屏間，冀一語品題。東坡大嚼，寂如暗者。闚者大失望，東坡忽下箸曰：『也直一死』。於是閤舍大悅。」

此言東坡品孔秀才家烹煮河豚，不覺道：「吃豚死亦值得。」則東坡深知其味，亦好人巧於烹煮。

5、真一酒

又「真一酒」亦東坡創制，詩中屢及之曰：「人間真一東坡老，與作青州從事名。」（〈真一酒〉文七／2124）又「釀為真一和而莊，三杯釅如侍君王。」（〈真一酒歌〉詩七／2359）

東坡「真一酒」之獨特製法，東坡並於引中說：「米麥水三一而已，此東坡真一酒也。」

除吃食外，又東坡晚歲頗好攝生，其中於丹藥療疾亦頗有新創。如〈與程正輔七十一首之五十五〉（文四／1614）云：「某近頗好丹藥，不惟有意於卻老，亦欲玩物之變以自娛也。」同上之五十三曰治痔疾之法在：「以休糧清淨勝之」等。

又東坡唸讀，並非盡信書，而於書中能推陳其意，如〈改觀音經〉（文五

〔註5〕 「五侯鯖」，亦屬珍饈混烹。據《西京雜記》載：「傳食五侯，各得歡心，競置奇膳，乃合為鯖，世上稱五侯鯖。」所謂「五侯」，指光武時討王興之五子為五侯；元才北平侯；益才安喜侯；顯才蒲陰侯；仲才新市侯；季才唐侯。「鯖」，為魚與肉合烹之稱。合五侯家珍膳而烹飪之，呼「五侯鯖」。

〔註6〕 「紫駝之峰」乃是駝背上隆起之肉，既嫩又美，杜甫有詩云：「紫駝之峰出翠釜」。「猩唇」，乃《呂氏春秋》所云：「肉最美者，猩猩之唇。」世稱八珍之一。「熊白」，則《埤雅》所釋：「熊山居冬蟄，當心有白脂如玉，味甚美。」

／2082）以觀音慈悲心懷言其意：

> 《觀音經》云：「呪咀諸毒藥，所欲害身者，念彼觀音力，還著於本
> 人。」東坡居士曰：「觀音，慈悲者也，今人遭呪咀，念觀音之力，
> 而使還著於本人，則豈觀音之心哉？」今改之曰：「呪咀諸毒藥，所
> 欲害身者。念彼觀音力，兩家總沒事。」

（二）改造山水

東坡非僅樂於山水，亦善於改山造水，以賞心悅目，乃由聞見甚廣。

其與子過同遊峽山寺，即指出：「但恨溪水太峻，當少留之。」並建議：

> 若於淙碧軒之北，作一小閘，瀦爲澄潭，使人過閘上，雷吼雪濺，
> 爲往來之奇觀；若夏秋水暴，自可爲啓閉之節用。（〈題廣州清遠峽
> 山寺〉文五／2267）

東坡又獨遊古氏南坡，以其形勢殊勝，遂定：

> 今年秋冬，當作三間一龜頭，取雪堂規模。東蔭修竹，西眺江山，
> 若果成此，遂爲一郡之嘉觀也。（〈書贈古氏〉文五／2279）

西湖中生菰草，又妨礙水流。東坡任太守後，爲一新觀瞻，有利灌溉，
乃鳩工拔除，堆在湖心作長，且沿岸植柳，以固基礎。後人因呼其堤，謂「蘇
公堤」。除「蘇公堤」外，又有「兩新橋」，乃惠州之東、西兩橋，亦爲東坡
協助修築。修東橋時，東坡曾捐獻犀帶；修西橋，其弟婦（子由妻）則捐獻
皇太后所賜珠寶，卒於紹聖三年六月修成。東坡亦作〈兩橋詩〉（詩七／2199）
記之。敘云：

> 惠州之東，江谿合流，有橋，多廢壞，以小舟渡。羅浮道士鄧守安，
> 始作浮橋，以四十舟爲二十舫，鐵鎖石碇，隨水漲落，榜曰東新橋，
> 州西豐湖上有長橋，屢作屢壞，棲禪院僧希固築進兩岸爲飛閣九間，
> 盡用石鹽木，堅若鐵石，榜曰西新橋。

東新橋詩則曰：

> 群鯨貫鐵索，背負橫空霓。首搖翻雪江，尾插崩雲溪。機牙任信縮，
> 漲落隨高低。轆轤卷巨綆，青蛟挂長堤。

西新橋詩曰：

> 千年誰在者，鐵柱羅浮西。獨有石鹽木，白蟻不敢躋。似開銅駝峰，
> 如鑿鐵馬蹄。岌岌類鞭石，山川非會稽。

（三）戲謔成風趣

黃徹《䂬溪詩話》卷十曾引東坡詼諧戲謔詩句甚多。即：

> 子建稱：孔北海文章雜以嘲戲。子美亦戲傚俳諧體，退之亦有「寄
> 詩雜詼俳」，不獨文舉爲然。自東方生而下，禰處士、張長史、顏延
> 年輩，往往多滑稽語。大體材力豪邁有餘，而用之不盡，自然如此。
> 坡集類此不可勝數：〈寄斲篁與蒲傳正〉云：「東坡病叟長羈旅，凍
> 臥饑吟似饑鼠。倚賴東風洗破衾，一夜雪寒披故絮。」〈黃州〉云：
> 「自慚無補絲毫事，尚費官家壓酒囊。」〈將之湖州〉云：「吳兒膾
> 縷薄欲飛，未去先說饞涎垂。」又：「尋花不論命，愛雪長忍凍。天
> 公非不憐，聽飽即喧闐。」〈食筍〉云：「紛然生喜怒，似被狙公賣。」
> 〈種茶〉云：「饑寒未知免，已作太飽計。」（此乃〈問大冶長老乞
> 桃花茶栽東坡〉句也）「平生五千卷，一字不救饑。」（此乃〈和孔
> 郎中荆林馬上見寄〉句。）「饑來憑空案，一字不可煮。」（此乃〈虔
> 州呂承奉讀書作詩不已貧甚〉句）皆幹旋其章而弄之，信恢刃有餘，
> 與血指汗顏者異矣。

細繹東坡以「戲」字爲詩題者有百餘首。如〈戲子由〉（詩二／324）、〈戲
贈〉（詩二／395）、〈戲書吳江三賢畫像三首〉（詩二／564）、〈戲作種松〉（詩
四／1027）、〈戲贈虔州慈雲寺鑑考〉（詩七／2448）、〈戲贈孫公素〉（詩七／
2456）、〈戲作賈梁道詩〉（詩八／2521）、〈戲書〉（詩八／2552）、〈戲足柳公
權聯句〉（詩八／2584）、〈戲贈田辨之琴姬〉（詩八／2587）、〈戲作切語竹詩〉
（詩八／2618）、〈戲贈秀老〉（詩八／2626）、〈戲答佛印〉（詩八／2654）。

〈將之湖州〉（詩二／396）：「吳兒膾縷薄欲飛」，乃指談鑰《吳興志》所
引唐吳昭德善造鱸膾，時人嘲之曰：「鱠若遇吳，鏤細花鋪。」皆幹旋其句，
別出奇趣也。以下試略舉例明之：

> 僕所藏仇池石，希代之寶也。王晉卿以小詩借觀，意在於奪。僕不
> 敢不借，然以此詩先之。（詩六／1940）
>
> 王晉卿示詩，欲奪海石，錢穆父、王仲至、蔣穎叔皆次韻，穆至二
> 公以爲不可許，獨穎叔不然。今日穎叔見訪，親睹此石之妙，遂悔
> 前語。僕以爲晉卿豈可終閉不與者，若能以韓幹二散馬易之者，蓋
> 可許也，復次前韻。（詩六／1945）
>
> 軾欲以石易畫，晉卿難之，穆父欲兼取二物，穎叔欲焚畫碎石，乃

復次前韻，並解二詩之意。（詩六／1947）

此言程德孺自嶺南解官至揚州，贈東坡產自珠江之英石（仇池石），因其「香色如蛾綠」、「幽光先五夜」、「冷氣壓三伏」，東坡於「得之喜無寐」，遂以高麗大銅盆貯之，且以登州小石附其足，王晉卿欲借觀而奪，東坡預作詩貯之，如王氏堅而不還，則以其所藏「韓幹牧馬圖」易之。自當如秦昭王早日璧還和氏璧。

又有一詩題云：「器之好談禪，不喜游山，山中筍出，戲語器之，可同玉版長老，作此詩。」（詩七／2447）詩云：

> 叢林眞百丈，法嗣有橫枝。不怕石頭路，來參玉版師。聊憑柏樹子，
> 與問擇龍兒。瓦礫猶能說，此君那不知。

《冷齋夜話》云：「先生邀器之食筍，味勝，問，此何名？東坡曰：「即玉版，此老善說法。」器之乃悟其爲戲，坡公大笑。《苕溪叢話》亦有類似之記。言大雄山之百丈懷海禪師號「玉版和尚」。「玉版」乃橫枝竹筍。又《前燕錄》曰：「石季龍使采藥上華山得玉版」，東坡借「玉版」喻筍，而禪師如禪家旁出之橫枝，正似「玉版」爲橫枝竹筍。

某日，東坡嘗與劉器之同參玉版和尚，器之欣然從之。至廉泉燒筍而食，器之覺筍味勝，問此何名？曰「名玉版，此老僧善說法，要令人得禪悅之味。」據《傳燈錄》云：「牆壁瓦礫亦能說法。」即《莊子・知北遊》云：「道在瓦礫」，由此則器之方悟東坡戲言。此詩全用禪家語，可謂善於遊戲者。故山谷評東坡曰：「此老於般若橫說豎說，百無剩語，非其筆端有舌乎？」

（四）字 畫

1、字

東坡之於書法求自由揮灑，不踐一家。故於〈草書題跋〉云：「吾書雖不甚佳，然自出新意，不踐古人，是一快也。」而東坡之重自得，亦可由其重生機靈趣之「行書」中得見。如：東坡〈柳氏二外甥求筆跡二首・其二〉（詩二／543）：「一紙行書兩絕詩，遂良鬚鬢已如絲。」頗自負其「尙筆意」之行書，能突破唐代書家重「凝重工整」之楷書。

又〈石蒼舒醉墨堂〉（文一／235）中云：「興來一揮百紙盡，駿馬倏忽踏九州。」

又東坡尙新創，不重模仿，雖稱美蔡襄之眞書爲「宋人第一」，然其多仿

自虞世南、顏眞卿，未有自家體段，東坡之過譽蔡氏，或受其師歐陽修「過
譽於前」，而「繼聲於後」也。

　2、畫

　　東坡、與可皆長於畫竹，然東坡畫竹重「意得」，故不爲成法所拘。以下
試舉例明之。

　　都穆《鐵網珊瑚》「蘇軾」節云：

　　　墨竹凡見十四卷，大抵寫意，不求形似。

　　山谷〈致檀敦禮書〉云：

　　　東坡畫竹，多成林棘，是其所短；無一點俗氣，是其所長。

　　「成林棘」、「無俗氣」正其特色。

　　孫鑛《書畫跋跋・跋蘇長公畫竹三絕句》引〈王氏跋一〉云：

　　　蘇長公畫竹，草草數筆，不倫不理，而濃淡間各自有天趣。

　　濃淡中之「天趣」，亦是其特色。

　　龐元濟《虛齋名畫續錄》引釋妙聲題〈蘇文忠鳳尾竹圖軸〉云：

　　　東坡居士畫竹，當在法度之外，求其餘意。其餘意，正在以墨竹表
　　　其人之氣韻不凡。

　　又《佩文齋書畫譜》引《震澤集》云：

　　　坡翁墨竹，其法得之文與可。與可云：吾墨竹一派近在彭城。然坡
　　　每自謂不如可，特作老幹磊砢，數葉蕭疏，而其已足。蓋其胸次不
　　　凡，故落筆便有超妙處。此幅新篁卷石，婀娜蒼潤，豈其法之變乎？

　　皆言東坡畫竹之得「意」也。

　　又東坡月下畫竹，朱筆畫竹皆其意之獨造也。即：

　　惲格南田《畫跋》引云：

　　　東坡於月下畫竹，文湖州見之大驚，蓋得其意者全乎天矣，不能復
　　　過矣。禿筆戲拈一兩枝，生煙萬狀，靈氣百倍。

　　又據陳秀明《東坡文談錄》載——東坡在試院時，興到無墨，遂用朱筆
畫竹。見者曰：「世豈有朱竹耶」？公曰：「世豈有墨竹耶」？月下竹、朱竹
亦其所長也。

　（五）評品人物

　　東坡自元祐還朝，已是望重之名流，士林迎迓，飲宴無數，蓋其時天下

風氣奢靡。據孟元老《東京夢華錄》序云：

> 集四海之珍奇，皆歸市易；會寰區之異味，悉在庖廚。花光滿路，
> 何限春遊，簫鼓喧空，幾家夜宴。

東坡天性詼諧，常於微醺中擊拍聽歌，賞評與筵之士人鴛燕，謔浪調笑令人擊節嘆絕。以下試由其筆記詩文中，舉其一二。

1、評　人

據何薳《春渚紀聞》卷六謂劉貢父晚年身患風疾，鬚眉皆落，鼻樑斷塌，東坡借說顏淵、子路事──二人某日市中閑逛，遙見孔老夫子來，避入路旁一塔，孔子既去，顏子問：「此何塔？」子路曰：「避孔子塔（「鼻孔子塌」諧音）。」

又據王闢之《澠水燕談錄》卷十一言東坡又曾嘲弄貢父之鼻塌曰：「大風起兮眉飛颺，安得壯士兮守鼻樑。」一座大噱。

又某日東坡會貢父雪堂，憶昔日應試食三白飯（鹽、蘿蔔、白飯）。數月後貢父又請東坡食「皛」飯，東坡反邀貢父於臨軹亭吃「毳」飯，而為釋之曰：黃州土語「毛」即「沒有」之意。（朱弁《曲洧舊聞》卷三）

東坡公餘，常跨馬訪友，又喜賣弄聰明，與劉貢父（邠）有同好，兩人相遇，常針鋒相對，互相作難。一日貢父宴客，東坡有事先離席，貢父道：「幸早裏，且從容。」此六字即含有三果一藥（杏、棗、李，蓯蓉。）之諧音，不意東坡應聲而出曰：「奈這事，須當歸。」（奈、枳、饊、當歸）。

又據邵博《聞見後錄》卷三十謂秦觀雖長於清婉詞曲，而于思滿面。某日於東坡家聚會，座中人笑其鬍子太多。少游解嘲道：「君子多乎哉！」東坡應聲道：「小人樊須（繁鬚）也。」

又顧子敦（臨）乃東坡進士同年，三十年交好，然因體貌酷肖屠夫，人稱「顧屠」，顧子暑天據案而寐，東坡書四字於其腹側曰：「顧屠肉案。」

《志林》卷七，謂元祐二年，顧為河北都轉運使，東坡作詩戲之曰：「吾友顧子敦，軀膽兩俊偉。便便十圍腹，不但貯書史。容君數百人，……磨刀向豬羊，烹酒會鄰里。」王直之《詩話》云：「後奉使河朔，居士有詩送之，子敦讀之頗不樂。故以居士復和前篇云：『善保千金軀，前言戲之耳。』」

東坡於黃州時，聞同鄉王天常言自恣豪士陳慥（季常）懼內之事。陳氏妻柳氏，凶悍善妒，每逢季常招妓侑酒，即以木杖擊廳堂照壁，呼叫之聲，令賓客紛紛避走，東坡作〈寄吳德仁兼簡陳季常〉（詩四／1340）詩曰：「龍

丘居士亦可憐，談空說有夜不眠；忽聞河東獅子吼，柱杖落手心茫然。」河東為柳氏郡名，即暗用杜甫「河東女兒身姓柳」句，指季常妻；「獅子吼」則見於《涅槃經》有「獅子吼則百獸伏」語，蓋季常素好談佛。

又「東坡訪呂微仲，偶在書室坐久，因見盆養一龜，有六目。微仲出與東坡言偶畫寢。東坡云：『盆內之龜作得一口號，奉白：莫要鬧，莫要鬧，聽取龜兒口號，六隻眼兒睡一覺，卻比他人睡三覺。』呂大笑。」（《貴耳集》）此寫東坡謁當朝宰相大防事，借菖蒲土盆中六目龜以刺呂之貪睡。

王安石著《字說》，書成。東坡舉「坡」字，問係何義？安石曰：「坡者，土之皮。」東坡曰：「然則滑者，水之骨乎？」安石默然。又安石以「『篤』者，以竹鞭馬也，病馬為篤，不走，當以竹鞭之。」東坡曰：「笑」則為「以竹鞭犬也」，安石無語。東坡又引《詩經》：「鳲鳩在桑，其子七兮」以釋「鳩」字，為七子加父母，安石知為謔己，拂袖而去。

李公擇喜藏墨，見好墨即奪，相知間無不抄取殆遍。人譏其「懸墨滿室，此亦通人之一蔽也。」東坡戲以詩贈之，佳句是：「非人磨墨墨磨人」。（〈書李公擇墨蔽〉文五／2223）。

> 東坡過潤州，太守高會以饗之，飲散，諸妓歌魯直茶詞云：『有一杯春草解留連佳客。』東坡曰：『卻留我喫草。』諸妓立東坡後憑胡床者，大笑絕倒，胡床遂折，東坡墜地，賓客一笑而散。（《誠齋詩話》）

> 蘇長公在維揚，一日召客十餘人，皆一時名士，米元章亦在座。酒半，元章忽起立自贊曰：「世人皆以芾為顛，願質之子瞻。」長公笑答曰：「吾從眾。」（《侯鯖錄》）

東坡天性豪放，語多詼諧。邵博《邵氏聞見後錄》卷十四謂昌黎文自「經」中來、子厚文自「史」中來，歐公文多和氣；東坡文多英氣，或以其詩文語多刺也。

2、自　嘲

東坡戲謔他人，亦時常戲謔、調侃一己。如：「彭城老守本虛名，識字劣能欺項藉。」（〈與梁左藏會飲傅國博家〉詩三／801）〈聞子由瘦〉（詩七／2257）詩中云：「十年京國厭肥羜，日日烝花壓紅玉，從來此腹負將軍。……」自註云：「俗諺云：大將軍食飽捫腹而歎曰：『我不負汝。』左右曰：『將軍固不負此腹，此腹負將軍，未嘗出少智慮也。』」可見東坡性情如此。

成都中和院僧表祥，曾畫東坡像，求其自讚自書，而掛於妙高臺壁間。

東坡自讚爲〈自題金山畫像〉（詩八／2641）：「心似已灰之木，身如不繫之舟。問汝平生功業，黃州惠州儋州。」「黃州、惠州、儋州」，皆其貶謫之處，仍稱之爲「平生功業」？其善謔實不言可喻。

東坡又有一首〈洗兒戲作〉（詩八／2535），云：「人皆養子望聰明，我被聰明誤一生。惟願孩兒愚且魯，無災無難到公卿。」分明是指「到公卿」者，皆屬「愚且魯」，方能「無災無難」，反語中，正透露幾許心聲！

東坡於元祐二年歲暮時，作書與潘丙（彥明）〈與潘彥明十首·其六〉（文四／1584），謂思念其地其人而自嘲曰：

　　僕暫出苟祿耳，終不久客塵間，東坡不可令荒茀，終當作主，與諸
　　君遊，如昔日也。願遍致此意。

京朝不如窮邑，衣冠不如市井。蘇軾內心感覺，眞乃冠蓋如雲，而一身孤寂。

3、人諷東坡

王闢之《澠水燕談錄》言東坡與劉貢父常相互嘲弄，某日貢父謂有一老父送一敗子出外遊學，臨行告誡曰：「切有一事不可不記，或有交友與汝唱和，須仔細看，莫更和卻賊詩，狼狽而歸。」此正嘲東坡詩獄案中，累及友人。

據李薦《師友談記》謂東坡曾以「人不易物賦」爲題，教弟子作文，中一人承師法，戲作一聯曰：「伏其几而襲其裳，豈眞孔子；學其書而戴其帽，未是蘇公。」蓋東坡曾設計一「簷高簷短」之帽（〈柳子冠〉詩七／2268），人爭仿傚，謂之「子瞻樣」。又東坡曾扈從皇上讌於醴泉觀賞雜劇，優伶丁仙現即戴此帽曰：「吾之文章，汝輩不及。」別人或不信，自釋曰：「汝不見吾頭上子瞻乎？」皇上爲之破顏，顧視東坡甚久。

又《宋稗類鈔》「東坡好戲謔，語言或稍過，范淳夫必戒之，東坡每與人戲，必祝曰：『勿令范十三知之。』」伊川亦曰：「戲謔甚害事，不戲謔，亦存心養性之一端。」然東坡戲謔亦生活情趣之一，但不至惡謔耳。

4、諷歷史人物

東坡評論歷史人物，多由時代、心理等不同角度以析論。《蘇軾文集》卷三有〈宋襄公論〉等十一篇、卷四有〈樂毅論〉等十篇。卷五有〈論武王〉等十四篇、卷六五有〈堯遜位於許由〉等八十八篇，則東坡常於評人。以下試舉其例言之。

〈荀卿論〉（文一／100）中東坡先述荀卿時爲循儒家之道而行，孔子之

言必稱先王、中規矩，乃「聖人憂天下之深」。而荀子思想偏離儒道而歧出，故東坡即云：

> 荀卿者，喜爲異說而不讓，敢爲高論而不顧者也。其言愚人之所驚，小人之所喜也。子思、孟軻，世之所謂賢人君子也。荀卿獨曰：「亂天下者，子思、孟軻也。」天下之人，如此其眾也；仁人義士，如此其多也。荀卿獨曰：「人性惡。桀、紂，性也。堯、舜，僞也。」由是觀之，意其爲人必也剛愎不遜，而自許太過。

荀子所言子思、孟軻亂天下，人性本惡，皆不同於其時。

東坡又進言荀卿之影響：桀紂不敢盡廢先王法度，小人之爲不善，猶有顧忌。荀卿「歷詆天下之賢人」之「以快一時之論」乃影響李斯竦動異秦焚滅其書，其學足以亂天下。東坡能由歷史人物獨特處加以分析思想實質，與心理轉化評述，是其獨特之處。

人或但言商鞅之罪，未言功。東坡讀《國策》後，則由功、罪兩面以評商鞅。故於〈商君功罪〉（文五／2004）中云：

> 商君之法，使民務本力農，勇於公戰，怯於私鬥，食足兵強，以帝業。然其民見刑而不見德，知利而不知義，卒以此亡。故帝秦者商君也，亡秦者亦商君也。其生有南面之福，既足以報其帝秦之功矣；而死有車裂之禍，蓋僅足以償其亡秦之罰。

則商鞅之功在「使民務本力農」、「食足兵強，以成帝業」。而其罪在使其民「見刑而不見德」、「知利不知義」，而卒亡其帝業，其言是也。

〈諸葛亮論〉（文一／112）

孔明以仁義治軍著稱，曹操亦以能兵擅長。何以孔明不勝？東坡則評其雜用「仁義詐力」而敗。蓋孔明初起，但恃「忠信」以召天下「廉隅節概慷慨死義之士」、所謂「殺一不辜而得天下，有所不爲，而後天下忠臣義士樂爲之死。」

然孔明之失，在其後欲以詐力取天下。如：

> 劉表之喪，先主在荆州，孔明欲襲殺其孤，先主不忍也。其後劉璋以好逆之至蜀，不數月，扼其吭，拊其背，而奪之國。……孔明遷劉璋，既已失天下義士之望，乃始治兵振旅，爲仁義之師，東嚮長驅，而欲天下響應，蓋亦難矣。

東坡善由人正反兩面以論，頗有見地。

（六）善運寓言

最能代表東坡諧謔思想在其寓言。以下試舉其思想內容以言之：

1、治國用兵

東坡寓言多暗伏其政治理念與用兵之道。如「富人營宮室」，見〈思治論〉（文一／115），以造屋欲先定計劃，以言立國必先定規模。又「罪疑惟輕」，見〈刑賞忠厚之至論〉（文一／33），由皋陶執刑嚴以襯寫堯用刑之寬。「人子事親」（見〈代張方平諫用兵書〉），言事親當靜思。「小兒毀齒」（見〈代滕甫論西夏書〉），言去乳齒宜漸猶用兵待敵在「漸」。〔註7〕

2、反對新法、腐政

東坡最反對新法在速行，故多篇寓言皆刺之。如「僥倖於一物」（見〈思治論〉（文一／115），言醫病勿僥倖。

東坡反對新法之處在不實。如「淺水濁流」（見〈上皇帝書〉文二／729引），由濁水變清不易，言農田水利法之空泛。

3、刺昏君庸臣

東坡寓言有二多——刺昏庸之君與奸佞之臣。如〈蝦三德〉（文六／2604）由蝦之無肚、無血、能低頭以刺君上所寵。

刺庸臣之〈二措大言志〉（文六／2381）以二窮秀才但知吃、睡、何能救國？

4、諷人情社會

東坡寓言，亦長於以辛辣刺世態人情。如：

「口目相語」（文六／2383）由人得眼疾不可食魚，口爭「厚此薄彼」，喻互不相讓。

又如〈日喻〉（文六／1980），刺眇者不知實踐之要。

5、自喻身世

東坡一生遭貶受挫甚夥，怨憤之情，每托寓言以明。如〈誅有尾〉（文六／2602），即刺《資治通鑑續編》載哲宗下令追貶元祐時之宰執及首尾附會者凡 31 人。〈三臟〉（文六／2596）言艾子好飲，人諫止以將失臟，艾子熟視曰：「唐三藏猶可活，況有四耶？」又「中流失舟」（見〈赴英州乞舟行狀〉（文三／1042）、「群虱處褌中」（〈寄子由〉文六／2337）、「方軌八達之路」（〈試

〔註7〕參拙著〈談東坡寓言之承傳〉。頁7～9，下同。

筆自書〉文六／2549）皆喻東坡受困南域。

而〈記游松亭〉（文五／2271）言縱步亭下盡情歇息，正如掛釣之魚忽得解脫。其曠放之想，正如《志林・論修養帖寄子由》所云：「任性消遙，隨緣放曠。」

6、崇尚自然

東坡思想承自《莊子》，寓言中多崇尚自然之想。如：

「幸靈守稻」言幸靈者看守稻，既不驅牛之食，又扶植被牛踐亂之稻稞，理由在「物各遂其生」。〈書戴嵩畫牛〉借牧童笑畫牛失眞，以言作畫必當行。〔註8〕

四、好同容異

東坡相識滿天下，有同道亦有異己。東坡與知友投契，亦能寬容不同道。以下試舉例以明。

（一）同道知己

1、文友──以王鞏（定國）為代表

鳥臺詩案中，以「收受有譏諷文字，不申繳入司」牽連受罰29人中，以太原王鞏（定國）牽連最重，是而謫官監賓州（即今柳州）酒鹽稅。定國無絲毫蒂介，啓程前已致書東坡，東坡感而復書〈與王定國41首・其三〉（文四／1513）：

定國爲某所累尤深，流落荒服，親愛隔闊，每念至此，覺心肺便有湯火芒刺。

東坡雖身謫黃州，乃常繫念王鞏，其〈次韻和王鞏留別〉（詩三／878）一首：「故人今有誰？」、「無人伴客寢。」。

所幸元豐六年，王鞏先自賓州放歸，蘇軾欣慰非常，作〈次韻王鞏南遷初歸二首〉（詩四／1172）言定國「歸來貌如故，妙語仍破鏑」，慶幸之情，溢於言表。實則王鞏爲兩代宰相之後，遠謫蠻荒，其處境竟如〈王定國詩集序〉（文一／318）所云：「一子死貶所，一子死於家，定國亦病幾死。」然王鞏並未歸怨東坡，且特與論昔日徐州從遊舊事。如非東坡之能待人，何能如是？

又定國有一歌姬，姓宇文，名柔奴，眉目娟麗，頗善應對。從定國南遷，

〔註8〕見拙著〈談東坡寓言之承傳〉頁7～9及頁23「東坡寓言篇目內容一覽表」中
　　　參引文獻，技法、內容等。

東坡問及主人，應之曰：「此心安處，便是吾鄉。」東坡感而賦〈定風波〉（詞二／179），末結於「試問嶺南應不好，卻道此心安處是吾鄉。」

元豐八年，宣仁太皇太后聽政，下詔求直言，一時上封事五千，司馬光看詳，以孔宗翰居第一，定國第二，是以王鞏處三年瘴癘後，得早兩年「磨勘」。後置潁州通判，尚未赴任，東坡即薦其充「節操方正可備獻納科」之制科試，不料爲臺諫斥爲「姦邪」。東坡大加駁斥曰：「臣與王鞏，自幼相知，從我爲學，何名諂事？臺諫欲陷者我，王鞏受我連累無理誣陷，能不令人悚懼？」擾攘之後，王鞏終於被出爲西京通判，成爲蘇門中不幸之代罪者？

元祐初，東坡與王鞏同在京師，未及一載，王鞏赴任西京通判。七、八月後，又轉赴揚州通判。時京師黨爭甚烈，東坡又以王鞏可暫留揚州，不必急於返京。東坡之〈次韻王定國倅揚州〉（詩五／1535）即云：「此身江海寄天遊，一落紅塵不易收。」關懷之意，溢於言表。而王鞏與朝中大老韓絳爲嫡表兄弟。然韓絳卻藉口避親嫌，不予推薦王鞏，東坡又作〈次韻王定國謝韓子華過飲〉（詩五／1398）一首以刺韓絳，深爲定國痛惜。

元祐三年，定國由揚州返京之十二月初七，適爲哲宗誕辰，東坡兄弟提早退朝，雙訪定國於清虛堂，追憶十年前與孫洙（巨源）過訪往事，稱美定國五言近作。東坡坦然以言：「九衢燈火雜夢寐，十年聚散空咨嗟。明朝握手殿門外，共看銀闕暾朝霞。」（詩五／1612）〈興龍節侍宴〉：「羨君五字入詩律，欲與六出爭天葩。」又〈次韻王定國得潁倅〉（詩五／1394）：「滔滔四海我知津，每愧先生植杖芸。自少多言晚聞道，從今閉口不論文。」

則二人之情誼自始皆相得如一，此乃東坡交友所重之相知同道之樂。

2、畫友

元祐在京，東坡交往畫友皆爲一代高手，除舊友王詵外，尚有曾來黃州、作客雪堂之米黻（元章），京師初交李公麟（伯時）。餘如晁咎之畫、山谷之字，皆爲一時一選。

（1）王晉卿

貴族畫家王晉卿（詵），與東坡原是老友，於御史臺獄案內，東坡與王鞏，同是遭受懲處最重之一。因詵與東坡有財物餽貽等往來。則王詵自絳州團練使，坐追兩秩，宣告停廢。又因王銑所娶爲神宗胞妹賢惠公主才免遠謫。後公主既薨，王詵頓失靠山，遂被外放筠州。元豐七年春，徙潁州，至哲宗即位，方許還京。

　　元祐初，自登州刺史復文州團練使、駙馬都尉。東坡被召入京，與詵遇於宮殿門外，相隔七年，今始執問，不勝唏噓。

　　晉卿原爲武官，工畫善詩，詩雖不甚工而能託物抒嘆。如某日晉卿忽得耳疾，痛楚不堪，向東坡求藥治耳，東坡云：「君是將種（詵是宋朝開國功臣王全斌之後裔），斷頭穴胸，當無所惜。兩耳堪作底用，割捨不得？限三日病去；不去，割取我耳。」晉卿得書頓然開悟，三日後耳痛果癒。作詩謝蘇曰：「老婆心急頻相勸，令嚴只得三日限。我耳已聰君不割，且喜兩家皆平善。」詞雖鄙俚，而所畫「挑耳圖」，卻是出色當行之作，後被王鞏收藏（參趙令畤《侯鯖錄》。）

　　王詵本是山水名家，受當時藝術風氣影響，乃繼李成（營丘）、郭熙之後，以畫〈寒林圖〉而負盛名。其早年畫〈煙江迭嶂圖〉，東坡賞後頓懷武昌樊口，且題曰：「君歸嶺北初逢雪，我亦江南五見春，寄語風流王武子，三人俱是識山人。」而「三人俱是識山人」指定國謫賓州、蘇軾謫黃州、而晉卿稍後亦謫筠州。

　　而晉卿甚好東坡之墨寶，據〈志林·書雪堂義墨〉（文五／2225）謂晉卿曾贈東坡佳墨二十六丸，凡十餘品。東坡仿「雪堂義樽」之例，擣合金屑丹砂（使墨色光澤）於墨中研磨成「雪堂義墨」，用以測出墨色深淺之不同，自是二人互贈佳墨自多。

　　又東坡於黃州，醉後作〈黃泥坡詞〉（詩八／2643），原稿久已失。一夕，與黃魯直、張耒、晁補之等夜談，言及此稿，三人便翻几倒案，搬篋索笥而尋出，然字半不可讀，東坡尋繹當時之意，補成全文。張耒從旁手錄清稿一份，呈與東坡，乘便乞去原稿真蹟。次日，王詵得知，以信抗議，書曰：

　　「吾日夕購子書不厭，近又以三縑博兩紙。子有近書，當稍以遺我，毋多費我絹也。」（文五／2138）故東坡又用澄心堂紙、李承晏墨，就「黃泥坡」一通贈與晉卿。

　　東坡〈題王晉卿詩後〉（文五／2137），以其爲貴公子罹憂患而不失正，正乃孔子所謂：「可與久處約，長處樂」者，已見二人情誼。

（2）米　黻

　　米黻，（元祐六年後改名芾），字元章，本是吳人，世居太原，後遷襄陽，故又自稱「襄陽漫士」。因米母曾侍宣仁太后於藩邸，故得補洴光尉、長沙縣掾，乃至太學博士。米芾眉目軒昂，自視甚高，然不重功名，故曾敏行《獨

醒雜志》言其以「功名皆一戲，未覺負平生。」即言不因功名而改其「潔癖」。

元章書法，最為沉著飛揚，自出新意，雖不宗一派，頗能取眾長，得流麗之美。然自恃己才，常評柳公權為醜怪惡扎之祖、罵張旭草書只宜置掛酒肆等。而米芾之行草，確亦雲舒卷，圓潤放逸。故東坡常稱美曰：「海嶽平生篆真行草書，風檣陣馬，沉著痛快，當與鍾王並行，非但不愧而已。」

元章本不作畫，至李公麟右手得病後，方畫山水。宗顧愷之之高古，信筆揮灑，不求工細，且常「潑墨」，意趣天成，獨成一格，人稱「米家山水」。

元章學書甚勤，東坡言其「日費千紙」，且收藏之豐，無人過之，不惟收晉、六朝、唐、五代畫至多，且多藏晉、唐古帖至千幅。故名其室為「寶晉齋」。

周煇《清波雜志》謂元祐四年六月十二日，東坡偕門生章致平同訪「寶晉齋」。致平視元章取畫，必親開鎖，取出畫件後，又站離觀者丈餘之外，兩手足紙供觀，於真寶外，乃令人真假莫辨。蓋米黻酷嗜書畫，常向人借閱，二王、長史、懷素輩精品十數，用心臨摹後，又常將真假兩本併還，而聽自擇，而原主常又真偽莫辨，由是巧偷豪奪，聚藏書畫日富。東坡頗不以為然，故作〈次韻米黻二王書跋尾二首之一〉（詩五／1537）曰：「秋蛇春蚓久相雜，野鶩家雞定誰美？」又元章之作偽出名，且有「書畫迷」力求之。王詵即是其一，《書史》載其事：

> 王詵，每余到都下，邀過其第，即大出書帖，索余臨學。因櫃中翻索書畫，見余所臨王子敬鵝群帖，染古色麻紙，滿目皺紋，錦囊玉軸裝，剪他書上跋，連於其後。又以臨虞帖裝染，使公卿跋。余適見大笑，王詵手奪去，諒其他尚多，未出示。

又元章恃才傲物，行動不羈，故意裝瘋作傻，以示不俗。如著異服奇冠，自謂是唐人規制，然因戴高簷帽常不能入轎，元章又不願脫帽，故常將轎頂拆除，而坐入無頂之轎中，招搖過市。一日，出保康門，路遇晁以道，以道笑其正似「鬼章」。

（3）李公麟

公麟字伯時，舒城人，南唐先主李昪裔孫，舉進士，元祐初在京為承議郎。號「龍眠居士」，為東坡元祐時之初交。

公麟之父酷好書畫，收藏甚豐。耳濡目染，公麟之畫亦氣韻高遠，意造天成；又能為詩，更識奇字，尤好三代鼎彝古器。長佛像、人物畫，尤長畫馬。

　　元祐二年，東坡知貢舉，公麟以承議郎爲小試官，於試院畫馬，時西域貢神駿，首高八尺，振鬣長鳴，萬馬皆瘖。又西羌溫溪心贈文公名駒，西河帥蔣之奇亦得西番貢「汗血」名駒，東坡雖不能寶愛，遂請公麟爲之寫眞，且請西帥生擒番將鬼章青宣結，詳加審定。又爲作〈三馬圖贊〉（文二／610），至惠州仍珍藏之。

　　據釋惠洪《冷齋夜話》言，惠洪勸公麟如專畫馬，則一日「眼花落地，必入馬胎無疑。」公麟遂改畫大士像，兼寫人物與畫「眞」。

　　中國人物畫以畫聖吳道子、顧愷之之作最爲傳神。老泉亦好此，東坡初仕鳳翔，曾化錢十萬，購得四版幸逃兵燹之道子畫菩薩與天王像，歸獻老父，成爲蘇洵一生收藏弆冕。東坡少時即好吳畫，後好王維之詩畫合一。與米芾、公麟交往後，又好顧愷之畫像之「傳神寫照，正在阿堵中。」，故於〈贈李道士〉（詩五／1533）中云：「頰上三毛自有神」、「戲著幼輿巖石裡」言顧氏裴楷畫像能添畫頰上毫毛三，即神明活現。又爲謝鯤（幼輿）作「眞」，將其畫入巖石邱壑，而進於〈傳神記〉（文二／400）中直道：「傳神之難在目顴。」

　　東坡既賞吳道子、顧愷之畫人物，是以李之儀，遂將公麟所畫地藏像示東坡，東坡即書稱美曰：「知其爲軼妙而造神，能於道子之外，探顧（愷之）陸（探微）古意耳。」又公麟之畫不惟有古意，其〈孝經圖〉能以「淡墨寫出無聲詩。」乃得自吳、顧之啓悟，與〈女史箴〉與〈烈女圖〉之影響。

　　又據陸游〈入蜀記〉謂公麟時畫王荊公像，於金陵定林庵、昭文齋壁上，著帽束帶，神采如生，見者爲之驚聳。

　　又公麟曾爲東坡作「眞」，烏帽道服，坐於磐石上，左手執一藤杖，橫置膝前。兩顴高聳，大耳長目，右頰黑痣數點，清晰可數。黃山谷評之曰：「極似子瞻醉時意態。」

　　元祐二年五月，公麟又作〈西園雅集圖〉，米芾爲作〈圖記〉。此圖細繪王詵家西園中十六人之畫像——

　　東坡頭戴黑色高篙帽，身著黃色道袍，於石案左前寫字，而童子俯身持紙。

　　李之儀（端叔）側立、蔡肇（天啓）、王詵（晉卿）於案右靜觀，後景襯以盛粧侍姬。

　　另一石案，著幅巾野褐之公麟正位橫卷上，持毫畫陶淵明〈歸去來辭〉。又魯直、子由、文潛在旁凝眸。晁補之、鄭靖老在旁俯視。

　　遠處林翳間，秦觀幅巾青衣，趺坐古檜盤根之上，袖手挣聆琴師陳碧虛把「阮咸」樂器。而愛石之米芾，昂首持毫，意欲題壁，前有鬙頭童子捧硯而侍。王欽臣立觀，圓通大師坐蒲團上說「無生論」，劉涇（巨濟）怪石上，側耳靜聽。

　　十六人後襯以廣袤庭院，全圖不惟林石清森，竹徑繞，且有翠陰密茂，小橋流水。

　　然而東坡與米黻、公麟之交誼，結局則有不同。東坡嶺海八年後北歸。〈與元章廿八首之廿五〉（文四／1782）云：

　　　　獨念吾元章邁往凌雲之氣，清雄絕俗之文，超妙入神之字，何時見
　　　　之，以洗我積年瘴毒耶？

情意仍重，謝世前猶頻頻函札往來，訴述病苦。而公麟雖於元祐時與蘇家極為密熟，甚至為蘇家遍畫家廟之神像。但至東坡南遷，公麟即不相聞問，途遇蘇氏兩院子弟，以扇障面，裝作不見。據邵博《聞見後錄》言，晁以道以此，甚為氣憤，遂將平日所藏李公麟畫，全數送人。

（二）不同道異己

1、章　惇

　　東坡一生交往中，章惇乃先友後仇者，《宋史》卷四七一章惇本傳中謂：

　　　　章惇，字子厚，博學善文，王安石秉政，悅其才。哲宗親政後為宰相。

東坡之丟官降職，流放海南皆與章惇瘋狂報復相關。

　　仁宗嘉祐朝，東坡任鳳翔通判時，初識於商州任推官之章惇，二人又同時被調往永興，主持地方進士試，言談相契，同遊名勝。如二人曾同遊終南山、仙遊潭，時潭上但有一橫木橋，下臨絕壁湍流，章惇面不改色，平步而過，且以藤條繫樹上，上下搖蕩，神色自若，攝衣而下，且以漆墨濡筆書「蘇軾、章惇來。」於石壁。既還，神彩不動，東坡撫其背曰：「子厚他日必殺人。」蓋拚命者，多殺人。

　　又他日，兩人騎馬走山路，人告以前竹密林中有虎，馬且驚叫，章惇但打馬前行，又以馬身之銅鈴重擊石以退虎，且曰：「我視東坡過之」，則其狂妄、傲慢已見。

　　而二人何以反目成仇？潘寶余《蘇東坡逸事》頁206，章惇往湖州任知府，東坡送行詩中曰：「方丈仙人出渺茫，高情猶愛水雲鄉。」以「方丈仙人」稱

美章惇，以「水雲鄉」稱美湖州，本無他意，然章惇排行老七，初生時父母欲溺之。東坡竟犯此忌。章惇以此乃譏諷之。

又《道山情話》中言，章惇某日坦腹閒臥榻上，東坡指之而言：「腹中皆是謀反陰謀」。而二人真正不睦，仍是政見不一。

《宋史》本傳言，哲宗親政，復用新法，章惇欲復仇怨，竟發司馬光、呂公著冢、斲其棺。甚而訴誣宣仁后。貶劉安世、燒《資治通鑑》。又誣子由謫雷州強奪民居等。後章惇貶昭化軍節度副使，子孫不得仕於朝，四海稱快。《宋史》列為姦臣。東坡仍致其子書問之。

2、王安石

安石熙寧變法，朝野譁然。如呂誨上論王安石十大罪狀，鄭俠進流民圖以揭露新法惡果，甚而推薦王安石進入仕途恩師歐陽修、極力贊揚王安石才幹之曾鞏、司馬光、范純仁、呂公著、趙抃、程顥、張戩、劉摯、唐坰，以及蘇軾、蘇轍、孫覺、李常等，皆於熙寧變法有不同程度之反對。安石、東坡初無隙，然安石忌東坡才高，以「不曉史事」阻其修法。又以介甫容李定不服喪惡之。加之屢上書論新法甚危，故而生隙。細繹東坡欲革新政治、經濟，初衷同於安石，然亦不免持反對之見。

宋黎靖德編《朱子語類》卷一三〇引朱子言曰：

> 熙寧變法，亦是勢當如此，凡荊公所變者，東坡亦欲為之，及見荊公做得狼狽，遂不復言，卻去攻他。

東坡於嘉祐五年（1060）初任福昌主簿，王安石已被召為「三司度支判官」，尋直集院，向仁宗上萬言書言天下事。是時對東坡任命書，乃王安石為仁宗起草：即王安石《臨川文集》卷五一〈應才識兼茂明於體用科守河南府福昌縣主簿蘇軾大理評事制〉曰：

> 爾方尚少，已能博考群書，而深言當世之務，才能之異，志力之強，亦足以觀矣。

王安石予東坡評價甚高。而二十六年後，哲宗元祐元年（1086）王安石病卒，東坡亦為哲宗起草制敕——〈王安石贈太傅〉（文三／1077）稱美云：

> 智足以遠其道，辯足以行其言。瑰瑋之文，足以藻飾萬物；卓絕之行，足以風動四方。屬熙寧之有為，冠群賢而首用。信任之篤，古今所無。

安石評東坡，東坡評安石，政見思想雖異，而評其人品個性皆頗公平。

　　熙寧二年（1069）二月，王安石參知政事，厲行變法，能將政見付諸實行，而東坡針砭熱心弊害。於〈沁園春〉（詞一／58）中「致君堯舜，此事何難！」故自此而言，安石、東坡之改革理念，正《朱子語類》卷一三○所云：「熙寧更法，亦是勢當如此，凡荊公所變者，初時東坡亦欲為之。」

　　然就改革實行言，東坡之議論，見於其早年所寫制策及進入仕途後上書、論、狀等奏論，乃所見弊政種種反映；而安石則由其所處環境使變法能付諸實行，故陳亮《龍川集》卷十一〈銓選資格〉「雖如兩蘇兄弟之習於論事，亦不過勇果於嘉祐之制策，而持重於熙寧之奏議。」一側於議論；另一側重實行。

　　以下試比較二人於新法論見之異同：

	王安石	蘇　軾
改革思想基本理念	重法家之急圖變革。	尚儒家之因勢利導。
改革重心	重「理財」，十項革新中，此有六項。	袪除冗官冗吏，重人材之得。
理財原則	重聚天下之財以富國，未重行新法過程，不利於民。如均輸法之由官辦買賣。	理財為「利民」，求上下「省費用」以「聚財」。
育才	以經義、論策代舊有詩賦；以〈三經新義〉箝制士人思想。	重人才之培育。
軍事	急功近利，疏於恤民	東坡贊成新法中裁減皇族恩例，又重修完器械，刊定任子條式，閱習鼓旗，免役法等。〔註9〕

　　總之二人皆為國憂勞，而王安石新法能試行；東坡於新法，則重議論及指出熙寧新法之弊。

　　元豐七年（1086）東坡離黃州經蘇州赴汝州，途中過金陵（今南京），專訪王安石。二人於政論上雖不同，東坡指責安石；安石亦不滿東坡。然安石甚稱美東坡。據《西清詩話》言，安石曾曰：「不知要幾百年，方有如此人物！」東坡因「烏臺詩案」入獄，安石猶上書營救，二人相互傾慕，已是一時佳話。

　　時安石隱居八年，乃因八年前副相呂惠卿（呂公弼），以王安石書，揭其於「君上不忠」，加之變法失利，遂外任江寧，至於金陵養老。此次東坡經此，六十五歲安石猶至江邊抱拳相迎，且牽牛與著便服東坡言：「不必拘於俗禮。」

〔註9〕詳見本書第一章東坡詩文中儒家思想篇。

二人皆爲下野文人，忘卻前嫌，同遊蔣山（即鍾山‧因孫權祖父名鍾，避諱而用東漢蔣子文之姓名名之）。

二人數度相晤，談政論史。如言西夏用兵及東南大獄事。東坡以漢唐之亡在大興戰事、大量捕人。東坡則勸安石向君上進諫，此所謂「出在安石口，入在子瞻耳。」足見二人關係密切。而此一亂政，乃呂惠卿之所爲。故王安石發慨曰：

「人須是知行一不義，殺一不辜，得天下弗爲，乃可。」蘇軾戲曰：

「今之君子，爭減半年磨勘，雖殺人亦爲之。」安石笑而不答。

此言當朝君子（指呂）爲提前晉級半年，不惜殺人，二人由是皆會心共鳴。

又據邵博《邵氏聞見後錄》卷 21 言安石於鍾山鼓勵東坡重修《三國書》，此次東坡流泊江淮，二人重逢，東坡但坦然以言，安石且勸東坡於金陵買地，俾可共唱和，即〈次荊公韻四絕〉（詩四／1251）所云：「騎驢渺渺入荒陂，想見先生未病時。勸我試求三畝宅，從公已覺十年遲。」此詩暗喻二人契合。無奈安石雖節義而不曉事，正司馬光《傳家集》卷六三〈與呂晦叔第二簡〉評安石：「性不曉事，而喜遂非，致忠直疏遠，讒佞輻輳，敗壞百度，以至於此。」東坡離金陵，其〈與王荊公二首〉（文四／1444）中猶云：「屢獲清見，存撫教誨，恩義甚厚。某如欲買田金陵，若幸而成，扁舟往來，見公不難矣。」然一年後安石病逝，此志卒未果。則已見東坡雖於政敵，亦能寬容。

五、熱愛生活

東坡熱愛生活，層面甚廣，如讀書著述、情誼交友、美食閒居、養生評人乃至登臨珍玩。爲免重贅，此節試探討何以熱愛生活，與如何熱愛二者以言。

東坡個性豪放直亮，正老泉〈名二子說〉言：「軾乎！我懼汝之不外飾也。」即恐「軾」之美才外露不飾。以是東坡一生九遷，仍熱愛生活。

東坡除先天才性外，後天又勤習學廣，故而思巧而多文。以下試先言其如何熱愛生活？

（一）學廣習勤

1、學　廣

東坡除習經史外，又不時窮及群書，子由〈東坡墓誌〉云：

　　　　初好賈誼、陸贄書，論古今治亂，不爲空言。既而讀《莊子》，喟然
　　　　嘆息曰：吾昔有見於中，口未能言，今見《莊子》，得吾心矣。乃出
　　　　〈中庸論〉，其言微妙，皆古人所未喻。

東坡自云：「近讀六祖《壇經》，指說法報化三身，使人心開目明。然尙少一
喻，試以喻眼：見是法身，能見是報身，所見是化身。」（文五／2082）則東
坡已廣涉道、釋。至《筆記》中東坡曾自述其「求書」之切與讀書之「細」，
云：

　　　　余聞江州東林寺有《陶淵明詩集》，方欲遣人求之，而李江州忽送一
　　　　部，字大紙厚，甚可喜也。每體中不佳，輒取讀，不過一篇，惟恐
　　　　讀盡後無以自遣耳。

　　又朱司農與東坡初交，某日求見，通名，東坡移時未出，乃作日課抄《漢
書》。

　　　　東坡曰：「某讀《漢書》，至今三經手鈔，始抄一段三字，次二字，
　　　　今一字。」司農離席後，求曰：「不知公所抄書，肯教否？」東坡命
　　　　老僕，就几上取一冊至。司農視之，皆不解其義。東坡云：「足下試
　　　　舉題一字。」司農如言，東坡應聲即誦數百言，一字無蹉跌，凡數
　　　　挑之，皆無不然。司農嘆息曰：「先生實謫仙之才也！」

　　東坡潛心爲學，亦敬他人努力不輟。有一首題爲〈虔州呂倚承奉年八十
三，讀書作詩不已，好收古今帖，貧甚至食不足〉（詩七／2449）之五古，充
分道出其欽敬。詩云：

　　　　家藏古今帖，墨色照箱筥。……枯腸五千卷，磊落相撐拄。……爲
　　　　語里長者，德齒敬已古。如翁有幾人，薄少可時助。

〈與程秀才三首之三〉（文四／1627）東坡於儋耳，促其子抄書曰：

　　　　兒子到此，抄得《唐書》一部，又借得《前漢》欲抄。若了此二書，
　　　　便是窮兒暴富也。

2、習　勤

　　東坡讀書過目不忘，〈記歐陽公論文〉（文五／2055）記歐公言爲文能過
人在「唯勤讀書而多爲之。」東坡身力行之，如其作文常用僻典險韻。如東
坡於海南作〈示過〉（文六／2562）詩，告蘇過，即用「石建」與「姜龐」二
典。宋施元《蘇詩施註》亦未明言。

　　「石建」——西漢溫人，乃石奮長子。石奮十五歲，曾以小吏恭侍漢高

祖，歷文帝、景帝，而以上大夫祿歸養於家。石建雖官居郎中令，然於老健之父，仍孝謹如昔，以「每洗沐歸謁，猶親澣中廁牏」爲世所稱。

「姜龐」──即姜詩妻龐氏。東漢廣漢人，龐盛之女。姜詩曾任江陽令，極孝其母；姜母好飲江水，龐氏每日遠涉江邊汲取，某次因風致誤，姜詩大怒，遂將龐氏逐出姜門。龐氏不餒，寄住於鄰舍，晝夜紡織，時以佳饌饋送其姑；久之，姜母自覺慚愧，又將龐氏接回。

3、常　思

詩、詞、文、賦、書、畫，東坡無一不能，皆獨到精雋。乃勤於斟酌。

東坡有〈陌上花詩三首〉，乃以民歌加工，頗有「點鐵成金」之稱譽。即：

> 陌上花開蝴蝶飛，江山猶是昔人非。
> 遺民幾度垂垂老，遊女長歌緩緩歸。
> 陌上山花無數開，路人爭看翠駢來。
> 若爲留得堂堂去，且更從教緩緩迴。
> 生前富貴草頭露，身後風流陌上花。
> 已作遲遲君去魯，猶歌緩緩妾回家。（詩二／493）

此言吳越王妃，每歲必歸臨安，錢武肅王目不知書，然遺其夫人書云：「陌上花開，可緩緩歸矣。」不過數言，吳人用其語爲歌，詞雖鄙野，歌聲淒惋，東坡妙演爲〈陌上花〉三絕句，而姿致無限。據《樂府詩選》言，此歌乃經東坡「略加用事，似在譏吳人，用『遺民』、用『去魯』，猶喻以故國降宋。吳越王錢鏐，唐末杭州臨安人。其孫俶，以宋太平興國三年，舉族歸於京師，國除。東坡之才，不遜史遷；人傳其所改，多沾沾也。」

又《香祖筆記》亦稱此改易「雖復文人操筆，無以過之。」

徐凝有〈廬山瀑布〉：「虛空落泉千仞直，雷奔入江不暫息。今古長如白練飛，一條界破青山色。」

東坡爲之改寫爲「帝遣銀河一派垂，古來惟有謫仙詞。飛流濺沫知多少，不與徐凝洗惡詩。」（詩四／1210）而詩題但言此詩「塵陋」，而不信「樂天稱美此句」「樂天雖涉淺易，然豈至是哉？乃戲作一絕」，則東坡雖才大而不傲物。徐凝之詩，鄙薄者視激賞者多，自唐以來，時起爭論：

如《唐詩紀事》曰：「樂天薦徐凝，屈張祐。」或因樂天之妒才。

而《邵閣雅談》曰：「樂天喜其人而美其詩，受掖之故也。」皆或以樂天之妒才所致，東坡未偏頗以言。

　　東坡作病鶴詩，寫「三尺長脛□瘦軀」句，故意缺第五字，使任德翁輩補之，凡數易，皆不愜。東坡徐出其稿，蓋係「閣」字；既出，則儼然如病鶴。此詩，題爲〈鶴歎〉（詩六／2003），全詩曰：

> 園中有鶴馴可呼，我欲呼之立坐隅。
> 鶴有難色側晲予，豈欲臆對如鵬乎。
> 我生如寄良畸孤，三尺長脛閣瘦軀。
> 俛啄少許便有餘，何至以身爲子娛。
> 驅之上堂立斯須，投以餅餌視若無。
> 戛然長鳴乃下趨，難進易退我不如。

究其實，此首佳處非僅在「閣」字下得妙，而言外另有寄託。以「我生如寄良畸孤」一轉，以「難進易退我不如」作結，即借題發揮，正爲「鶴」與「歎」也。

　　《海天詩話》曰：

> 惠州有潭，潭有潛蛟，人未之信。虎飲水潭邊，蛟尾而食之，俄而毛血浮於水上，人始信之。東坡以「潛鱗有飢蛟，掉尾取渴虎」十字道盡其事。謂『渴』，則知虎以水而招災；謂『飢』，則知蛟已飽食虎肉矣。

（二）多　感

　　東坡思捷、才高，常運思以言，故文思泉湧，如：

　　〈少時嘗過一村院，見壁上有詩云：「夜涼疑有雨，院靜似無僧。」不知何人詩也。又宿黃州禪智寺，寺僧皆不在，夜半雨作，偶記此詩故作一絕〉（詩四／1031）云：

> 佛燈漸暗飢鼠出，山雨忽來修竹鳴。知是何人舊詩句，已應知我此時情。

此東坡宿禪智寺，由村院題壁而作，觸景生情而寫。

　　又〈予去杭十六年而復來，留二年而去，平生自覺出處老少，麤似樂天，雖才名相遠，而安分寡求亦庶幾焉，三月六日來別南北山諸道人，而下天竺惠淨師以醜石贈行，作三絕句〉（詩六／1761）爲題之三首。亦同樣爲一時觸景生情曰：「出處依稀似樂天，敢將衰朽較前賢」。

　　又東坡應進士考，試題爲〈省試刑賞忠厚之至論〉（文一／33），卷子起初落選。編排評定官梅堯臣，恐有遺珠，從頭校閱一過，發現東坡卷子中有

「當堯之時，皋陶爲士，將殺人。」一段，遂薦給主考官歐陽修過目而予錄取，東坡謝師時，歐公問之，東坡應聲道：「想當然耳，何必定有出處？」而進云：「曹操滅袁紹，以袁紹妻賜其子丕。孔融曰：『昔武王伐紂，以妲己賜周公。』操驚問：『何經見？』融曰：『以今日之事觀之，意其如此。』堯、皋陶之事，某亦意其如此。」歐陽修嗣後對梅堯臣讚歎曰：「此子可謂善讀書、善用事，他日文章，必獨步天下。」則東坡機智過人，言之成理，於此足見。

（三）知酒好飲

東坡身行半天下，個性活潑，所思所好甚多，此以「好飲」爲代表，言其又好飲品酒。以下試舉一二：

如逡巡酒——東坡有詩云：「野飲花間百物無，杖頭惟挂一葫蘆。已傾潘子錯著水，便覺君家爲甚酥。」

此詩由詩題〈和劉長安題薛周逸老亭，周善飲酒，未七十而致仕〉（詩一／164）知，乃向劉公（指劉主薄唐年）求油煎酥餅及「錯著水」（隱指潘邠老家造逡巡酒），此酒微香微酸。是以，東坡嘲其爲「作醋錯著水」。

軟腳酒（接風酒）——東坡於〈答呂梁仲屯田〉（詩三／774）：「還須更置軟腳酒，爲君鼕鼓行金樽。……耐寒努力歸不遠，兩腳凍硬公須軟。」何謂「軟腳酒」？不是酒名，乃泛指「接風酒」，因酒可使人腳軟行遠之謂。

薄薄酒——東坡爲和膠西趙明叔（家貧，好飲，不擇酒而醉）有〈薄薄酒二首其一〉（詩三／687）：「薄薄酒，勝茶湯。麤麤布，勝無裳。醜妻惡妾勝空房，……不如眼前一醉，是非憂樂兩都忘。」詩意頗爲通達。

又東坡言「酒」多喜加一「白」字，如「肯對紅裙辭白酒」、「肯對綺羅辭白酒」、「白酒眞到齊，紅裙已放鄭」、「白酒載烏程」、「江城白酒三杯釅」等。又以「螘酒」泛指初熟之酒，其渣浮動如螘（螘同蟻），「銀瓶瀉油浮螘酒」（〈示定國〉）。餘則或官製、家釀、地方名酒，不一而足，其知酒名目之廣，試分類一述之：

1、官　製

上尊酒——高級醇酒之通稱。《漢書》〈平當傳〉如淳註：「律，稻米一斗得酒一斗，爲上尊；黍米一斗得酒一斗，爲中尊；粟米一斗得酒一斗，爲下尊。」如：「上尊初破早朝寒」（〈各述所懷用前韻〉）。

黃封酒——是官釀之酒。昔時朝廷用以分賜內臣外官，因以黃布封口，

故稱黃封。「半遊憐我憶黃封」（〈與歐育等六人飲酒〉）、「新年已賜黃封酒」。（〈杜介送魚〉詩五／1478）

齊釀──或作齋釀，官酒之一。「齊釀如澠漲玉波」（〈和王勝之〉）。

2、家釀

河東劉白墮秘釀有「白墮」、東坡自號「烏程」酒。「應呼釣詩汗，亦號掃愁帚」：「釣詩汗」、「掃愁帚」皆是。

萬戶春──東坡嶺南家釀。「萬戶春濃感國恩」（〈惠守詹君見和復次韻〉詩八／2534）。「持我萬戶春，一酹五柳陶」（〈寄子由〉）。

眞一酒──嶺南時以白麵、糯米、清水製成，玉色香醇。（〈眞一酒法〉文六／2370）

羅浮春──東坡惠州之家釀。東坡據《國史補》言唐人酒名多有「春」字。如郢之「富春」、富平之「石凍春」。「立山咫尺不歸去，一杯付與羅浮春。」（〈寓居合江樓〉詩六／2071）

3、以地名名酒──揚州名酒「雲液」、金城名酒「土酥」。

白墮酒──亦河東名酒。《洛陽伽藍記》載：「古之善釀酒者，姓劉名白墮，河東人；其酒可以遠致千里，故亦名良酒爲白墮。」「獨看紅藥傾白墮」（〈次韻晁無咎學士相迎〉詩六／1868）

桑落酒──河東名酒。《霏雪錄》云：「河東桑落坊有井，每至桑落時，取水釀酒甚美，故名桑落酒。」「桑落初嘗无玉蛆」（〈過詹使君一首〉）。

郫筒酒──產於四川省郫縣。《華陽風俗錄》載：「郫縣有郫筒池，池旁有大竹，郫人刳其節，傾春釀於筒，信宿，香聞村外；斷之以獻，俗呼郫筒酒。」「他年攜手醉郫筒」（〈次韻周邠寄雁蕩山圖〉詩三／689）。

羔兒酒──爲汾州名酒，亦稱羊羔酒，色白瑩，饒風味。係用糯米、肥羊肉等與麴同釀，十日可熟，極甘滑。「試開雲夢羔兒酒」（〈二月三日點燈會客〉）。

閩　酒──或稱四羊酒，出福州者最佳。係以糯米及紅麴合釀，色殷紅，芬香而夾帶甜味。「夜傾閩酒赤如丹」（〈看月有懷子由並崔度賢

良〉)。

竹葉酒——即竹葉青。《酒譜》載:「蒼梧之地釀酒,以竹葉雜於中,極
　　　　清潔,故名。」乃蒼梧名酒。

　　楚人善汲水,釀酒古宜城。春風吹酒熟,猶似漢江清。耆舊何人在,
　　丘墳應已平。惟餘竹葉酒,留此千古情。(〈竹葉酒〉詩一/77)

淘米春——出雲安,香味極濃。杜甫有詩云:「聞道雲安淘米春,纔傾一
　　　　盞便醺人。」東坡云:「醉吟東野句,醒愛淘米春。」(〈和參寥見
　　　　寄〉詩三/919)

屠蘇酒——亦作酴酥,或稱酥酒。據說乃昔人居屠蘇屋以釀酒,故名;
　　　　而相傳爲華陀之方,元日飲之,可辟不正之氣。「不辭最後飲屠蘇」
　　　　(〈除夜野宿常州城外〉詩二/533)、「使君半夜分酥酒」(〈黃師
　　　　是送酥酒〉詩六/1742)。

鵝兒酒——即鵝黃酒。色呈黃而嬌美,故名。《方輿勝覽》云:「鵝黃乃
　　　　漢州名酒,蜀中無能及者。」「共把鵝兒一樽酒」(〈和林子中待制〉
　　　　詩六/1763)、「應傾半熟鵝黃酒」(〈暴雨初晴樓上晚景〉詩二/
　　　　457)。

4、依材料不同所製之酒:

柑　酒——或稱洞庭春色。〈洞庭春色〉(詩六/1835)詩引中說:「安定
　　　　郡王,以黃柑釀酒,謂之洞庭春色,色香味三絕。」詩中言其色
　　　　香曰:「鉼開香浮坐,琖凸光照牖。今年洞庭春,玉色疑非酒。」
　　　　「蝶躞嬌黃不受鐫,東風暗與色香歸。偶逢白墮爭春手,遣入王
　　　　孫玉飛。」(〈次韻趙德麟雪中惜梅且餉甘酒三首・其三〉詩六/
　　　　1842)

桂　醑——即桂酒。東坡於《筆記》中云:「有居士者以桂酒方教吾,釀
　　　　成,而玉色香味超然。」「爛煮葵羹斟桂醑」(〈新釀桂酒〉詩六/
　　　　2077)、「斜日清和桂酒香」(〈答鄭道士〉)。

東岩酒——據東坡自註:「佛峽人家白酒,舊有名。」「笑談萬事眞何有,
　　　　一時付與東岩酒。」(〈送張嘉州〉詩六/1872)

黃花酒——即菊華酒。《西京雜記》載:「菊華舒時,並採莖葉,雜黍米

釀之，至來年九月九日始熟，就飲焉，而名之。」「天風吹灩黃花酒」（〈送楊傑〉詩五／1374）

蓮花酒——爲蓮花瓣與米所釀，色白味淡；亦有雜入蓮葉者，則色微青而味微苦。「請君多釀蓮花酒」（〈題馮通直明月湖詩後〉詩七／2413）。

碧香酒——爲碧桃花瓣混麴所釀，色淺黃，香淡而清。「碧香近出帝子家，鵝兒破殼酥流盎。」（〈送碧香酒與趙明叔〉詩三／693）

蒲萄酒——或葡萄酒，係以蒲萄釀成，有黑、白兩種。據云，均各自有其藥效，黑者能除腸中障害，白者能輔助腸胃運動。「淥水翻動蒲萄酒」（〈送孔郎中赴陝郊〉詩三／800）。

天門冬酒——係以天門冬塊合米所釀，味微辛，有解消積食藥效。「天門冬酒釀又香，三杯已足潤枯腸。」（〈送李使君〉詩三／816）。東坡另有〈庚辰歲正月十二日天門冬酒熟，予自漉之且漉且嘗遂以大醉二首〉（詩七／2344）有名句曰：「天門冬熟新年喜」，「年來家釀有奇芬。」

蜜　酒——東坡有〈蜜酒歌〉（詩四／1115）乃得自西蜀道人楊世昌之蜜酒方，作歌曰：「眞珠爲漿玉爲醴」、「不如春甕自生香」，末云：「世間萬事眞悠悠，蜜蜂大勝監河侯。」「高燒油燭斟蜜酒，貧家百物初何有」、「不如蜜酒無燠寒，冬不加甜夏不酸。」（〈答二猶子與王郎見和〉）。

此外又有蟹酒、麴米春、英靈春。﹝註10﹞其間，尤以蜜酒、眞一酒、天門冬酒，更屢受東坡歌詠。

六、曠達閑適

（一）曠　達

東坡長於溶鑄融貫，常以曠達處順逆。如東坡詩作，除得陶、柳、李、杜，亦兼得自劉夢得之怨刺、白居易之流暢。故沈德潛《說詩晬語》卷下：

　　蘇子瞻胸有洪爐，金、銀、鉛、錫，皆歸溶鑄。其筆之超曠，等於

─────────────
﹝註10﹞ 東坡知酒好酒，參見陳香《蘇東坡別傳》，頁 114～141。

> 天馬脫羈，飛仙遊戲，窮極變幻，而適如意中所欲出。韓文公後，
> 又開闢一境界也。

其言是也。

趙翼《甌北詩話》卷五：

> 以文為詩，始自昌黎（韓愈），至東坡益大放厥詞，別開生面，成一
> 代之大觀。

又東坡宦途浮沉，糾葛於黨爭，既不苟同王安石等「新法」，亦不同於程頤等「理氣性命」之論，蓋由其胸中光風霽月，自親慕重，故能以曠達泰然因應。

1、曠達得自融貫

細繹東坡人生觀，糅合儒家仁恕、慎獨，道家之清虛、自守，釋家之慈悲、超凡，故而無論出世入世，皆胸懷曠達。如：

〈和頓教授見寄〉（詩二／626），言詩於嬉笑怒罵中寓有生活之曠達。即「我笑陶淵明，種秫二頃半。」「我笑劉伯倫，醉髮蓬茅散。二豪苦不納，獨以鍤自伴。既死何用埋，此身同夜旦。」

又東坡之曠達，除得自異稟、思想糅和，亦得自生活歷練，故而轉化為曠達知命。以下試由其一二，以言其知命曠達：

東坡於〈次韻子由送趙〉（詩三／858）中云：「尋溪水濺裳，芒鞋隨采藥。」於人生無常，非無可奈何之接納，而是積極之肯定。故眷念昔日歡聚，而今分飛，正似飛鴻雪上留爪痕。〈和子由澠池懷舊〉（詩一／96）詩中，曰：「人生到處知何似，應似飛鴻踏雪泥。泥上偶然留指爪，鴻飛那復計東西。」其自注：「往歲馬死於二陵，騎驢至澠池。」艱困可知也。

於題〈超然臺記〉（文二／351）中有警句曰：

> 余之無所不往而不樂，蓋遊於物之外也。

又〈題臨皋亭〉（文五／2169）云：

> 東坡居士酒醉飯飽，倚於几上，白雲左繞，清江右迴，重門洞開，
> 林巒岔入。當是時，若有思而無思，以受萬物之備，慚愧慚愧！

〈登雲龍山〉（詩三／877）：

> 岡頭醉臥石作床，仰看白雲天茫茫。

繼有柳仲舉邀請其卜居「太行」，東坡亦婉拒云：

> 言百泉之奇勝，勸我卜鄰。此心飄然，已在太行之麓矣。

擇定黃州之東坡，築雪堂以居，遂於〈雪堂記〉（文二／410）曰：

堂以大雪中爲之，因繪雪於四壁之間，無空隙也。起居偃仰，環顧
睥睨，無非雪者。蘇子居之，眞得其所居者也。

東坡至黃州，初寓定惠寺；繼遷臨皋亭。寓定惠寺時，甚隨和而自得其
樂，敘五醉海棠之下、往憩尙氏之第、醉臥板閣聽琴、置酒何氏竹園、賞劉
氏酥餅，乞蔾橘移種等事。〈遷居臨皋亭〉（詩四／1053）後，東坡飲食沐浴
皆取江中峨嵋雪水。曰：「何必歸鄉哉？江山風月，本無常主，閑者便是主人。」
皆曠達而自得。

於黃州，東坡每每芒履布衣，步阡陌、攀崗巒；或挾彈赴江濱，擊水與
客同娛。越數日，即必鱭酒泛舟，乘風玩樂。著名之〈前赤壁賦〉、〈後赤壁
賦〉，即於此時寫成。〔註11〕

至黃州不久，東坡某日與數客夜飲江畔，醉而又醒，至三更，塡就一闋
〈臨江仙〉（詞二／157），翌日人即謠傳尙受監視之東坡「冠服挂江邊，駕舟
長嘯而去。」郡司徐君猷聞報，不免驚惶失措，遂偵騎四出，遍處尋找，詎
料東坡正酣睡，即由詞末二句「小舟從此逝，江海寄餘生。」致而有「潛逃」
誤傳。實則詞中正有「入化境」之「敲門都不應，倚杖聽江聲」句，人多未
悟。

〈志林〉卷八言，東坡於黃州儋耳同有妄傳其或死或仙之事，亦遭口語
之謗言，東坡昔謫黃州，訛傳舟逝；且與曾子固居憂臨川死焉，有人亦「妄
傳，吾與子固同日化去。」「今謫海南，又有傳吾得道，乘小舟，入海不復返
者。京師皆云，兒子邁來信言之，今日有從黃州來者云：太守何述言，吾在
儋耳，一日忽失所在，獨道服在焉。」而於〈儋耳〉（詩七／2363）中，亦具
曠達氣魄。曰：

霹靂收威暮雨開，獨憑欄檻倚崔嵬。

垂天雌霓雲端下，快意雄風海上來。

野老已歌豐歲語，除書欲放逐臣回。

殘年飽飯東坡老，一壑能專萬事灰。

《名勝志》言黃州赤壁經東坡渲染而馳名不替；惠州合江樓亦然。合江

〔註11〕 湖北有四赤壁──《清一統志》據明人胡珏之〈赤壁考〉詳細指出：「蘇子瞻
所遊，乃黃州城外赤鼻磯，眞正赤壁，於嘉魚縣東北長江南岸，岡巒綿肩如
垣，上鐫『赤壁』二字。」另一爲武昌縣東南，一在漢陽縣沌口。

樓，於惠陽縣城外；建樓之處，原爲東江、西江匯流處之沙洲。東坡謫惠州，寓此，〈寓居合江樓〉（詩六／2071）云：「蓬萊方丈應不遠」。又於〈題合江樓〉（文五／2272），言初登樓即大加渲染曰：「青天孤月，故是人間一快，而或者乃云不如微雲點綴。乃是居心不淨者，常欲滓穢太清。」繼而作〈江月〉五首，予以美化。乃因杜子美詩云：「四更山吐月，殘夜水明樓。」此千古絕唱作，其中佳句有：

> 「一更山吐月，照我酒杯殘。」「二更山吐月，唧唧蟲夜話。」「三更山吐月，起尋夢中游。」「四更山吐月，山寺有微行。」「五更山吐月，星河澹欲曉。」

合江樓經東坡一渲染，似乎日、夜可登臨，以可悅目騁懷。

　　東坡六十二歲時，遠謫瓊州，其〈六月二十日夜渡海〉（詩七／2366）詩，甚曠達：

> 參橫斗轉欲三更，苦雨終風也解情。
> 雲散月明誰點綴，天容海色本澄清。
> 空餘魯叟乘桴意，無復軒轅奏樂聲。
> 九死南荒吾不恨，茲游奇絕冠平生。

「九死南荒」反認爲「茲游奇絕」。抵儋耳，連破舊之官舍皆不容安身，惟自築更簡陋之茅廬。然東坡詩中，卻云：「漂流四十年，今則卜此處。且喜天壤間，一席亦吾寓。」其超逸竟如是！

　　以曠達，面對人生聚散。如：

> 夜深人物不相管，我獨形影相嬉娛。……此生忽忽憂患裏，清境過眼能須臾。（〈舟中夜起〉詩三／942）
> 亦知人生要有別，但恐歲月去飄忽。（〈寄子由〉七／2534）
> 嗟此本何常，聚散實循環。（〈次韻和劉京兆石林亭之作〉詩三／995）
> 離合既循環，憂喜迭相攻。……人生無離別，誰知恩愛重。（〈潁州初別子由〉詩一／280）

東坡之達觀，常見於其積極奮發。如：

> 年生如朝露，白髮日夜催。（〈登常山絕頂廣麗亭〉詩三／686）
> 世事一場大夢，人生幾度秋涼。（〈西江月〉詞一／121）
> 此身如傳舍，何處是吾鄉。（〈臨江仙〉詞三／298）

人生如逆旅，我亦是行人。（詞二／686）

人生行樂耳，安用聲名籍。（〈和子由除元日見寄〉詩五／1563）

君看厭事人，無事乃更悲。（〈秀州僧本瑩靜照堂〉詩一／234）

才多事少厭閒寂，臥看雲變風雨。（〈越州張中舍壽樂堂〉詩二／326）

又東坡之努力，即使在除夕之夜，亦猶勸人「努力盡今夕。」（〈守歲〉詩一／161）

但東坡對人生追求，並不過於執著，且能替造物者設想，所謂：

蝸角虛名，蠅頭微利，算著甚乾忙，事皆前定。（〈滿庭芳〉詞三／279）

富貴在天那得忙？（〈送道原歸覲南康〉）

耕田欲雨刈欲晴，去得順風來者怨。若使人人禱輒應，造物應須日千變。（（〈泗洲僧伽塔〉）詩一／289）

2、東坡之曠達表現

東坡之曠達表現，勇於面對現實，敢於發抒見聞。東坡誠然「長恨此身非我有」（〈臨江仙〉句），仍是「倉皇不負君王意」（〈虞姬墓〉句）；既自明「平生文字爲吾累」（〈出獄次前韻〉句），仍堅持「更欲題詩滿浙東」（〈秀州報本禪寺鄉僧文長老方丈〉句），詩一／412）

東坡於鳳翔任內，曾與太守陳希亮（陳慥之父）相處不善。陳太守自恃年高執拗，一再刪改東坡文書，抑壓其見解；陳太守又公然上表彈劾東坡不從命令。後陳太守築凌虛臺，亦強令東坡寫文勒石；東坡則以「物之存廢無常」爲立論中心，公然譏喻陳太守迂誕。此即〈凌虛臺記〉（文二／350）：

夫臺猶不足恃以長久，而況於人事之得喪，忽往而忽來者歟。而或者欲以夸世而自足，則過矣。蓋世有足恃者，而不在乎臺之存亡也。

東坡與章惇原爲好友，但後來卻形同水火。據《宋史》載東坡雋豪；章惇陰毒。某日，於兩人遊藺關，至峽谷邊，峽上僅一搖搖欲墮木板小橋，橋下深不見底，激流湍吼。章惇以驍勇，欲與東坡同過橋，東坡不肯；章惇早已攏起長袍，抓住吊索，若無其事至岸邊，且於峭壁上直書：「蘇軾章惇來遊」六字，然後又泰然自若反回。東坡似誶似讚曰：「日後子必殺人。」章惇反問：「何以見得？」東坡肯定曰：「能玩性命於股掌，當必能殺人！」〔註12〕則二

─────────────

〔註12〕日後，章惇得勢，力排元祐黨人，竟因東坡「閉門隱几坐燒香」、「報道先生

人之氣度胸傑，顯然不同。

3、曠達與「烏臺詩案」

　　東坡無拘，茲舉「烏臺詩案」〔註13〕爲例，東坡因烏臺詩案繫獄四月（元豐二年八月十八至十二月廿八日）。

　　熙寧二年，王安石行新法新黨刻意自東坡十年外放（熙寧二年至元豐二年東坡移知湖州，1069～1079）之詩文中，作謀劃之政治陷害。

　　獄事起於沈括、舒亶、何大臣、李定、李宜之等人之上奏。據《宋史》、宋朋九《烏臺詩案》等文考之，即：

　　沈括長於迎送，其至杭，與東坡論舊，即求更坡近作詩篇一通，歸朝則籤貼以進曰：「詞皆訕懟」。

　　元豐二年一月二日，監察御史舒亶又自東坡〈湖州謝上表〉（文二／653）中，摭其《山村五絕》（詩二／437）：「包藏禍心，怨望其上」，不合人臣之節以奏。

　　二月廿七日監察御史裏行何大臣，又自東坡〈湖州謝上表〉（文二／653）及坊間刻印詩集，斥東坡以「水旱之災、盜賊之變」而「歸咎新法」。

　　元豐二年七月三日，御史中丞李定，又羅織東坡四大罪狀——怙終不悔、傲悖之語、操心頑愎、毀不用己者。而國子博士李宜之又言東坡〈靈壁張氏園亭記〉（文二／368），乃「教天下之人無尊君之義、無大臣之節。」神宗連接多人之奏，遂交御史臺根勘。元豐二年七月廿八日東坡遂被勾攝，八月十八入獄。

　　至「烏臺詩案」所列誣陷東坡之內容有：與王詵作〈寶繪堂記〉（文二／365）、與李清臣等所寫之〈超然臺記〉並詩、與王汾所作碑文、爲錢公輔作哀辭、與僧居則作〈成都大悲閣記〉、與晁繹所作文集序、爲張次山作〈墨寶堂記〉（文二／357）、與王鞏所作〈三槐堂記〉及〈徐州觀百步洪詩〉（詩三／891）等。

　　春睡美」等詩，以「子瞻過於舒服」，遂將其貶往儋耳。
　　據《宋史》本傳，章惇，字子厚。宋浦城人，徙居蘇州。性豪儁、心內向。博學善文。舉嘉祐進士。王安石悅其才，力薦重用。哲宗時，知樞密院事，後黜知汝州。高太后崩，復起，爲尚書僕射兼門下侍郎，引其黨蔡京、蔡卞等，盡復新法，力排元祐黨人。徽宗初，貶睦州卒。

〔註13〕所謂「烏臺」即「御史臺」。據《漢書・朱博傳》載「特府中柏樹常有野烏數千棲宿其上。」後人遂稱「御史府」爲「烏臺」或「御史臺」。

　　如〈李杞詩丞見和前篇復用元韻答之〉（詩二／319）中：「誤隨弓旌落塵土，坐使鞭箠環呻呼」乃譏新法鞭箠之多。

　　「追胥保伍罪及孥，百日愁嘆一日娛。」刺朝中行鹽法太峻。

　　〈戲子由〉（詩三／324）詩中「讀書萬卷不讀律，致君堯舜知無術」，言行法律，難以致君於堯舜。

　　〈超然臺記〉（文二／351）言「盜賊滿野，獄訟充斥」，乃諷朝臣不任事。

　　〈山村五絕〉（詩二／324）中「邇來三月食無鹽」，言七十老翁飢無食，乃刺鹽法太急。「過眼青錢轉手空」，言百姓得青苗錢，隨即浮使。

　　東坡下獄後，雖子由上書神宗，願代兄罪，當朝宰相吳充亦上書求聖上寬容，幸太皇太后曹氏惜才，東坡雖免死罪，然貶為黃州團練副使，而王詵等二十二人皆受牽累。

　　東坡受此「詆以深文，中以危法」之災，態度曠達樂觀，不卑不亢。如臨行時，猶顧其妻言，何不能如隱士楊樸妻作詩以送？（《志林·卷六·書楊樸事》）。

　　又〈與李公擇書十一首其四〉（文四／1500）中，自言困窮而不忘道曰：「吾儕雖老且窮，而道理貫心肝，忠義填骨髓，直談笑於死生之際。」

　　又赴黃作〈過淮〉（詩四／1022）中亦云：「相從艱難中，肝肺如鐵石。」

　　又〈十二月廿八日，蒙恩責授檢校水部員外郎〉（詩四／1005）中云：「平生文字為吾累，此去聲名不厭低。」乃是對李定等人，誣其以虛文惑眾之反擊。

　　又〈陳州與文郎逸民飲別〉（詩四／1017）中云：「此身聚散何窮已，未忍悲歌學楚囚。」

　　東坡之豁達，亦表現於其對新法之異同。即東坡耿耿憂國。於黃州四年，漸知新法亦有可取，遂〈與滕達道〉（詩四／1478）中云：「回視向之所執，益覺疏矣。」而哲宗時，司馬光等執政，全面否定新法，東坡猶言「參用新法」，則東坡自始曠達，未因烏臺詩案而膽怯退縮，誠為難得。

（二）閒　適

1、閑適常見於失意中

　　東坡個性耿直，常由政治制約中投身，故宦海浮沈，多有失意。東坡首度赴杭，已有安閑之意。

寓世身如夢，安閑日似年。……勸客眠風竹，長齋飲石泉。（〈過廣愛寺〉詩二／460）

食罷茶甌未要深，清風一榻抵千金。腹搖鼻息庭花落，還盡平生未足心。（〈佛日山榮長老方丈五絕・其四〉詩二／478）

我本西湖一釣舟，意嫌高屋冷颼颼。羨師此室繞方丈，一柱清香盡日留。（〈書雙竹湛師房二首・其一〉詩二／524）

西湖天下景，游者無愚賢。淺深隨所得，誰能識其全。嗟我本狂直，早爲世所捐。獨專山水樂，付與寧非天。三百六十寺，幽尋遂窮年。所至得其妙，心知口難傳。至今清夜夢，耳目餘芳鮮。（〈懷西湖寄晁美叔同年〉詩二／644）

東坡由金陵而常州宜興，買得莊子，可安住足食，雖不如揚州之美，而自覺「窮猿投林，不暇擇木也。」（〈與王定國四十一首之十六〉文四／1522）

東坡於元豐八年（1085）二月抵常州。九年四月，哲宗立，東坡至揚州，時江淮豐收，五月一日，東坡於壁書詩〈歸宜興留題竹西寺三首・其三〉（詩四／1348）：「此生已覺都無事，今歲仍逢大有年。山寺歸來聞好語，野花啼鳥亦欣然。」亦有安適心情（但卻爲詩禍資料之一。）

東坡又有〈菩薩蠻〉（詞三／210）最足代表其閑適自得：

買田陽羨吾將老，從來只爲溪山好，來往一虛舟，聊從造物遊。有書仍嬾著，且漫歌歸去，筋力不辭詩，要須風雨時。

東坡貶古樸之黃州，於濱江水之臨皋亭下〈臨皋閑題〉中云：

江山風月，本無常主，閑者便是主人。

又於〈書臨皋亭〉（文五／2278）中云：

東坡居士酒醉飯飽，倚於几上，白雲左繞，清江右洄，重門洞開，林巒岔入。當是時，若有思而無所思，以受萬物之備。

〈寓居定惠院之東，雜花滿山，有海棠一株，土人不知貴也〉（詩四／1036）言東坡初至黃州：

先生食飽無一事，散步逍遙自捫腹，不問人家與僧舍，柱杖敲門看修竹。

〈雨晴後，步至四望亭下魚池上，遂自乾明寺前東岡上歸，二首・其二〉（詩四／1041）：

市橋人寂寂，古寺竹蒼蒼。鸛鶴來何處，號鳴滿夕陽。

沙湖道上遇雨，東坡平和以道「一蓑煙雨任平生」而接言「歸去，也無風雨也無晴。」（〈定風波〉詞三／138）。

快哉亭之夕照，使東坡又有聯翩浮想：

落日繡簾捲，亭下水連空。知君爲我新作，窗戶濕青紅。長記平山堂上，攲沈江南煙雨。渺渺沒孤鴻。認得醉翁語，山色有無中。　　一千頃，都鏡淨，倒碧峰。忽然浪起，掀舞一葉白頭翁。堪笑蘭臺公子，未解莊生天籟，剛道有雌雄。一點浩然氣，千里快哉風。（龍榆生《東坡樂府箋》卷二〈水調歌頭·黃州快哉亭贈偓佺〉）

元豐三年（1080）元月，東坡與子邁離京，二月一日抵黃州貶所。於黃州五載，心情漸於憂苦中趨於閑適，欲歸老此地，而與烏臺詩案前「奮厲有當世心」全然不同。如：「老境安閑如啖蔗。」（〈定惠院寓居月夜偶出〉詩四／1032）

東坡友馬正卿（夢得）「爲於郡中請故營地數十畝，使得躬耕其中。地既久荒，爲茨棘瓦礫之場，而歲又大旱，墾闢之勞，筋力殆盡。」（〈東坡八首並敘〉詩四／1079）

東坡躬耕於此，借白居易〈忠州東坡詩〉而稱「東坡」。又向「大冶長老」乞桃花茶栽於東坡墾地，而言其苦樂：「獨有孤旅人，天窮無所逃。端來拾瓦礫，……喟然釋耒嘆，我廩何時高。」（〈東坡八首·其一〉詩四／1079）

東坡又有刈草拾瓦礫，築雪堂曰：

去年東坡拾瓦礫，自種黃桑三百尺。今年刈草蓋雪堂，日炙風吹面如墨。（〈次韻孔毅父久旱已而甚雨三首·其二〉詩四／1121）

東坡甚而欲以黃州爲家。所謂「臨臯亭下，不數十步，便是大江，其半是峨媚雪水，吾飲食沐浴皆取焉，何必歸鄉哉。」（〈與范子豐八首·之八〉文四／1453）

便爲齊安民，何必歸故丘。（〈子由自南部來陳三日而別〉詩四／1018）

我生天地間，一蟻寄大磨。歸田不待老，澹然無憂樂。（〈遷居臨臯亭〉詩四／1053）

2、閑適在樂山樂水

東坡之樂山樂水，乃求生活之順適。如：

我生百事常隨緣，四方水陸無不便。（〈和蔣夔寄茶〉詩／653）

我來亦何事，徒倚望雲巘。（〈新城陳氏園次晁補之韻〉詩二／581）
東坡一生宦海浮沉，八年走三川，而多投向江湖，如《志林》卷六云：「東坡
居士移守文登五日而去官，眷戀山海之勝，與同僚飲酒日賓樓上，酒酣作木
石一紙。」其好山喜水之詩文甚多。如好山水有：

揮汗紅塵中，但隨馬蹄翻。（〈廣陵會三同舍各以其字爲韻仍邀同賦〉
詩一／294）

此生定向江湖老，默數淮中十往來。（〈淮上早發〉詩六／1870）

我今漂泊等鴻雁，江南江北無常棲。（〈與子由同游寒溪西山〉詩四
／1054）

嗟我本狂直，早爲世所捐。獨專山水樂，付與寧非天。三百六十寺，
幽尋遂窮年。（〈懷西湖寄晁美叔同年〉詩二／644）

三年走吳越，踏遍千重山。朝隨白雲去，暮與棲鴉還。（〈祈雪霧豬
泉，出城馬上作，贈舒堯文〉詩三／897）

未成短掉泝三峽，已約輕舟泛五湖。（〈十月十五日觀月黃樓席上次
韻〉詩三／889）

又東坡之順適，多來自山水之樂。如：

九死南荒吾不恨，茲遊寺絕冠平生。（〈六月二十日夜渡海〉詩七／2367）

塵容已似服轅駒，野性猶同縱壑魚。……出入巖巒千仞表，較量筋
力十年初。（〈游廬山次韻章傳道〉詩二／619）

寒潮不應淮無信，客路相隨月有情。（〈和田仲宣見贈〉詩四／1292）

推擠不去已三年，魚鳥依然笑我頑。人未放歸江北路，天教看盡浙
西山。（〈與毛令方尉游西菩寺二首・其一〉詩二／584）

莫嫌犖确坡頭路，自愛鏗然曳杖聲。（〈東坡〉詩四／1183）

東坡又自遊山玩水所得芳鮮新綠，可袪塵俗：

江月夜夜好，雲山朝朝新。（〈徐元用使君與其子端常邀僕與小兒同
游東山浮金堂〉詩七／2387）

扁舟渡江適吳越，三年飲食窮芳鮮。（〈和蔣夔寄茶〉詩二／653）

游遍錢塘湖上山，歸來文字帶芳鮮。（〈送鄭戶曹〉詩三／791）

我昔嘗爲徑山客，至今詩筆餘山色。（〈送淵師歸徑山〉詩三／980）

從來劫利關心薄，此去溪山琢句新。(〈送李陶通直赴清溪〉詩五／1713)

東坡樂山水，常能極夫出游之樂。如其各詩題、詩引中曰：

惠州近城數小山，類蜀道，春，與進士許毅野步，會意處，飲之且醉，作詩以記。(詩七／2102)

一日，王定國與顏長道游於泗水，登桓山，吹笛飲酒，乘月而歸。予置酒於黃樓上以待之。咸曰：自李太白死後，世無此樂三百年矣。

二月十六日，與張、李二君游南溪，醉後，相與解衣渥足，因詠韓公〈山石〉之篇，慨然知其所以樂而忘在數百年之外也。(詩一／198)

又東坡之順適，常於閒中得之，如〈記承天寺夜遊〉(文五／2260)與張懷民賞「庭中如積水空明，水中藻荇交橫，蓋竹柏影也。」又於〈定惠院寓居月夜偶出〉(詩四／1032)中言「穿花踏月飲村酒」乃「老景清閑如啖蔗」之樂。

東坡偏愛由「觀月」而有閑適自得，如

寫赤壁勝跡有〈赤壁賦〉(文一／5)寫出水與月「水光接天」而所衍生之哲理曰：「將自其變者而觀之，則天地曾不能以一瞬。自其不變者而觀之，則物與我皆無盡也。」

〈後赤壁賦〉由初冬月色「江流有聲，斷岸千尺。山高月小，水落石出」而繹出所謂「曾日月之幾何，而江山不可復識矣。」

又〈記承天寺夜遊〉(文五／2260)中，由「何夜無月，何處無竹柏，但少閑人如吾兩人耳。」則自水月光中流瀉者，兩人有閑置之哀怨。

〈東坡〉(詩四／1183)，寫東坡月夜獨步「莫嫌犖确坡頭路，自愛鏗然曳杖聲。」由曳杖聲中溢出情思孤獨。

又東坡由定慧院缺月而引動寂寞幽獨。即：

缺月掛疏桐，漏斷人初靜，誰見幽人獨往來，縹緲孤鴻影，驚起欲回頭，有恨無人省。揀盡寒枝不肯棲，寂寞沙洲冷。(龍榆生《東坡樂府箋》卷二〈卜算子·黃州定慧院寓居〉。)

春夜漫步蘄水過溪橋之月色，令人陶醉。曰：

照野瀰瀰淺浪，橫空隱隱層霄。障泥未解玉驄驕，我欲醉眠芳草。

　　可惜一溪風月，莫教踏碎瓊瑤。解鞍欹枕綠楊橋，杜宇一聲春曉。(西江月)。

3、閑適在學陶學禪

東坡何以晚歲學陶？

東坡早歲與子由赴京應舉，路經河南澠池即有〈和子由澠池懷舊〉（詩一／96）云：「人生到處知何似」以禪意人慨嘆人生，後隨宦海不如意，追和陶淵明詩，東坡於〈追和陶淵明詩引〉中即云：

> 葺茅竹而居之，日啖諸芋。……吾於詩人無甚所好，獨好淵明之詩。
> 淵明作詩不多，然其詩質而實綺，癯而實腴。……吾於淵明，豈獨
> 好其詩也哉？如其為人，實有感焉。淵明臨終，疏告儼等：「吾少而
> 窮苦，每以家弊，東西游走，性剛才拙，與物多忤。」……吾真有
> 此病，而不早自知，半生出仕，以犯世患，此所以深愧淵明，欲以
> 晚節師範其萬一也。

東坡欣羨嚮往陶潛質樸平淡，子由撰〈東坡墓誌銘〉，曰：「公詩本似李、杜，晚喜陶淵明，追和之者幾遍。」故東坡和陶詩有 109 首外，又慕其為人，故子由〈東坡和陶詩引〉中引東坡言：「然吾於淵明，豈獨好其詩也哉？如其為人，實有感焉！」

東坡又於〈行香子・述懷〉詞中云：「幾時歸去作箇閒人，對一張琴、一壺酒、一溪雲。」但東坡入世太深，宦海浮沉一生，又難似陶潛仕隱在己，但得其閒適恬淡。

然東坡能由現實悲苦中而達觀自適，正《說詩晬語》云：「蘇子瞻胸有洪爐，金銀鉛錫，皆歸鎔鑄。」則佛家之空觀靜趣、莊子之放達超然，陶潛之悠閒平淡，皆隨時俱化，臻於跳脫豪放。

除學陶之閒適，東坡又於佛門禪理中求閒適。如：「獨念吳越多名僧，與予善者常十九。」（〈付僧惠誠遊吳中代書十二〉詩二／400）

東坡與佛結緣，雖未臻超絕，而在求清靜之心。如熙寧六年（1073）東坡作〈病中獨游淨慈〉（詩二／474）即云：「自知樂事年年減」「要知可處是無還」句，即出自《華嚴經》文殊之語與《楞嚴經》求清淨心。而〈病中游祖塔院〉（詩二／475）云：「安心是藥更無方」句，則出自《景德傳燈錄・達摩》言求安心，端在一己。

4、閑適在宴飲

宋時士人常聚飲，歌舞侑觴，作陪者或家妓、營伎。東坡自不免俗，除納妾朝雲，稱其「敏而好義」、「忠敬若一」，平日宴飲則好與人稱強，或作詩

和樂，或填詞戲謔。如其載於《筆記》中曰：

> 九日泛湖，而魯少卿會有美堂上，妓樂大作。子瞻從湖中望之，戲
> 以詩云：「指點雲間數點紅，笙歌正擁紫髯翁。誰知愛酒龍山客，卻
> 在漁舟一葉中。」又云：「西閣珠簾捲落暉，水沉煙斷珮聲微。遙知
> 通德淒涼甚，擁髻無言怨未歸。」通德，乃趙飛燕女史，後為伶玄
> 妾；魯公使事已完，不回朝，家有美妾，故子瞻譏之。
>
> 子瞻在黃州，參寥子自錢塘訪之。酒中，子瞻令官妓馬娉娉乞詩於
> 參寥；參寥口占云：「多謝尊前窈窕娘，好將幽夢惱襄王。禪心不作
> 粘泥絮，一任春風上下狂。」子瞻喜曰：「予嘗見柳絮落泥中，謂可
> 入詩料，不意此老收得！」

又東坡倅杭時，府僚湖中高僧，群妓畢集，惟秀蘭不來，營將督之再三乃來。
沐浴倦臥，趨命稍遲，府僚怒之。東坡為作〈賀新涼〉一曲，有「待浮花浪
蕊都盡，伴君幽獨」句，府僚乃大悅劇飲。東坡又常於詩詞中寫薄命美人以
遣愁。如：

> 裙帶石榴紅。卻水殷勤解贈儂。應許逐雞雞莫怕。相逢。一點靈心
> 必暗通。（龍榆生《東坡樂府箋》卷一〈南鄉子〉）
>
> 自古佳人多命薄，閉門春盡楊花落。（〈薄命佳人〉詩二／445）
>
> 殷勤莫忘分攜處，湖水東邊鳳嶺西。（〈贈別〉詩二／444）

東坡之閒適常表現於其飲食藝術。除於下章詳述外，於此試舉其能代表閒適
趨向之茶、酒以言：

最能代表東坡之閒適為「茶」，蓋宋時士大夫飲茶之風特盛，為趨時尚，
東坡對茶習染，實可謂稍遜於酒耳。東坡〈汲江煎茶〉、〈試院煎茶〉二詩（見
後引），述評兼俱，頗具識見。而〈謝人惠茶〉詩，則反覆提及不少茶名與茶
性。對「茶」則重「醒」、「閒」之境，所謂「煮茗燒栗宜宵征」、「一甌能消
半日閒」。對酒，要至「醉」、「倦」之境，故曰：「相從杯酒形骸外」、「三杯
白酒倦欲眠」。以下略一述之：

（1）品茶──東坡「嘗盡溪茶與山茗」。

唐時（德宗建中年間）即有「榷取之法」；但至宋神宗熙寧年間，「茶禁」
益嚴，然「貢茶」實非真正佳品。真正名茶則多秘密流輸於民間。

東坡除了常飲「貢茶」而外，亦曾遍嘗若干名茶。如：

> 揀芽分雀舌，賜茗出龍團。（〈怡然以垂雲新茶見餉報以大龍團〉詩

五／1662）

我官於南今幾時，嘗盡溪茶與山茗。(〈和錢安道寄惠建茶〉詩二／
529）

獨攜天上小團月，來試人間第二泉。(〈惠山謁錢道人烹小龍團〉)

小團月，指龍團；龍團爲福建名茶。第二泉，乃指無錫惠山寺石泉。

餘姚古縣亦何有，龍井白泉甘勝乳。千金買斷顧渚春，似與越人降
日注。(〈送劉寺丞赴餘姚〉詩三／952)

紫餅截圓玉，傾甌共歡賞。〈焦千之求惠山泉詩〉) 〔註14〕

東坡善於品評茶之高下，故其最賞識的仍是福建茶（簡稱建茶，因茶之盛產
地在閩江北源建溪）。故曰：「建溪新餅截雲腴」(〈生日王郎以詩見慶〉詩四
／1183) 茶以產於山嶺多雲霧者爲佳，故喻爲「雲腴」。而於〈和錢安道寄惠
建茶〉(詩二／529) 一詩中，言品茶尤詳：

建溪所產雖不同，一一天與君子性。

森然可愛不可慢，骨清肉膩和且正。

雪花雨腳何足道，啜過始知眞味永。

縱復苦硬終可錄，汲黯少戇寬饒猛。

草茶無奈空有名，高者妖邪次頑懭。

體輕雖復空浮汎，性滯偏工嘔酸冷。

其間絕品豈不佳，張禹縱賢非骨鯁。

東坡舉出連串名茶，與建茶作比較：最中肯者，乃是「一一天與君子性」之
評。又擅以人品比茶品，點出汲黯與張禹。又茶與人比者尙有：

顧渚茶芽白於齒。(〈將之湖州〉詩二／396)

環非環，玦非玦，中有迷離月兔兒，一似佳人裙上月。(〈月兔茶〉
詩二／445)

從來佳茗似佳人。(〈次韻曹輔寄壑源試焙新芽〉詩五／1696)

而品茶之意境，除「醒」、「閑」外，尙有：

煮茗怡情──「摒絕塵緣無世累，汲泉煮茗自怡然。」(〈和李節推見寄〉

〔註14〕《國史補》載：「茶之名氣益眾，湖州有顧渚紫筍。」《宋史》載，東南茶之
極品有雪川顧渚，生石上者，謂之紫筍。隆興之黃隆雙井。」《歸田錄》載：
「兩浙之品，日注爲第一。」紫餅即紫筍；又日鑄即日注。

詩二／734）

藉茶省身——「臨風飽食甘寢罷，一甌花乳浮輕圓。」（〈和蔣夔寄茶〉詩二／653）

嘗茶看畫——「嘗茶看畫亦不惡，問法求詩了無礙。」（〈龜山辯才師〉詩四／1295）

試茶消閑——「浮石已乾霜後水，焦坑閑試雨前茶。」（〈留題聖顯寺〉詩七／2427）〔註15〕

（2）煮茶——東坡除嗜茶外，亦善煎茶。

〈汲江煎茶〉（詩七／2362）：

活水還須活火烹，自臨釣石取深清。

大瓢貯月歸春甕，小杓分江入夜缾。

茶雨已翻煎處腳，松風忽作瀉時聲。

枯腸未易禁三碗，坐聽荒城長短更。

此重活水、活火以煎茶，飲之而能渡夜聽更。

〈試院煎茶〉（詩二／370）：

君不見，昔時李生好客手自煎，貴從活火發新泉。又不見，今時潞公煎茶學西蜀，定州花瓷琢紅玉。我今貧病常苦飢，分無玉碗捧蛾眉。且學公家作茗飲，塼爐石銚行相隨。不用撐腸拄腹文字五千卷，但願一甌常及睡足日高時。

東坡以塼爐石銚煎茶，不及李生以活水及潞公以花瓷煎茶。故《江鄰幾雜志》云：「蘇子瞻嘗與蔡君謨鬥茶。蔡茶，用惠山泉。蘇茶劣，改用竹瀝水煎，遂能取勝。」言東坡能用心克服困難，改進煮茶。

（3）種　茶

東坡隨寓有家釀，故亦亟欲重茶。東坡曾向大冶長老乞桃花茶，栽於東坡，詩中有句云：

嗟我五畝園，桑麥苦蒙翳。不令寸地閑，更乞茶子藝。飢寒未知免，已作太飽計。

既種，又有〈種茶〉（詩七／2225）詩記之曰：

〔註15〕雨前茶，屬第三品茶。《學林新編》云：「茶之佳者，造在社前，其次火前，其次雨前。」社前，為社日以前；火前，為寒食禁火以前；雨前，乃穀雨以前。

移栽白鶴嶺，土軟春雨後。彌旬得連陰，似許晚遂茂。能忘流轉苦，
戢戢出鳥味。

乞茶種黃州之東坡，又移植惠州之鶴嶺，亦可知其隨寓種茶。

（4）頌　茶

東坡睡前睡後，常以清茶清爽精神，得餘味無窮。故東坡多溢美之：

食罷茶甌未要深，清風一榻抵千金。腹搖鼻息庭花落，還盡平生未
足心。（〈佛日山榮長老方丈五絕〉詩二／476）

沐罷巾冠快晚涼，睡餘齒煩帶茶香。（〈留別金山寶覺圓通二長老〉
詩二／552）

春濃睡足午窗明，想見新茶如潑乳。（〈越州張中舍壽樂堂〉詩二／
326）

（5）酒

又自來言寬閑自得，士人常以「酒」爲貴賤皆宜之消遣，大有「無酒難
言寬閑」之意。

東坡未貶黃州前，任師中嘗寄詩勸子瞻「多以詩酒自娛」，東坡答以詩曰：

閑裏有深趣，常憂兒輩知。已成歸蜀計，誰借買山資。世事久已謝，
故人猶見思。平生不飲酒，對子敢論詩。

然東坡由謫惠州又儋耳，於失意中，常借酒消愁。其〈發廣州〉（詩六／2067）
詩云：

朝市日已遠，此身良自如。三杯軟飽後，一枕黑甜餘。〔註16〕

蒲澗疏鐘外，黃灣落木初。天涯未覺遠，處處各樵漁。

東坡雖於〈次韻王定國得晉卿酒相留夜〉（詩五／1617）云：「使我有名
全是酒，從他作病與忘憂。」然東坡好飲而量少，曾自云：「若僕者，又何其
不能飲？飲一盞而醉。」其酒量自不如張安道、石曼卿、劉潛之能連飲幾日，
亦不如歐陽修能飲百盞，然淺斟細酌，不失其自得也。

酒與茶而外，東坡詩中所提及的飲料，尚有：

一是雞蘇水，即水蘇所煎之茶。故曰：「道人勸飲雞蘇水」。（〈歸宜興留
題竹西寺三首·其二〉詩四／1347）

一是豆漿。東坡云：「煮豆作乳脂爲酥」（〈答二猶子與王郎見和〉）

〔註16〕詩中自註：浙人謂飲酒爲軟飽；俗謂睡爲黑甜。

一是麥門冬飲子，即麥門冬所煎之茶。東坡云：「開心煖胃門冬飲，知是東坡手自煎。」（〈睡起聞米元章冒熱到東園送麥門冬飲子〉詩二／372）

東坡於肉食中除「東坡肉」，又有蔬食之「東坡羹」及山芋與蘆菔合煮之「玉糝羹」，其曾賦詩吹噓曰：

> 香似龍涎仍釀白，味如牛乳更全清。莫將南海金齏膾，輕比東坡玉糝羹。

此外又得魚、蟹兼美，筍、芋、芥並甘，故不忌葷素，皆善於品嘗。故於〈初到黃州〉（詩四／1031）詩中自詡曰：

> 自笑平生爲口忙，老來事業轉荒唐。
>
> 長江遶郭知魚美，好竹連山覺筍香。
>
> 逐客不妨員外置，詩人例作水曹郎。
>
> 只慚無補絲毫事，尚費官家壓酒囊。

七、隨緣處逆

東坡一生逆境甚多，雖可醉時忘憂，而夢回現實，常覺「達人自達」、「世間是非憂樂本來空」。東坡究如何處「逆」？「隨遇而安」又緣自於何？憂時傷老、人生虛幻，東坡如何解脫？

（一）源自儒、道、釋

1、入道逃禪

子由言東坡少好老莊。故東坡所作，自「清詩健筆何足數，逍遙齊物追莊周」（〈送文與可出守陵州〉詩一／250）。然東坡宦海失意，嚮往避世，而不信有出世神仙，故有謂「海中方士覓三山，萬古明知去不還」（〈驪山三絕句其三〉詩一／224）。又云：「桃花流水在人世，武陵豈必皆神仙」（〈書王定國所藏江煙迹嶂圖〉詩五／1607）。故東坡並非欲修仙入道，乃是嚮往桃源。

東坡又何號「居士」？人或不知「蘇子瞻」、「蘇和仲」然，皆知「蘇東坡」、「東坡居士」。此「東坡」名號乃蘇軾四十七歲被貶黃州後自號，由是「東坡肉」、「東坡羹」、「東坡巾」、「東坡豆腐」始傳揚天下，則人重視東坡，何其廣遠！

然自烏臺詩案後，東坡貶黃州（湖北黃岡縣），居於長江邊之臨皋亭。然收入遽降，生活日困，時老友馬正卿（字夢得），至州裏爲東坡求地以維生。太守徐君猷即撥出營防廢地四、五十畝，其地即當年周瑜破曹之所，時猶存

戰船於江邊。得之，東坡與其家人合力鏟除雜草，拾淨瓦礫，而成坡下農園，因位於黃州城東，故稱「東坡」。

元豐六年二月，東坡又於坡上築堂舍五間，壁上畫雪景，又因屋成於降雪中，故名「東坡雪堂」（文一／410）。且於門板上書：「出輿入輦，命曰：『蹶痿之機』；洞房清宮，命曰：『寒熱之媒』。皓齒娥眉，命曰：『伐性之斧』，甘脆肥濃，命曰：『腐腸之藥』。」（〈書四戒〉文五／2063）又以居家學佛、隱居不仕而自號「東坡居士」。東坡雖兼棲「東坡雪堂」與「臨皋亭」，而雪堂終成其待客之所。如與米芾談書論畫，陸游亦曾至其地憑吊。

南宋洪邁《容齋隨筆》言東坡之自號「東坡」與其愛慕白居易有關。如唐白居易得罪權貴被貶江州司馬，至惠州（四川忠縣）為刺史，又作與「東坡」相關詩篇甚多，〈步東坡〉、〈東坡種花〉、〈別東坡花樹〉等。蘇軾自以貶官黃州，境遇身世同樂天，「始得名於文章，終得罪於文章。」故於〈予去杭十六年復來三絕句‧引言〉（詩五／1761）中云：「平生自覺出處老少，粗似樂天。」又於〈杭州〉詩中言「出處依稀似樂天，敢將衰朽較前賢。」故洪邁之推測，不無道理。

然東坡自號「東坡居士」，則願虔心學佛，藉以泯滅人世是非。故不惟學樂天，亦受寶覺大師等指示人生歸宿。所謂：

稽首願師憐久客，直將歸路指茫茫（〈贈寶覺長老〉詩二／600）。

鬢絲禪榻兩忘機，一洗人間萬事非〈送春〉詩二／628）。

東坡問禪載酒，目的但為虛幻人生求寄託、尋清閒。如東坡對芝上人、陸道士次韻詩中云：「憐君解此人間夢，許我時逃醉後禪。」又「問禪時到長干寺，載酒閑過綠野堂。」（〈次韻許遵〉詩五／1365）

所謂「青春不覺老朱顏」，「且赴僧窗半日閑。」（〈曾元恕遊龍山呂穆仲不至〉詩四／1800）

〈寄贈淨慈本長老〉之詩中，亦言「何時策杖相隨去，任性逍遙不學禪。」（詩四／1200）

則東坡學道參禪與尋詩載酒，皆似其為文之「常行於所當行，常止於所不可不止。」

2、隨遇適時，由儒、道、佛合一思想

思想特色——東坡一生從政，卻又淡於功名；為官屢遭貶謫，卻又堅忍

不拔。其雖傷老憂時，卻仁民愛物，不忘家國。蓋於東坡人生觀中，既重儒家積極入世，又仰慕道家之順應自然，與佛教破除與執著，故於其思想中雖充滿矛盾，卻能由自我調節、消解而取得平衡。且將入世與出世思想矛盾，導引至適時應物，隨遇而安，如：

> 細看造物初無物，春到江南花自開（〈次荊公韻四絕其二〉詩四／1252）

> 人間所得容力取，世外無物誰爲雄（〈登州海市〉詩四／1387）

以入世人力，順應宇宙自然，構成天人合一。正「人笑年來三黜慣，天教我輩一樽同。」（〈與秦太虛參寥會於松江，分韻得風字〉詩三／947）

此即是融貫儒、釋、道，天人合一思想之具體表現。以下試分述之：

東坡於〈寄吳德仁兼簡陳季常〉（詩四／1340）中云：「平生寓物不留物，在家學得忘家禪。」

又於〈記游松風亭〉中頓悟：「此間有什麼歇不得處，由是如挂鈎之魚，忽得解脫。」（文五／2271）

此兼合儒家不隨人俯仰，與禪佛「隨緣自適」，有寓寄情意之意，亦有不堅持己見之態度。

又如東坡貶惠州，與當地父老相親，而不屈己從人，亦不以得失縈懷。既得自然觀賞，又能有生活情趣。此一思想流露於處惠州時之詩文中。即：

東坡態度「雖廢棄，未忘爲國家慮。」（《經進東坡文集事略》卷一）

又〈與李公擇十七首之十一〉（文四／1500）中言「超脫得喪」：

> 我儕雖老且窮，而道理貫心肝，忠義填骨髓，直須談笑於死生之際，……雖懷坎壈於時，遇時有可尊主澤民者，則忘軀爲之，禍福得喪，付與造物。

是以兼具儒佛消極積極思想於一，而其審美態度，尤體現於其〈前赤壁賦〉中：

> 浩浩乎如馮虛御風，而不知其所止，飄飄乎如遺世獨立，羽化而登仙。……蓋將自其變者而觀之，則天地曾不能以一瞬；自其不變者而觀之，則物與我皆無盡也，而又何羨乎！

東坡其時被貶黃州，不得簽署公事，亦不得擅離置所，然其不留意於物，卻寓意於物，其胸襟何等曠達超脫！其所持「變」與「不變」之意，正同於《莊子·德充符》所云：「自其異者視之，肝膽楚越也；自其同者視之，萬物皆一

也。」之齊物思想相通。

則東坡達觀超脫、不拘名利之審美思想與人格，直是超越時空。

（二）生活上隨遇而安、通達知命

東坡生活上常隨遇而安，樂天知命。此或出自本性，亦或出自《莊子》安其無可奈何之「達觀」思想。如：

> 某謫居已逾年，諸況粗遣。禍福苦樂，念念遷逝，無足留胸中者。又自省罪戾久積，理應如此，實甘樂之。今北歸無日，因遂自謂惠人，漸作久居計。（〈與孫志康二首之二〉文四／1681）

> 入峽喜巉巖，出峽愛平曠。吾心淡無累，遇境即安暢。（〈出峽〉詩一／44）

> 我生百事常隨緣，四方水陸無不便。……人生所遇無不可，南北嗜好知誰賢。（〈和蔣夔寄茶〉詩二／653）

> 我生如寄耳，初不擇所適。但有魚與稻，生理已自畢。（〈過淮〉詩四／1022）

> 今我身世兩悠悠，去無所逐來無戀。得行固願留不惡，每到有求神亦倦。（〈泗州僧伽塔〉詩一／289）

> 高人無心無不可，得坎且止乘流浮。公卿故舊留不得，遇所得意終年留。（〈和蔡准郎中見邀遊西湖三首其二〉詩二／338）

> 我行本無事，孤舟任斜橫。中流自偃仰，適與風相迎。舉杯屬浩渺，樂此兩無情。歸來兩溪間，雲水夜自明。（〈與王郎昆仲及兒子邁遠城觀荷花，登峴山亭，晚入飛英寺，分韻得月明星稀四字首〉詩三／985）

> 作詩寄謝採薇翁，本不避人那避世。（〈自普照遊二庵〉詩二／434）

> 置之行矣無足道，賢愚豈在遇不遇。（〈送歐陽季默赴闕〉詩六／1818）

又東坡行舟遇風，道中遇雨，亦常安閒自得，泰然處之。如：

〈新灘阻風詩〉云：

> 北風吹寒江，來自兩山口。初聞似搖扇，漸覺平沙走。飛雲滿巖谷，舞雪穿牕牖。灘下三日留，識盡灘前叟。孤舟倦鴉軋，短纜困牽揉。嘗聞不終朝，今此獨何久。只應留遠人，此意固亦厚。吾今幸無事，

閉戶爲飲酒。（詩一／42）

〈十月二日將至渦口五里所遇風留宿〉（詩一／281）詩云：

> 長淮久無風，放意弄清快。今朝雪浪滿，始覺平野隘。兩山控吾前，
> 吞吐久不嘬。孤舟繫桑本，終夜舞澎湃。舟人更傳呼，弱纜恃菅蒯。
> 平生傲憂患，久已恬百怪。鬼神欺吾窮，戲我聊一噫。缾中尚有酒，
> 信命誰能戒。

〈發洪澤中途遇風復還詩〉（詩一／292）云：

> 我行無南北，適意乃所祈。

〈定風波〉小序云：「三月七日，沙湖道中遇雨，雨具先去，同行皆狼狽，
余不覺。已而遂晴，故作此。」

> 莫聽穿林打葉聲，何妨吟嘯且徐行，竹杖芒鞋輕似馬，誰怕？一蓑煙
> 雨任平生。　　料峭春風吹酒醒，微冷，山頭斜照卻相迎，回首向來
> 蕭瑟處。歸去，也無風雨也無晴。（詞二／138）

《東坡志林》有記云：「黃州東南三十里爲沙湖，亦曰螺師店，余買田其間。」
可知詞乃作於黃州時期。

則東坡至黃州，生活貧困，而隨遇而安。即或遇風，亦能「吟嘯且徐行」，
何等達觀知命。

又如東坡〈後杞菊賦〉（文一／4）言日與通守劉廷式「循古城廢圃，求
杞菊食之，捫腹而笑。」日：

> 吾方以杞爲糧，以菊爲糗。春食苗，夏食葉，秋食花實而冬食根，
> 庶幾乎西河、南陽之壽。

又修葺舊臺，子由名爲「超然臺」，乃因天下之士，囂然於是非，浮沉於榮辱，
述而不知超然物外，東坡作〈超然臺記〉（文二／352）日：

> 以見余之無所往而不樂，蓋遊於物之外也。

東坡因詩被李定、舒亶構陷入御史臺獄幾死，當其於獄中時，神宗曾密
遣小黃門，至獄視其起居情狀，適東坡晝寢，鼻息如雷，即馳以聞。神宗因
顧謂左右日：「朕知蘇軾胸中無事。」

遇赦後貶黃州，東坡又善於處逆，痛自節儉，〈答秦太虛七首其四〉（文
四／1536）云：

> 每月朔，便取四千五百錢，斷爲三十塊，掛屋梁上。平旦用畫叉挑
> 取一塊，即藏去叉。仍以大竹筒別貯用不盡者，以待賓客，此賈耘

　　老法也。度囊中尚可支一歲有餘，至時，別作經劃，水到渠成，不

　　須預慮，以此胸中都無一事。

　　東坡晚歲貶惠州，自當是「惠州秀才」，屢試不第，有何不可。又《續明
道雜志》稱讚其「舒徐逸放」過人處云：

　　蘇公雖事變紛紜至前，而舉止安徐，若素有處置。

　　由此已知東坡阻風遇雨有定力，或由其常處逆所致。則東坡之處逆，能
「胸中無事」、「素有處置」，故能隨遇而安。

　　然東坡雖處逆，猶不忘憂國憂民。〈和孔郎中荊林馬上見寄〉（詩二／
701）：「平生五千卷，一字不救飢。」作〈秧馬歌〉（詩六／2051）附於《禾
譜》之末，言武昌農民拔秧工具秧馬。又如其〈蓋公堂記〉（文二／346）以
「三易醫而病愈甚」為喻，以言「治道清淨而民自定。」又以〈江城子・密
州出獵〉言獻身於國之壯懷。然於〈水調歌頭・明月幾時有〉又以「人有悲
歡離合」，故宜善處。

　　元祐九年（1094）六月二日，五十九歲東坡抵惠州，遠謫南荒，東坡猶
悠閑自在，安於淡泊。如：

　　〈無題〉（詩六／2073）中云：「誓將閑送老，不著一行書。」

　　〈四月十一日食荔枝〉（詩六／2121）：「人間何者非夢幻，南來萬國真良
圖。」已決心惠州送老，且有熱愛惠州之意，又見於

　　〈食荔枝二首并引〉（詩七／2192）中：「日啖荔枝三百顆，不辭長作嶺
南人。」

　　東坡貶惠州，居無定所，由其〈遷居〉（詩七／2194）中謂十月二日至此，
居合江樓，六日後又遷嘉祐寺（水東）。次年三月十九又遷返合江樓（水西）。
又次年四月廿日復歸嘉祐寺，又於白鶴峰上築室。東坡〈與參寥子二十一首
之十七〉（詩五／1865）中以居此「便過一生也得」。故時而往江郊蔥籠中釣
魚。即〈江郊〉（詩六／2083）中云：「意釣忘魚，樂此竿線。」

　　又〈與子由弟十首之七〉（文五／1837）言「羊脊骨」之樂云：

　　（買）時，囑屠者買其脊骨耳。骨間亦有微肉，熟煮熱漉出，漬酒

　　中，點薄鹽炙微燋食之。終日抉剔，得銖兩於肯綮之間，意甚喜之。

　　如食蟹螯，率數日輒一食，甚覺有補。子由三年食堂庖，所食芻豢，

　　沒齒而不得骨，豈復知此味乎。

　　又東坡喜游松風亭而得其慰藉。如：

〈十一月廿六日松風亭下，梅花盛開〉（詩六／2076）：「酒醒夢覺起繞樹，妙意有在終無言。」又於《東坡志林》卷一〈記遊松風亭〉中言縱步亭下，忽悟「此間有甚麼歇不得處？由是如掛鉤之魚，忽得解脫。」

由以上所引，東坡眞能隨緣處逆者。

第四節　東坡生活藝術面面觀

由人之思想中，常見其品節操守、志趣行誼。如顏回居陋巷，簞食瓢飲，不改其樂。孔明躬耕南陽，澹泊明志，寧靜致遠。而《晉書·阮孚傳》言阮孚性好屐，不同祖約好財，是以自蠟屐而曰：「未知一生當著幾量屐」，自不同好財之祖約。

東坡一生宦海浮沉，不同眾庶，以下試分述東坡生活之面面觀，以見其與思想之相應。

一、應　世

東坡應世，積極而執著，茲舉其一二以言——

君王下聖旨，表彰東坡抗洪保城曰：「親率官吏，驅督兵夫，救護城壁。一城生齒，並倉庫廬舍，得免漂沒之害。」又撥款三萬貫，1800 石米，7200人於城南修木壩，且於堤壩上建十丈高樓臺，以黃土飾外部，號曰：「黃樓」，蓋五行中土（黃色）能克水（黑色），防洪。

堤壩竣工，黃樓建成，重陽日飲酒賦詩。東坡〈九日黃樓作〉（詩三／868）：「南城夜半千漚發。水穿城下作雷鳴，泥滿城頭飛雨華。……」又作〈黃樓碑文〉以記抗洪事；子由、少游亦作〈黃樓賦〉。嗣後東坡遂將徐州時所作詩稿鐫成，名曰《黃樓集》，以紀其救洪之事。

（一）從　政

1、初出頭地

嘉祐二年（1057）正月，東坡 22 歲，應禮部試，所作〈刑賞忠厚之至論〉立言已不同凡俗，故主考歐陽修與梅聖俞即言：「老夫當避此人，放他出一頭地也。」

嘉祐六年八月，東坡又上進策，應仁宗殿試，復中進士。其〈進策〉25（策略 5、策別 17、策斷 3）。而以「人材」之策爲主。時李泰伯〈上蘇公書〉

即云：「執事治道 25 策，霆轟風飛，覆伏天下。」即東坡初問政，已有具體治國之術。

2、鳳翔任上

東坡鳳翔三年，勤謹精敏，多所屬精。如〈思治論〉（文一／287），言世之三患在「財之不可豐、兵之不可強、吏之不可擇。」而〈上韓魏公論場務書〉（文四／1393），請免衙前之役，減賦以安民。

又於〈翠麓亭〉（詩一／175）、〈至磻溪〉（詩一／179）、〈鳳翔到任謝執政啟〉（文四／1327）中，言減囚禁、重糧運。又於〈喜雨亭記〉（文二／349）中言與民共抗旱救災等。

3、神宗熙寧朝，東坡處變法之激流中

治平二年正月，東坡鳳翔簽判任滿，返京侍命，英宗自藩邸聞其名，欲以「記注」與「翰林制誥」召入，宰相韓琦以為不可驟用。

神宗為人果於有為，欲新革朝政，遂於熙寧二年二月二日以王安石為參知政事，議行新法，元老舊臣如韓琦、富弼、歐陽修、司馬光、張方平皆反對，而凡與王安石政論相牾者（如東坡等）皆罷去。

其時又有葉祖洽〈廷試策狀〉言「陛下當與忠智豪傑之臣，合謀而鼎新之。」考官宋敏求與東坡，皆欲黜落此卷，而主考官呂惠卿則欲握置第一，此皆東坡不合當權者處。

又《宋元通鑑》言王安石以東坡才高言「跌蕩」。東坡上〈擬進士對御試策一道〉（文二／576），欲力改科考，廢詩賦而改考策論。熙寧四年正月，東坡（36 歲）上〈議學校貢舉〉（文二／398）言君相之知人在此，神宗釋然。又據《宋史》本傳言，神宗召對，東坡直言新法弊在「求治太急、聽人不廣，進人太銳」，即以此忤安石。

東坡又上〈諫買浙燈狀〉（文二／726）言聖上「以耳目不急之玩，奪其（民）口體必用之資。」二月又獻〈上神宗皇帝書〉（文二／729）、三月〈再上皇帝書〉（文二／749），激烈反對新法。四月，東坡又因神宗、安石獨斷專任，遂於試進士發策時，因考題「晉武平吳以獨斷而老，苻堅代晉以獨斷而亡」深中時病，又惹怒安石（見《宋史》本傳）。安石遂使御史謝景溫誣劾東坡（言其於丁父憂扶喪歸蜀時，販運私鹽、蘇木、瓷器。）東坡遂請外放，通判杭州。

熙寧四年（1071）十一月十八日東坡抵杭，除舒放湖光山色外，亦言所見民疾。如於〈吳中田婦嘆〉（詩二／404）中，揭露官府逼租日：「賣牛納稅

拆屋炊」。又〈懷子由〉（詩二／579）中言其時蝗災之虐「西來煙障塞空虛」。

東坡個性亮直，於政治制約中，投身名城杭州，除交友、賦詩，仍關切民生。如監試鄉舉、相度堤岸工程、組織捕蝗、賑濟飢民、疏浚錢塘六井等政績。〈謝晴祝文〉（詩五／1922）所謂「政雖無術，心則在民。」其言正是！

4、密　州

熙寧七年（1074）九月，東坡（39 歲）權知密州，赴密州道上作〈沁園春〉詞，詞中有「致君堯舜，此事何難」之雄心。而於密州任上，政績除反對新法之弊，仍有：「蝗蟲撲面已三回，磨刀入谷追窮寇，灑涕循城拾棄嬰。」（〈次韻劉貢父李公擇見寄二首其二〉詩二／646）

密州之蝗災、盜賊、棄嬰，皆因缺食饑荒所致，東坡任上皆盡力以救之。

5、徐　州

熙寧十年（1077），東坡至此，見子由及張方平、李常。東坡徐州任上之政績有：

黃河決口於曹村，東坡率民搶險救災、建堤築岸。又以煤冶鐵作兵，且於育材捕盜、設專職醫人掌療治等，一皆悉心為民。

而「過家不入」為徐州任上代表政績，蓋東坡徐州抗洪，幾過家門不入，堪與史稱大禹治水十三年，「三過家門而不入」比美。

神宗熙寧十年（1077）四月，42 歲東坡任徐州太守（徐州較密州有戰略地位），上任僅三月，黃河於澶州曹村壩決口，淹沒四十五縣，沖毀三百餘萬畝農田，八月廿一日洪水終於近迫城下。

東坡之防洪設施為組合城內青壯年，修高外堤，建造木筏，遷移村民……然而水高二丈八，水入城門，全城汪洋。東坡又親自坐鎮、分區防洪、捨身救城。且親往皇上統領之「禁軍」求援，軍民攜手，與圍困五十日洪水抗衡。東坡終於採納當地僧人之言，鑿開清冷口，將積水引入黃河故道。十月十三日始戰勝洪水。東坡提筆作詩曰：「入城相對如夢寐，我僅倖免為魚黿。」（〈答呂梁仲屯田〉詩三／774）

洪水退後，東坡續上奏請修石牆以防洪。後為經費故，改建木堤以防洪。

6、湖　州

東坡於湖州僅二月，神宗數有意用之，然御史李定、舒亶、何正擿其表語，並媒孽所為詩以為訕謗，即為「烏臺詩案」。

7、黃　州

元豐三年（1080）二月，東坡 46 歲，抵黃州貶所。在此雖欲避禍消災，閉門思過，然猶關懷國事。如赴黃州作〈陳季常所蓄「朱陳村嫁娶圖」二首其二〉（詩四／1031）云：「而今風物那堪畫，縣吏催租夜打門。」〈次子由韻〉（詩七／2267）為百姓重稅催租，如〈魚蠻子〉（詩四／1124）：「人間行路難，踏地出賦租」，又為漁民呼號。

又元豐四年（1081）東坡訪王文父得知官兵已破殺西夏六萬餘人，獲馬五千匹。即賦〈聞捷〉（詩四／1089）：「聞說官軍取乞闐，將軍旗鼓捷如神。」

元豐七年（1084）東坡（49 歲），已於黃州四年三個月，神宗卒以人才實得，弗忍終棄，而量移汝州，居常州。

8、登　州

元豐八年（1085）六月，東坡 51 歲又知登州，旋即召還，為時雖暫，然猶關心此處邊防之重要，與州民艱困。

如春召還京，即上〈登州召還議水軍狀〉（文二／766）言此地近北虜，宜有專任屯駐。又〈乞罷登萊榷鹽狀〉（文二／767）言登州榷鹽官無一毫之利，而民卻受三害。又言不可廢免役法、罷青苗法、去冗官、革科舉等，皆不忘民生。

東坡奉召還朝後，官運亨通，元祐元年（1086）拜翰林學士，三年知貢舉，可謂權傾一時。然亦為朱光庭、趙挺之等先後指斥為臣不忠，譏議前朝。東坡由是再三請求外放，卒於元祐四年，以龍圖閣大學士知杭州。

9、杭　州

元祐四年七月三日抵杭，見民旱災重稅、民窮財盡，乃為民請命：

興修水利——元祐五年，東坡上〈乞子珪師號狀〉（詩三／901）言訪修井僧人子珪，以瓦管代竹管，復修「沈公井」，又再開二井，自是甘水遍地。

浚治西湖——去菱葑、築新堤，水泉、溉田皆得其利。

賑濟災民——為浙西之災，請出糶米、又平準市價以救流殍。

此外又重修杭州府衙、言與高麗交往之五害等。

10、潁　州

元祐六年（1091）東坡 56 歲，以「龍圖學士」出知潁州，其政績有：

防水患——〈申省論開八丈溝利害狀二首〉（文三／938），言開首尾橫瀆

之「八丈溝」,乃勞民傷財。

救災安民——今年旱傷,稻苗全無,東坡上〈奏淮南閉糴狀〉(文三／944)言禁販米斛。

疏浚西湖——去菱葑,得水利。

酬獎緝盜——其地因飢荒而盜賊蜂起,李直方捐軀除患,卒得酬獎。

11、揚　州

元祐七年(1092)三月,東坡(57 歲)知揚州。除仍反對新法,其具體政事有:

罷萬花會——此會用芍藥花十萬餘,既困諸邑,又吏緣為奸,民極病之,故罷之。

東坡至揚州未半載,知民畏催欠甚於水旱。乃屢上〈論積欠六事箚子〉(文三／957)。

徙揚州未閱歲,東坡除兵部尚書,為免勞民而罷修城,免五穀力勝稅錢,又〈上圜丘合祭六議箚子〉(文三／1001)力主依正禮而合祭天地。

12、定　州

元祐八年九月,哲宗親政,傾向新黨,東坡以兩學士出知定州。其政績為:

軍事上——因定州為邊防重地,東坡不惟建議立民兵、增弓箭,且繕營
　　　　　房,加強禁軍管理。

民生上——上乞減價,糶常平米以賑災傷。

13、惠　州

又因御史論東坡制命譏斥先朝,元祐九年(1094)十月二日東坡遂貶惠州,三年後又貶瓊州別駕,居昌化。

東坡除以〈荔枝嘆〉(詩七／2126)以諷君上之揮霍。又修惠州東西二橋、軍營房。改稅收為納米。運蒲澗山滴水岩之水以濟民,又於豐湖築放生池等。

14、儋　州

紹聖四年(1097)七月二日,東坡以 62 歲,至昌化軍貶所。

東坡於海南,最大貢獻在教化州民。除有謝民師遠道來求教,又有黎子雲、王霄、符林、姜唐佐、陳功、李迪、劉廷忻、杜介之等,先後受教東坡,且皆前後中舉。故《儋州志·選舉志》即以州中人士受東坡開化,其「人文

之盛，貢選之多，爲海外所罕覯。」《瓊臺記事錄》所言亦類。（此已見本書第二章東坡詩文之儒家思想，不贅）

（二）待　人

1、尊重他人──勿求同而斥異，好使人同己，為東坡待人基本之道。

如東坡於〈寶繪堂記〉（文二／356）中云：「人持己之不好，笑人之好，則過矣。」蓋人各有所好，勿以己惡而笑人所好。正類莊子譏惠施寶愛相位，似老鷹好臭鼠。

王安石主張變法，廢除詩賦、明經等科舉考試科目，專以安石自作《三經新義》及論策取士，東坡以爲安石當負文字日衰之責。東坡又於〈答張文潛縣丞書〉（文四／1427）中言鹽鹹之地，所長皆黃茅白葦，而豐沃之地則得百花競綻。是以王直方《詩話》稱述「蘇門四學士」（黃庭堅、秦少游、晁無咎、張耒）文章風格不一。

2、寬容待人

東坡以交友在寬容。故於〈劉沈認屐〉（文五／2031）中謂待人之道當學沈麟士之寬容。即《南史》載：劉凝之爲人認所著屐，即予之。此人後得所失屐送還，不肯復取；沈麟士亦爲鄰人認所著屐，麟士笑曰：「是卿屐耶？」即予之，鄰人後得所失屐，送還之。麟士曰：「非卿屐耶？」笑而受之。劉氏不肯復取；沈氏笑而納之，則沈氏謙和、劉氏僻傲。

即東坡能循「和以處眾、寬以接下、恕以待人」之道也。

又東坡年少與章惇善，後章氏貴爲相，貶東坡至嶺南，幾欲置其於死。東坡遇赦北歸，時章惇亦貶至雷州。東坡驚嘆之餘，書於其子，海涵而恕其過往（見〈與章致平二首其一〉文四／1643）。

3、善於取予

東坡重君子之取予。〈前赤壁賦〉言物各有主，如「非我所有，則一毫不取」，東坡以「予」非長於「受」，必兼及「取」「予」二者。

又〈劉愷、丁鴻孰賢論〉（文一／44）中引《後漢書》所載劉愷、丁鴻，將原屬一己之封地爵祿讓予其弟，弟得其不應得，自以盜取浮名，未足以稱美。正如《禮記・檀弓》言齊國飢民不食「嗟！來食」，是以「施」而「侮」之，終非善舉。

是東坡能悟得君子之取予宜慎。

（三）交　友

1、樂交同道

東坡交友重「同道」，故於〈上梅直講書〉（文四／1386）中云：

> 夫天下雖不能容，而其徒自足以相樂如此。乃今知周公之富貴，有
> 不如夫子之貧賤。夫以召公之賢，以管蔡之親而不知其心，則周公
> 誰與樂其富貴。而夫子之所與共貧賤者，皆天下之賢才，則亦足與
> 樂乎此矣。

東坡言「同道相樂」則舉二事例以言：周公攝政，三叔以叛，周公以東征服
之，然所得，不惟成王疑之，管叔、蔡叔、霍叔亦不服。而《史記・孔子世
家》載言孔子雖困陳蔡，猶與弟子作歌奏樂，則以周公之權勢而不得親友；
孔子貧賤而與天下賢才共得，是以悟交友之道在「遇知己則樂」、「得同道則
樂」。

2、速交不可恃

東坡以速成之交，去之亦速，此見於其〈亡妻王氏墓誌銘〉（文二／472）
云：

> 有來求與軾親厚甚者，君曰：「恐不能久，其與人銳，其去人必速。」
> 已而果然。

東坡生性真率隨和，交友甚多，其妻王弗常警其勿交投人所好、進甚銳
者。蓋真誠友誼在默契，不在速成，即《莊子》所謂「小人之交甘若醴；君
子之交淡若水。」

3、不必畏與惡人交

東坡體悟對待小人、惡人之道在「不畏」。如：

東坡孫曾見鬼影入屋，搜之，附於乳母之身，由於東坡不懼，鬼之氣焰
遂下，遂由求仙婆、求禱告文、求吃肉、喝湯，等而下之但求杯水，則待小
人、惡人何必畏？（〈鬼附語〉文六／2321）

又〈書孟德傳後〉（文五／2045）云：子由曾為退伍士兵孟德作傳，言孟
德獨自入華山兩年，不畏猛虎，猛獸反而疑畏而去。東坡為此傳作書後曰：「虎
畏不懼己者」言——四川忠縣、雲安縣多虎，婦人白晝置二小兒沙上，而浣
衣於水，虎自山上馳來。婦人倉皇沉水避之，二小兒戲沙上自若，虎以首牴
小兒，欲攝以威，幼兒不知懼，虎無從施威。東坡由是悟惡人何畏！此正《老

子》曰：「民不畏死，奈何以死懼之？」

（四）自處之道

人必由自持之謙抑自保，方可全身遠禍，東坡生性剛直，快人快語，故屢遭不幸。故由東坡生活體悟，亦可得待人之道：

1、克己謙抑

柳宗元有〈三戒〉一文，中〈臨江之麋〉一篇，言唐時臨江獵人捕麋鹿，狗欲食之，久之，麋狗狎昵嬉戲而忘一己為麋，終為他狗所殺。又〈永州某氏之鼠〉言某人生肖屬鼠，而任恣鼠之妄行，後此屋易換主人，群鼠終為捕殺。柳宗元作此則，用之以告戒逞意肆志、恃寵而驕者，不知自持。

東坡仿此而作〈二魚說〉（文五／1993），謂豚魚不慎撞橋墩而怒，水鳥刁而食之。此乃好游不知止，反妄肆其憤，終而破腹以死，即由妄怒以招悔也。又烏賊噴水以遮蔽一己，反為海鳥擒之，此欲蓋彌彰以招禍者也。

東坡由是悟出謙抑之智者方能自保。如漢高祖劉邦之相國蕭何，因善得進退之方，至論功行賞列之為首，封之為相，人或不服，劉邦即設喻──戰將之功如獵狗；蕭何之功似獵人（操縱指揮）。然蕭何自以功高而益謙抑，召平戒之，何不辭退添封、且送子弟隨劉邦作戰，捐資財以為軍費？蕭由此終釋劉邦之疑。又故意沒去百姓土地，貪圖小利，劉邦遂誤其胸無大志，降低威信，弛以待之。故劉邦雖好殺功臣，蕭何卻以儒家勤政，黃老謙抑而得善終。

2、全身遠禍

東坡秉性天真，不知設防，故屢遭政治迫害，終悟全身自保之道。如其作〈鳥說〉（文五／1992）言烏鴉能窺探人聲而定去留。然捕者計於墳間撒錢棄飯，假祭佯哭，卒騙殺烏鴉。

人宜韜光養晦，保身遠禍，可由歷史得證：如秦始皇讀韓非書恨不能同遊，既得之，韓非不知藏智而終被毒殺。而項羽入關中後大肆焚掠，又榮歸故里，說客譏項羽如獼猴載帽，虛有其表，說客被殺。或其未讀《韓非子・說難》，深悟保身之道。

東坡於〈論范蠡〉一文，即言范蠡功成身退，隱姓埋名，行前又致書文種，告誡其宜防勾踐之不可共患難，如不早作「鳥死弓藏」之計，免死則必烹狗，文種果被賜死，此乃不悟《老子》二章所謂「天地生養萬物而不居；聖人功成而不誇」，九章謂「功業成則可引身而退。」等明哲保身之道也。

　　蓋儒家言，不能「用」，則高蹈遠引。如《論語》〈公冶長〉、〈衛靈公〉等篇，皆言進退之道以稱美孔子、寧武子之仕隱有道。如劉邦重臣陳平處呂后肅清諸王之時，沈溺酒色，荒淫放蕩，以懈君上戒心，又觀時而動，卒而保全性命。又張良能助劉邦運籌帷幄，出奇制勝，卻三萬戶之賜邑，而受封僻小留城，亦深諳功名之弊，而韓信則雖爲高祖爭得天下，竟被呂后誘殺於長安長樂宮鐘室，誅連三族，落得「鳥死弓藏，兔死狗烹」下場。此乃居功自傲也。

3、履險處變

　　東坡一生九遷，如何處逆履險，又如何處變不驚？觀東坡身陷險困而能怡然，洵乃善於處窮也。

　　如東坡被貶黃州，自顯赫優裕中親自開荒種地，而得大麥粗糧二十餘石，自言烹食而噴噴有聲，如同「嚼虱」。又以紅豆混入大麥中煮，奇味無比。蘇夫人即於〈二紅飯〉（文六／2380）中稱美曰：「這眞是新樣二紅飯。」即東坡由是隨遇而安，無處不春。

　　又東坡貶蕭條之惠州，時城中每日屠一羊，東坡於〈與子由弟十首之七〉（文五／1837）中言，每日取得羊脊骨一，煮熟漉出，浸於酒中，置鹽少許，烤至稍焦，則抉剔其筋骨結合處之肉，味美如蟹螯。非透悟人生之達者，何能得此情趣？

　　又東坡〈題楊朴妻詩〉（文五／2161）中，亦可見其臨危不懼。即東坡貶湖州，因烏臺詩案，御史屬吏至，逮捕東坡，眾人哭號，東坡引事安撫，言宋眞宗朝得善詩之隱士楊朴，上問以何人作詩送行，答以老妻曾寫一絕句：「且休落魄貪杯酒，更莫猖狂愛詠詩。今日捉將官裡去，這回斷送老頭皮。」上悟楊朴無意爲官，而放之歸山。東坡以此言於夫人，亦言何不作詩爲我送行，夫人破涕爲笑，此乃苦澀之詼諧，洵由東坡能深明處逆之道，生死之透悟，人當如自然遷化，無心任運，何不處之泰然？

　　東坡又於〈宋殺王彧〉（文五／2030）中言——泰然生死處，如善戰畢萬、從容費禕，皆不得死所，而王景文以「貪權竊國」被明帝處死，卻能從容處之，則明帝可謂不知人，亦不明生死者也。

　　東坡又於〈與李公擇十七首之十一〉（文四／1496）中言學道之達者，於生死窮達，可一笑置之。則東坡之從政待人，交友自處，皆有其心內繩尺，故能順逆得宜。

二、寓情寄性——在文字

（一）讀書——得自樂

東坡年少即聰慧過人，如〈送表弟程六知楚州〉（詩五／1434）即言與表弟上山覓梨栗。又〈戲作種松〉（詩四／1027）、〈異鵲〉（詩五／1660）得覓果種樹，飼鳥以樂。又〈和子由踏青〉、〈和子由蠶市〉皆見其年少之自樂。東坡七歲讀書，八歲入學。〈眾妙堂記〉（文二／361）中即言以道士張易簡爲師。據〈范文正公文集敘〉（文一／311）謂東坡見石守道之〈慶曆聖德詩〉中頌十一人，而窮問之，乃「韓（琦）、范（仲淹）、富（弼）、歐陽」等四人傑，已見窮究精神，與對名人之嚮往。〈上梅直講書〉（文四／1386）中言八歲即聞歐陽修，稱其爲人如孟子、韓愈，而能「飄然脫去世俗之樂，而自樂其樂。」東坡自幼即自得其樂。以下試言其讀書樂：

1、習　慣

東坡見聞之廣，得自日日披卷，夜夜勤讀。《春渚紀聞》云：

> 秦少章言，公嘗言觀書之樂，夜常以三鼓爲率。雖大醉歸，亦必披展至倦而寢。

《道山清話》亦云：

> 東坡在雪堂，一日讀杜牧之〈阿房宮賦〉凡數遍，每讀徹一遍，即再三咨嗟歎息，至夜分猶不寐。有二老兵皆陝人，給事左右，坐久甚苦之。一人長歎，操西音曰：「知他有甚好處？夜久寒甚不肯睡，連作冤苦聲。」其一曰：「也有兩句好。」其人大怒曰：「你又理會得甚底。」對曰：「我愛他道天下人不敢言而敢怒。」叔黨臥而聞之，明日以告，東坡大笑曰：「這漢子也有鑒識。』

東坡讀書由「披展至倦」、「夜分猶不寐」，是以博通。

2、範　圍

就東坡現存詩文集中，可見東坡讀之書有《詩》、《楚辭》、《莊子》、《論語》、《孟子》、《荀子》、《左傳》、《檀弓》、《史記》、《漢書》、《易經》、《書經》、《文選》等。尤於黃州及嶺南，專心治經書，完成《易》、《論語》、《書傳》等著。

至於讀詩，除《詩經》、《楚辭》、外，從漢魏詩、杜詩、李白詩、白居易詩及同代歐陽修、梅聖俞諸家詩，即或不喜之孟郊詩，亦曾用心一讀。尤愛

陶潛、柳宗元二人。東坡於儋耳〈與程全父十二首之十一〉（文四／1627）：「流轉海外，如逃空谷，既無與晤語者，又書籍舉無有，惟陶淵明一集，柳子厚詩文數策，常置左右，目爲二友。」〈又十二首之十〉（文四／1626）亦云：「隨行有《陶淵明集》，陶寫伊鬱，正賴此爾。」此外，道藏、佛典、筆記小說、偏史，皆一一涉獵。其與朱康叔信，便言及唐李肇《國史補》，則已見其涉獵之廣。尤於被貶黃州、嶺南，讀書益勤。

3、方　法

東坡讀書重熟讀深思，不厭百回。如：

> 舊書不厭百回讀，熟讀深思子自知。（〈送安惇秀才失解西歸〉詩一／247）
>
> 讀破萬卷詩愈美。（〈送任伋通判黃州兼寄其兄孜〉詩一／323）
>
> 讀書萬卷始通神。（〈柳氏二外甥求筆跡二首〉詩二／542）
>
> 不如默誦千萬首，左抽右取談笑足。（〈次韻孔毅父集古人句見贈〉詩四／1155）
>
> 學如富貴在博收，仰取俯拾無遺籌。道大如天不可求，修其可見致其幽。願子篤實慎忽浮，發憤忘食樂忘憂。（〈代書答梁先〉詩三／763）

又東坡於嶺南尤好讀書，然因嶺南書少，曾向鄭靖老借書。

其時惠州官吏鄭嘉會（靖老）以海舶載書千餘卷，兩次海運至儋，皆由廣州道士何德順爲之代致。書至則與子編排座隅，陶然就讀。〈與鄭靖老四首·其一〉（文四／1674）即謝其人載書千卷。又因讀淵明，〈和陶贈羊長史〉（詩七／2281）故曰：「得知千載事，上賴古人書。」亦謝鄭君。〈和陶游斜川〉（詩七／2318）父子同讀共吟，故曰：「過子詩似翁，我唱而輒酬。未知陶彭澤，頗有此樂不。」故借書、讀書直爲東坡遷謫良伴。

至東坡北返，又於〈與鄭靖老四首·其三〉（文四／1675）中修書告鄭靖老云：「《志林》竟未成，但草得《書傳》十三卷，甚賴公兩借書籍檢閱也。向不知公所存，又不敢帶。行封作一籠，寄邁處，令訪尋歸納。如有未便，且寄廣州何道士處，已深囑之，必不散墜。」至嶺南，東坡年邁，仍喜書如是！

東坡之好書，貴在能潛心學之。故除借書外，又抄書。朱司農某日訪東坡，通名而移時未出，已而東坡始竟抄《漢書》日課。或疑之。東坡曰：「某

讀《漢書》，至今三經手抄，始抄一段三字，次二字，今一字。」朱求教之。東坡乃命老僕就几上抽取一冊，朱試舉題，東坡應聲即誦數百言，一字無蹉跌。凡數挑之，皆然。非平日熟讀勤抄，何至於此？

東坡至海南，流轉如空谷，心情枯寂既無與晤語者，唯讀書、借書、著述。

陸游《老學庵筆記》卷九：「東坡在嶺海間，最喜讀柳子厚、陶淵明二集，謂之南遷二友。」〈與程全父十二首之十、十一〉（文四／1625）：「隨行有〈陶淵明集〉，陶寫伊鬱，正賴此爾。」正同。

東坡除將「南遷二友」常置左右，且以其中詩篇贈答。如《東坡志林》卷一〈別姜君〉言「柳子厚〈飲酒〉、〈讀書〉二詩」以贈行。則東坡嶺南時，時與書爲伴。

（二）撰文──最快意

東坡一生以文字語言見知於世。據《四庫全書・東坡全集》言，文有 2642 篇，詩 2548、詞 13 首。

而其結集見於蘇轍爲兄軾作墓誌，言軾作有《東坡集》40 卷《後集》20 卷、《奏議集》15 卷、《內制》10 卷、《外制》3 卷、《和陶詩》4 卷等，與晁公武《讀書志》、陳振孫《書錄解題》所載並同。而《四部備要》增《應詔集》即成世所習稱之「東坡七集」者。而《宋史・藝文志》則載前後集七十卷，與〈墓誌〉異，故《東坡集》之傳世非一。〔註17〕

東坡文之結集，始於儋州時，東坡同年後人劉沔曾掇拾編錄蘇軾詩文二十卷，寄予東坡校正，東坡於〈答劉沔都曹書〉（文四／1429）中謂平生以文字見知取疾：「以此常欲焚棄筆硯，爲瘖默人，而習氣宿業，未能盡去，亦謂隨手雲散鳥沒矣。」今得人編之，甚喜其「無一篇僞者，又少謬誤。」

〔註17〕今考軾集於宋世原非一本。見王景鴻〈蘇東坡著述版本考〉《書目季刊》卷四，期二。《蘇軾文集》並參以《四部備要》、《四部叢刊》。龍榆生《東坡樂府箋》收東坡詞 344 首。而《仇池筆記》二卷 124 則，舊本題宋蘇軾撰，疑好事者集之，附會竄入，未必出於東坡之手。陶宗儀《說郛》曾取而刪節不完。明萬曆趙開美嘗刊其全本，板已久佚。書 30 則與《志林》互見。
《東坡志林》十二卷 358 則，乃東坡隨手所記，陳振孫《書錄解題》載東坡《手澤》十卷，即此，乃後人裒而錄之。刊載集者，不欲以父書目之，故題曰《志林》，參本文附錄五──東坡《志林》《仇池筆記》、《蘇軾文集》對照表，以見其異同。

東坡於感歎之餘，於〈答劉沔都曹書〉中稱揚蘇過曰：

> 軾窮困，本坐文字，蓋願剗形去智而不可得者。然幼子過，文益奇，
> 在海外孤寂無聊，過時出一篇見娛，則爲數日喜，寢食有味。以此
> 知文章爲金玉珠貝，未易鄙棄也。

東坡於艱困中不停筆耕，視創作爲「金玉珠貝」，故傳世之作甚多。

然東坡所作詩文，於烏臺詩案時，官吏逮捕搜查，被燒燬泰半，故東坡
於〈黃州上文潞公書〉（文四／1380）云：

> 既去，婦女恚罵曰：「是好著書，書成何所得，而怖我如此。」……
> 悉取燒之，比事定，重復尋理，十亡其七八矣。

其後陳師仲爲其編述〈超然〉、〈黃樓〉二集，東坡欣然於〈答陳師仲主
簿書〉（文四／1428）云：

> 從來不曾編次，縱有一二在者，得罪日，皆爲家人婦女輩焚毀盡矣。
> 不知今乃在足下處。當爲刪去其不合道理者，乃可存耳。

溯東坡於烏臺詩案前「奮厲有當世志」，而於入獄後深感「平生文字爲吾
累」（〈十二月二十八日，蒙恩責授檢校水員外郎黃州團練副使，復用前韻二
首〉詩三／1005），然東坡多才多藝，詩文、詞畫、書等皆無所不至。

詩——與黃庭堅並稱「蘇黃體」。

詞——爲豪放派開創者，與辛棄疾並稱「蘇辛」。

文——爲唐宋八大家之一。

書——與蔡襄、米芾、黃庭堅並稱爲宋代四大家。且使行書提升爲書藝
　　　之首。

東坡之作除詩文外，又有《易傳》九卷、《論語說》五卷、《書傳》十三
卷等作，乃黃州五載，以此遺愛也。

如〈與王定國四十一首之十一〉（文四／1519）云：

> 某自謫居以來，可了得《易傳》九卷，《論語說》五卷。今又下手作
> 《書傳》。迂拙之學，聊以遣日，且以爲子孫藏耳。

〈黃州上文潞公書〉（文四／1379）中言覃思於《易》、《論語》曰：

> 端居深念，若有所得，遂因先子之學，作《易傳》九卷。又自以意
> 作《論語說》五卷。窮苦多難，壽命不可期。恐此書一旦復淪沒不
> 傳，意欲寫數本留人間。……《易傳》文多，未有力裝寫，獨致《論

語說》五卷。

〈次韻樂著作野步〉（詩四／1037）：「廢興古郡詩無數，寂寞閑窗《易》粗通。」

〈次韻答子由〉（詩四／1056）：「尚有讀書清淨業，未容春睡敵千鐘。」

〈和陶雜詩十一首‧其九〉（詩七／2277）：「已矣復何嘆，舊說《易》兩篇。」王文誥《蘇文忠公詩編注集成總案》卷四十三王文浩案，元符三年庚辰四月本集〈題書、易傳、論語說〉云：

> 孔壁汲冢，竹簡科斗，皆漆書也，終於蠹壞，景鐘石鼓益堅，古人為不朽計亦至矣。然其妙意所以不墜者，特以人傳人耳。大哉人乎，《易》曰：神而明之，存乎其人。吾作《易》、《書傳》、《論語說》，亦粗備矣，嗚呼又何以多為。

子由《欒城後集》卷 22〈亡兄子瞻端明墓誌銘〉謂：

> 晚歲讀《易》，玩其爻象，得其剛柔遠近喜怒逆順之情，以觀其詞，皆迎刃而解，作《易傳》未完。疾革，命公述其志，公泣受命，卒以成書，然後千載之微言，煥然可知也。復作《論語說》，時發孔氏之秘。

勤於撰作，至晚歲猶然。

（三）詩作——以好樂

東坡又有和陶詩之作，乃於政治誣陷後，厭倦官場傾軋，而和鳴於陶詩，正似黃庭堅〈跋淵明詩卷〉：「血氣方剛，讀此詩如嚼枯木，乃綿歷世事，如決定無所用智。」東坡於揚州和陶詩有二十首，〈和陶飲酒詩二十首并敘〉（詩六／1881）敘曰：「吾飲酒至少，常以把盞為樂。在揚州時，飲酒過午，輒罷。和淵明〈飲酒〉二十首。」又云：「我不如陶生，世事纏綿之。」「我坐華堂上，不改麟鹿姿，」「淵明獨清真，談笑得此生。身如受風竹，掩冉眾葉驚。俯仰各有志，得酒詩自成。」則東坡於揚州所和陶詩二十首，正是此間複雜心情之自白。

東坡於揚州作和陶詩二十首後，又續追和陶詩，乃因「半生出仕，以犯世患，此所以深愧淵明，欲以晚節師其萬一也。」由揚州至元符三年（1100）於儋州完成最後一首和陶詩（〈和陶始經曲阿〉）止，共得一○九篇（見〈與子由六首‧其五〉文六／2515）。故紹聖四年（1097）十二月，子由《欒城後集》卷二一〈子瞻和陶淵明詩引〉言東坡已「盡和其詩乃已」。

　　東坡一生著作等身，快意於作文、成癖於作詩，乃至言生活之小文、筆記、尺牘，無一不善。以下試言其一二，餘於前章文學思想處已詳述，不贅。以下略述其好詩之作：

1、好詩成癖

　　《詩話總龜》云：

> 余（東坡）遊儋耳，見黎氏，出東坡〈別海北〉詩曰：「我本儋耳民，……。」又登望海亭，柱間有擘窠大字曰：「貪看白鳥橫秋浦，不覺青林沒暮潮。」又謁姜唐佐，見其母，余問：「識蘇公乎？」曰：「然，無奈好吟詩。」

　　姜唐佐爲儋耳秀才，東坡於儋耳時，時與往來。姜母說東坡「無奈好吟詩」，則爲實寫。

　　雖東坡之好詩，引來「烏臺詩案」，由貶黃州、惠州而儋耳。然東坡仍愛詩如命，企以不朽詩篇，豐美其生命。

2、賦詩為戲

　　又東坡常與人賦詩爲戲。如：

　　袁文《甕牖閒評》記一事云：

> 東坡昔守臨安，余曾祖作倅，一日同往一山寺祈雨。東坡云：「吾二人賦詩，以雨速來者爲勝，不然罰一飯會。」於是東坡云：「一爐香對紫宮起，萬點雨隨青蓋歸。」余曾祖則曰：「白日青天沛然下，包蓋青旂猶未歸。」東坡視之云：「我不如爾速。」於是罰一飯會。

　　《春渚紀聞》亦云：

> 東坡帥杭日，與徐全父坐雙檜堂，公指二檜曰：「二疏辭漢去。」應聲云：「大老入周來。」公擊節久之。詩成，傳爲美談。

3、和詩為樂 ── 和之、次之、催之、美之，東坡由此而樂此不疲。

　　東坡又好作和韻詩，與友人唱和，亦是生活雅趣之一。如：在錢塘日，東坡有一詩題云：〈自徑山回，得呂察推詩，用其韻招之，宿湖上。〉（詩二／350）呂察推即呂仲甫，字穆仲。東坡遊徑山歸，見呂氏詩，而作詩稱美之曰：「多君貴公子，愛山如愛色。心隨葉舟去，夢繞千山碧。新詩到中路，令我喜折屐……。」遂邀仲甫共宿湖上，同賞湖光山色，共吟新詩。故又有〈宿望湖樓再和〉（詩二／351）一詩。

　　西湖不惟寺廟多，詩僧亦多，如辯才、守詮、南禪等，東坡常與之往來，成爲湖山詩友。即：

　　黃徹《䂬溪詩話》云：

　　　　坡云：「辯才詩如風吹水，自成文理。吾輩與參寥如巧婦織錦耳。」

　　梵天寺僧守詮有小詩云：「落日寒蟬鳴，獨歸林下寺。柴扉夜未掩，片月隨行履。惟聞犬吠聲，又入青蘿去。」東坡稱美此詩清婉，遂和次韻一首。

　　東坡又有〈答陳傳道五首之三〉（文四／1575）云：「知日課一詩，甚喜。此技雖高才，非甚習不能工也。聖俞昔常如此。」故東坡常與子由、詩友和詩。

　　東坡返北，遇南禪長老，便有二詩題云：〈南禪長老和詩不已，故作六蟲篇答之。〉（詩七／2436）、〈明日南禪和詩不到，故重賦數珠篇以督之二首。〉（詩七／2436）

　　是以和詩可熟練詩作，又可催詩，皆見東坡之愛詩。

4、晚歲多即席之作

　　東坡元祐前期詩作少，或因政務繁忙，友朋宴聚，故撰作幾近曳白。〈書蘇李詩後〉（文五／2089）云：「余久廢作詩，念無以道離別之懷。」

　　東坡〈與王定國書四十一首之八〉云：「兼畫得寒林墨竹，已入神矣；行草尤工，只是詩筆殊退也，不知何故？」（文四／1517）同一理由。東坡至晚歲，興趣移至書、畫，詩情漸偏枯，不如黃州之作。

　　趙翼《甌北詩話》：

　　　　東坡自黃州起用後，歔歷中外，公私事冗，其詩多即席即事隨手應
　　　　付之作。且才捷而性不耐煩，故遣詞或有率略，押韻亦有生硬。心
　　　　閒則易觸發，而妙緒紛來；時暇則易琢磨，而微疵盡去，此其詩之
　　　　易工也。

（四）畫作——以寫意

　　東坡初喜畫墨竹，畫竹也，由於愛竹。東坡既與子由、於潛僧〈綠筠亭〉（詩一／246）云：「愛竹能延客」「無竹令人俗。」又〈九月中曾題二小詩於南溪竹上〉（詩一／184）又云：「愛此千竿碧。」

　　東坡畫竹之師承，乃始於嘉祐六年辛丑多十一月到鳳翔府簽判任之翌月，遊開元寺，觀王維畫叢竹，吳道子畫佛滅度。後二年遊鳳翔東院，觀王維畫壁，

〈題鳳翔東院王畫壁〉（文五／2209），題云：「時夜已闌，殘燈耿然，畫僧踽踽欲動，恍然久之。」則東坡畫竹初得之王維。見又東坡作〈書文與可墨竹〉（詩五／1392）所云。又〈文與可畫篔簹谷偃竹記〉（文二／356）云：「成竹在胸」，遂以此為畫竹不二法門，即〈與可九思題公墨竹圖〉云：「墨竹聖於文湖州（即與可），文忠（即東坡）親得其傳，……故其墨竹自下一筆而上，然後點綴而成節目，為得造化生意。」則東坡已由王維、與可悟得畫竹之法。

東坡於畫，除悟得畫理又有畫作，畫作中有大自然之墨竹、寒林、枯木、石皴及人物畫。

王維重山水墨畫，頗合宋代疏淡詩風。李成創「枯木寒林圖法」，王詵承之，東坡原長於畫不分節之「墨竹」，於黃州時因受氣象蕭疏、煙林清曠「寒林圖」影響，而另創「枯木竹石」畫法——乃以虬屈枯木，配以怪奇石皴修竹，配以奇石、修竹，以狀胸中盤鬱。東坡亦頗為自得，傳為東坡所作之〈木石圖卷〉，鄧椿《畫繼》卷三云：「子瞻作枯木枝幹虬屈無端倪，石皴亦奇怪，如其胸中盤鬱。」〈與王定國書〉（文四／1513）曰：「兼畫得寒林墨竹，已入神矣。」

東坡自負此一畫格，故作枯木、竹石各一幀，寄與章質夫曰：「本只作墨木，餘興未已，更竹石一紙，前者未有此體也。」

蓋此一枯木竹石畫能融貫宏放胸臆，自能意氣獨到，性與畫會，故山谷曰：「東坡居士作枯槎、壽木、叢篠、斷山，筆力跌宕於風煙無人之境。」

東坡亦作人物畫，或受李公麟影響。如：

東坡曾畫樂工——

據何薳《春渚紀聞》謂，東坡曾畫「樂工」一幅，作樂語，以漢隸題曰：「桃園未必無杏，銀鑛終須有鉛，荇帶豈能攔浪，藕花卻解流連。」

東坡又畫佛像——

據釋德洪《石門文字禪・題東坡畫應身彌勒》謂東坡曾作「應身彌勒像」，原錄為「東坡居士遊戲之作」，乃南遷途中寄與秦觀者。

東坡又作自畫像——東坡南遷後，畫一背面人像，於〈自畫背面圖〉（文六／2422），舉扇障面，上書「元祐罪人寫影，示邁。」八字，或為自嘲之作。此據元吳師道《吳禮部集・自畫背面圖》所云。

東坡又有工筆畫——據王沂《竹亭集》言（蘭陵胡世將）曾收藏東坡畫之螃蟹工畫，瑣屑毛介，曲畏，芒縷，無不備具。又或以非慣於大筆揮灑東坡之作。胡氏特託夏大韶持請晁補之鑒定，晁以東坡雖大處豪放不羈，亦有

細針密縷工夫。

（五）書藝—— 以寓情

東坡以書體寫法各有其長，然學書皆須以端楷爲基礎，故於〈書唐（坰）氏六家書〉（文五／2206）中云：「眞（楷）生行，行生草；眞如立，行如行，草如走，未有未能行而能走者也。」

然東坡喜草書體勢之自由流走，可以獨抒個性。故於〈再和潛師詩〉（詩四／1185）：「東坡習氣除未盡，時復長篇書小草。」故東坡長於行草，試舉其例以言：元豐五年，乃東坡貶黃州之第三年，（其視同生母之）孺母任氏逝世，感而作〈寒食雨〉二首以表悲情。其一爲：

> 自我來黃州，已過三寒食。年年欲惜春，春去不容惜。今年又苦雨，
> 兩月秋蕭瑟。臥聞海棠花，泥汙燕脂雪。暗中偷負去，夜半眞有力。
> 何殊病少年，病起頭已白。（詩四／1112）

此詩作於臨皋亭，言自貶黃州，逢連月久雨，愁臥中，聞海棠消殞，此大自然之無情，何能不自傷？[註18] 全詩由舒緩以言，生動傳神，至「蕭瑟」句稍見激情。而「海棠」爲寄情處，字形加大。以「燕」字之「灬」用橫線概括，「泥汙」之「泥」、「海」之「氵」則以豎線直書，「惜」、「有」等字弧線多於直線，則情意加速，遇挫能圓融以處。故《山谷題跋》，卷五〈跋東坡書遠景樓賦後〉：「學問文章之氣，鬱鬱芊芊，發於筆墨之間。」言通篇字跡行氣一任自然，中鋒、藏鋒、偃筆皆正直無飾，虛實得法。則東坡之於文、書、畫，無一不到，直爲其一生寓情寄性之所在。

三、生活情趣

（一）情　誼

1、親　情

東坡先世於東漢時佔藉趙郡。至唐代蘇味道以趙州欒城人，任眉州刺史，其子孫始定居於眉山。東坡出身於富有文學傳統之家。祖父蘇序雖未出仕，卻「讀書務知大義」，「詩多至千餘篇」（曾鞏〈贈職方員外郎蘇君墓志銘〉）。

〔註18〕東坡〈寓居定惠院之東，雜花滿山，有海棠一株，土人不知貴也〉（詩四／1036）詩中，以海棠自喻，「闇中」句乃化用《莊子・大宗師》「藏舟於壑，藏山於澤，謂之固矣。然夜半有力者負之而走。」極寫自然之無情。

父蘇洵「爲人聰明，辨智過人」（曾鞏〈蘇明允哀詞〉），然不重「屬對聲律」之時文，並未出仕，至 27 歲始發憤讀書，「遂通六經、百家之說，下筆頃刻數千言。」（《宋史》本傳。）母程氏善於教子，東坡十歲，即爲其講述《後漢書・范滂傳》，東坡即願傚與惡勢力奮鬥之范滂。

　　十歲，老泉令作〈夏侯太初論〉（文六／2417），東坡寫三國之夏侯玄（字太初，《三國志・魏書》有傳），道盡人物之內心。言：「人能碎千金之璧，不能無失聲於破釜；能博猛虎，不能無變色於蜂蠆。」〔註19〕是以東坡成長能成「博適經史，屬文日數千言」之大家。二蘇友愛之篤，固是膾炙人口歷史佳話。二蘇自分別出仕以來，二十餘載不能同住一地。東坡自元祐還朝，方與子由「同歸林下，夜雨對床」。

　　以元祐三年十月作〈出局偶書〉（詩八／2622）爲例，東坡局中早出，沿龍鳳飛雲、峻桷層之皇城，往子由家唔敘盤桓，而子由在戶部因公未歸，東坡即在家煮酒待之，且作詩云：「急景歸來早，窮陰晚不開，傾杯不能飲，留待卯君來。」（子由生於寶元二年己卯，故字「卯君」）則二人相知相得。

　　又東坡以老泉論文重「有爲而作」，老泉於〈上韓樞密書〉中云：「洵著書無他長，及言兵事，論古今形勢，至自比賈誼。」

　　子由作〈東坡墓誌銘〉，言東坡學通經史，屬文日數千言，曰：出《中庸論》，其言微妙，皆古人所未喻。嘗謂轍曰：「吾視今世學者，獨子可與我上下耳。」又云：東坡「少與轍皆師先君」。子由又於〈歷代論〉引言中云：「予少而力學，先君，予師友也；亡兄子瞻，予師友也。父兄之學，皆以古今成敗得失爲議論之要。」則蘇氏一脈家風，以古準今評論史事。

　　熙寧二年，王安石行新法，沈括、舒亶等人行政治陷害，羅緻東坡詩文中之句，牽強而成「烏臺詩案」。子由即上書神宗〈爲兄軾下獄上書〉請求「乞納在身官以贖兄軾」，足見兄弟手足之情。

　　又據葉夢得《避暑錄話》卷下載東坡與長子邁約定，平日送食獄中惟茶與肉，如有不測，送魚。某日委其親戚代送，東坡「乃作二詩寄子由。」後獄卒梁成送出之二詩之一乃「柏臺霜氣夜淒淒，風動瑯璫月向低。聖主如天

〔註19〕郭輯本《王直方詩話》「東坡作〈夏侯太初論〉」條：「東坡十歲，老蘇令作〈夏侯太初論〉，……老蘇愛之，以少時所作，故不傳，然東坡〈顏樂亭記〉與〈點鼠賦〉，凡兩次用之。」王宗稷《蘇文忠公年譜》繫此事於慶曆五年，與《詩話》稱十歲合。王文誥《蘇文忠公詩編注集成總案》卷一，則據舊譜引秦少章說此文乃蘇軾「十來歲」作，繫之慶曆七年，軾十二歲時。

萬物春，小臣愚暗自己身。」聖上遣太監察東坡動靜，見東坡坦蕩無私，酣臥正濃，乃從寬釋之。

2、愛　情

東坡一生有三妻妾——王弗、王閏之、王朝雲。

（1）王　弗

東坡元配爲王弗，乃青神縣鄉貢進士王方之女，十六歲嫁與十九歲之東坡，生子蘇邁。王弗病卒京師時二十七歲。除東坡二十一歲入京趕考外，二人共同生活十一年。東坡有〈小兒〉（詩三／631）云：

> 小兒不識愁，起坐牽我衣。我欲嗔小兒，老妻勸兒痴。兒痴君更甚，
> 不樂愁何爲。還坐愧此言，洗盞當我前。大勝劉伶婦，區區爲酒錢。

東坡不耐小兒煩躁，王弗力予勸慰，且進言「兒痴君更甚」之理，並爲洗盞置酒，使其解慍。王弗終得東坡稱美「大勝劉伶婦」，足見其本分。又東坡曾爲王弗作墓銘與詞各一。如東坡三十一歲曾作〈亡妻王氏墓誌銘〉曰：

> 既嫁，事吾先君、先夫人，皆以謹肅聞。其始，未嘗自言其知書也。
> 見軾讀書，則終日不去，亦不知其能通也。其後軾有所忘，君輒能
> 記之；問其他書，則皆略知之。由是始知其敏而靜也。（文二／472）

王弗謹嚴敏靜，知書識理，從東坡共渡艱困歲月。又東坡密州任上，即王弗去世十年後，又作〈江城子〉一首，「小軒窗，正梳妝」，正爲東坡憶念中王弗寫照。

（2）王閏之

東坡三十三歲，於眉州居喪中，又娶王弗堂妹王閏之爲繼室，族人呼其爲「廿七娘」，共同生活二十五年。王閏之，字季章，乃王介〈字君錫〉之女。東坡於〈祭王君錫丈人文〉（文五／1941）中並列王弗、王閏之曰：

> 軾始婚媾，公之猶子（指王弗）。允有令德，天閼莫遂。惟公幼女（指
> 王閏之），嗣執罍筐。恩厚義重，報宜有以。云何不淑，契闊生死。
> （文五／1941）

則東坡言王弗有「令德」、王閏之有「恩義」，至王閏之之個性才能，東坡於〈祭亡妻同安郡〉中云：

> 婦職既修，母儀甚敦。三子如一，愛出於天。從我南行，菽水欣然。
> （文五／1960）

　　則王閏之既有愛心，又勤於婦職。又據顏中其《蘇東坡軼事彙編，蘇長公外記》謂王閏之以青蒿救牛之豆斑病。而《侯鯖錄》、《後山詩話》又謂東坡在汝陰，春梅盛綻，月色鮮霽，由閏之言「春月令人和悅」之言引發，遂作〈減字木蘭花〉一首，云：「春庭月午，影落春醪光欲舞，步轉迴廊，半落梅花婉娩香。輕風薄霧，都是少年行樂處。不似秋光，只與離人照斷腸。」（詞二／251），則閏之亦能「知言」。

　　元豐二年，東坡〈黃州上文潞公（彥博）書〉（文四／1380），傾訴因「烏臺詩案」事，中一段：謂吏卒追捕圍船搜書曰：「長幼幾怖死。既去，婦女恚罵曰：『是好著書，書成何所得，而怖我如此！』悉取燒之。」一段王閏之對東坡書安全措施，由「驚佈焚稿」，即足概其餘。

　　王閏之去後，東坡又貶至惠州，爲紀念亡妻，乃購得海慧寺旁豐湖，關爲放生池，於其冥壽放生爲其「添福」，且作一闋〈蝶戀花〉暗志之。中云：「佳氣鬱蔥來繡戶，當年江上生奇女。」（詞三／349）足見東坡亦是感念之人。

　　然東坡於「仕宦婚姻」未必滿意。故於與〈王庠書五首・其一〉曰：

　　　軾少時本欲逃竄山林，父兄不許，迫以婚宦，故汩沒至今。（文五／
　　　1820）

　　又據曾棗莊《蘇洵評傳》頁25～27言東坡之姐，嫁予舅父程濬之子程正輔被虐，至蘇、程二家不相往來四十年，蘇母爲此耿耿，東坡於海南遇程，方邀共飲松醪。

　　（3）王朝雲

　　而朝雲入蘇家始爲丫鬟，後爲侍妾，名分上不如王弗、王閏之，亦未得朝廷追封（王弗封爲「通義郡君」歸葬故里；王閏之追封「同安郡君」，死後與東坡同葬），然朝雲自杭州投入蘇家，一手爲東坡教養，隨東坡至密州，到徐州，湖州，黃州，回京師，歸杭州，皆與蘇家共榮辱。乃東坡〈朝雲墓誌銘〉（文二／474）所謂「敏而好義」、「忠敬若一」。又〈薦朝雲疏〉云：「一生辛勤，萬里隨從。」正東坡寵愛如一之侍妾。以下試略述東坡一生鍾愛之「紅粉知己」：

　　A、相　遇

　　東坡一生有數妾，後人知名者，惟朝雲與榴花，而朝雲因隨侍久，於東坡一生，影響甚大。

　　朝雲身世悲慘，東坡爲其所寫墓誌、薦疏皆未及其父母。朝雲又名「子霞」，東坡長於命名，或爲東坡所命。

　　由朝雲卒於紹聖三年，時年三十四歲，其時東坡六十一歲。〈墓誌〉（文二／473）云朝雲侍先生二十三年，故推知東坡三十九歲初識十二歲之朝雲於松州青樓中，人或驟曰「東坡娶錢塘歌妓朝雲」，殆未知其詳。

　　朝雲初至東坡家，捧匜沃盤盥，細心周到，而於東坡悉心教導下識字習書，其後竟能識《金剛經》、書大字。個性內向含蓄，深情細膩，乃是朝雲初入蘇府寫照。

　　東坡四十八歲，初貶黃州，朝雲年二十一爲其生子，取名「遯」，小名幹兒（與王弗所生長子邁，閏之生子迨、過，同屬辵部），足見東坡寵愛有加。

　　唐宋習俗，嬰兒初生第三日洗身爲「洗三」，東坡曾作〈洗兒戲作〉：「人皆養子望聰明，我被聰明誤一生。惟願孩兒愚且魯，無災無難到公卿。」（詩八／2353）東坡貶黃州，藉詩以表憤世，「無災無難」正是反語。

　　朝雲是否貌美？朝雲二十三、四歲時之美，《苕溪漁隱叢話‧蘭苑雌黃》所引秦少游作之〈南歌子〉中，秦氏不惟言朝雲之「靄靄迷春態，溶溶媚曉光」似狀其青春光彩之媚力，且以「瞥然飛去斷人腸」，又驚鴻一瞥朝雲，已寫其含羞帶怯。而東坡之和秦少游〈南歌子〉又以「雲鬢裁新綠，霞衣曳曉紅」以狀朝雲之如飛燕、似彩雲之舞姿，足見朝雲之美。（詞／三342）。而朝雲中年之美，似可由東坡初至惠州之紹聖元年十一月所作之〈朝雲詩〉（詩六／2074）中「舞衫歌扇」見之。又同月所作〈十一月二十六日，松風亭下，梅花盛開〉二首之二（即〈再用前韻〉）亦及朝雲，皆將朝雲喻爲梅花神：

　　　羅浮山下梅花村，玉雪爲骨冰爲魂。
　　　天白國艷肯相顧，知我酒熟詩清溫。
　　　蓬萊宮中花鳥使，綠衣倒挂扶桑暾。
　　　抱叢窺我方醉臥，故遣啄木先敲門。

朝雲國色天香，冰雪聰明，而追隨東坡至惠州，全然知悉東坡酒性詩情。其善伺人意，猶如蓬萊宮中遣出之花鳥使、神仙居中彩鳥「倒挂子」。惟朝雲之貴在聰慧過人，能抱叢窺醉，體貼入微，使人如入仙境。

　　B、相知

　　元祐初，東坡離黃州返汴京，仕途登上頂峰。（由禮部郎中遷起居舍人；從翰林學士兼知制誥又兼端明殿侍讀學士，官至三品——宋朝無一品）。朝雲

恐東坡重入仕途，而出機智警語，如《梁溪漫志》中云：

> 東坡一日退朝，食罷捫腹徐行，顧謂侍兒曰：「汝輩且道是何物？」
> 一婢遽曰：「都是文章。」坡不以爲然。又一人曰：「滿腹都機智。」
> 坡亦未以爲當。至朝雲，乃曰：「學士一肚皮不合時宜。」坡捧腹大
> 笑。

則朝雲已是東坡知己，可以透澈其心事。

至惠州次年（紹聖二年五月）東坡作〈殢人嬌〉，副題「或云贈朝雲」（《全宋詞》冊一 318 頁）。詞中東坡自比維摩，喻朝雲爲散花之天女，「朱唇筯點」、「髻鬟生彩」、「斂雲凝黛」，且要呢纏東坡在裙帶上寫好詩，又朝雲能撒嬌。而東坡五月四日端午所作之詩，欲二人「相見一千年」，已見二人情深意濃之至。即〈浣溪沙·端午〉：

> 輕汗微微透碧紈，明朝端午浴芳蘭。流香漲膩滿晴川。
> 綵線輕纏紅玉臂，小符斜挂綠雲鬟。佳人相見一千年。

此言東坡一貶黃州，再貶嶺南，朝雲皆生死相隨。嶺南天熱，朝雲沐浴蘭芳後「流香漲膩」之迷人。又言養生延年，目的在「佳人相見一千年」。

又東坡於紹聖三年，爲朝雲生日作〈王氏生日致語口號〉（詩七／2510），時謂朝雲病重（病逝前數月），特邀惠州親友爲朝雲祝壽。據當時禮儀規範，此一致語口號，多用於宮廷命大宴，以及隆重官式宴會之上。今於貶所，舉行此會，唯一合理解釋乃是表達東坡對朝雲誠摯之愛，而無形中已提升朝雲「繼室」之地位。中言「海上三年，喜花枝之未老」，指朝雲冰肌玉骨，風韻超絕。爲「南海貢餘」指如南海美女盧眉孃。末聯且以「萬戶春風」爲朝雲壽。

C、相別

紹聖三年（1096）三月，東坡 61 歲，白鶴峰上所建之屋尚未竣工，侍奉東坡二十三年紅粉知己朝雲，卻不幸已得時疫（惡性瘧疾），病重時，東坡作詞〈三部樂·美人如月〉（詞三／284）：中有句「何是散花卻病，維摩無疾。卻低眉，慘然不答。唱金縷，一聲怨切。」則以「散花」喻朝雲爲「散花仙女」；東坡自況爲「維摩」，爲朝雲病重而浩慨，勸久相隨。

朝雲去後作〈惠州薦朝雲疏〉（文五／1910）感念朝雲：「一生辛勤，萬里隨從」，且言朝雲去後「靈跡五蹤」，菩薩顯靈乃意味朝雲能早登淨土。時棲禪寺僧眾，即自動集資於其墓地築「六如亭」以紀念朝雲。

朝雲逝後之重九節，東坡念念不忘，故每遇煩悶難遣，即若見其知心解

語之風姿。遂作〈丙子重九詩二首・其一〉（詩七／2203）：「此會我雖健，狂風捲朝霞。使我如霜月，孤光掛天涯。」已見其若「孤光」獨處。而十月間，梅花盛開，又作〈西江月〉詞一首（詞二／271），乃以清雅絕俗梅花，以喻長眠於地下朝雲。言朝雲有「玉骨」、「冰肌」，又似以素面梅花，活潑輕靈。且似珍禽「倒挂子」，尤感其萬里相從之深情。

　　東坡將十二歲孤女收來撫養，後納為妾，至二十一歲生子蘇遯。朝雲結緣在「舞衫歌扇」，朝雲去後，東坡為作〈惠州薦朝雲疏〉（文五／1909）中謂朝雲「一生辛勤，萬里隨從」，以稱美朝雲堅貞之情，又喻為梅花神、花鳥使、長春花等，實愛慕有加。且願共宿雙飛至海上三仙山。則東坡何為「無情」？正情深濃若是？王若虛《滹南詩話》引陳師道言：「風韻如東坡，而謂不及情，可乎？」其言正得。

3、友　情

　　東坡以「誠」待人，是以所至所交甚多。以下試分期以言：

（1）鳳翔時期

　　文同——字與可，乃東坡表兄，於〈黃州再祭文與可文〉（文五／1942）中，既言「我官于歧，實始識君。」又謂其言「馳騁百家」「談詞如雲」，乃東坡書友與良師，東坡隨之習墨竹，時有詩文往來。

　　王彭——字大年，任武寧軍節度使之後，又任鳳翔監府諸軍。與東坡居相鄰而日日相從。據〈王大年哀詞〉（文五／1965）言其人頗有個性。時太守陳公弼馭下甚嚴，而王彭卻侃侃（侃侃）自若。博學精練，書無不適，東坡每出一文，輒「拊掌歡然終日」。

　　陳慥——即方山子，乃東坡嚴峻上司陳公弼之子。據〈方山子傳〉（文二／420）言，其人揮金如土，常言用兵成敗，自謂有「一世豪情」。

　　董傳——其人酷嗜讀書，文字出塵。東坡〈和董傳留別〉（詩一／222）言，其人「粗繒大布裹生涯，腹有詩書氣自華。」熙寧二年董氏逝，東坡作〈上韓魏公一首〉（文四／1443）中，謂曾與友人共出資賻其家。

（2）熙寧中，東坡首度赴杭

　　林語堂《蘇東坡傳》中，以「詩人、名妓與和尚」歸結東坡此時生活。於友人聚首贈別、名妓飲宴作樂、僧道唱和中，東坡遊遍江南寺舍古寺，頗能於友誼中得「至和」、「至平」。即所謂：

至和無攫醳，至平無按抑，不知微妙聲，究竟從何出？散我不平氣，洗我不和心。（〈聽僧昭素琴〉詩二／576）

淒風瑟縮經絃柱，香霧淒迷著鬢鬟。共喜使君能鼓樂，萬人爭看火城還。（〈與述古自有美堂乘月夜歸〉詩二／482）

（3）徐州──東坡此時多結交知愛之後輩。

秦觀──元豐元年（1078）四月，秦觀赴京應試，過徐州謁東坡曰：「我獨不願萬戶侯，惟願一識蘇徐州。」（《淮海集》卷四〈別子瞻〉）

又識王回（子立）、王適（子敏）兄弟及張師厚等英才，於飲酒吹簫賦詩以解百憂曰：「洞簫聲斷月明中，惟憂月落酒杯空。」（〈月夜客飲杏花下〉詩三／962）

又有詩僧參寥自杭州來訪，與之泛舟百步洪，東坡作〈送參寥師〉（詩三／906）云：「欲令詩語妙，無厭空且靜。靜故了群動，空故納萬境。」

王鞏──元豐元年（東坡 43 歲），九月九日舉行黃樓會，東坡於〈登龍山〉（詩三／877）中言伴王鞏登雲龍山。九月卅日東坡又集三郡鄉舉會於黃樓，〈徐州鹿鳴燕賦詩敘〉（文一／322）中，即言與徐州名士載色載笑，共樂昇平。

而東坡貶湖州，李定、何正臣、舒亶等構造飛語，誣東坡於罪（即「烏臺詩案」），東坡下獄，友人營救正頻。

子由上書神宗〈為兄軾下獄上書〉願贖兄罪。

張方平《樂全集・論蘇內翰》謂東坡為「天下奇才，慨然有報上之心」，求陛下惜才，赦其疏率多言。

宋馬永卿《元城語錄》引劉安世，言東坡之罪在「名太高，與朝廷爭勝耳」，願神宗勿由是始殺士人。

王安禮〈行狀〉亦言於神宗「容才」。即當朝宰相吳充亦欲救之。呂本中〈雜說〉云：「陛下以堯舜為法，何不容一蘇軾？」

又張端義《貴耳集》言太皇太后曹氏終記昔日仁宗惜才，不殺東坡而貶之。然坐罪多，有子由、王詵、張方平、司馬光、范鎮等二十二人。

（4）黃　州

除子由之友李季常、參寥外，東坡黃州亦有數友「慰寂寥」。蓋東坡被貶黃州，求靜思默念，少與人往來，常策杖江上，望雲濤渺然。所交有：

黃州太守徐大受（君猷），其待東坡甚善，東坡與其弟〈與徐得之十四首之一〉（文四／1721）書云：「君猷一見，相待如骨肉，此意豈可忘哉？」

王子辯，王文甫之弟。東坡於〈贈別王文甫〉（文五／2260）中云：

> 不知有文甫兄弟在江南也。居十餘日，有長而髯者，惠然見過，乃
> 文甫之弟子辯。留語半日。

杜沂（道源），乃東坡蜀中舊識，遠來黃州，送醪釀酒及菩薩泉水，並同遊武昌賦詩。東坡自比子厚，於〈杜沂遊武昌〉中謂「不見子柳子，餘愚污溪山。」於謫居窮陋中，言又喜見故人。

潘丙，東坡〈與朱康叔二十首其十四〉（文四／1790）即言其人爲具文行之佳士。

王、潘、胡，東坡〈答秦太虛八首·其四〉（文四／1536）中，言其黃州三友爲蜀人王生，曾殺雞炊黍。與潘原（潘丙之弟）飲村酒，與載書萬卷隨行之胡定之會饌。

潘、古、郭，東坡於〈正月二十日往岐亭〉（詩四／1077）中言與三人往女王城東禪莊院一遊。曰：「數畝荒園留我住，半瓶濁酒待君溫。」據王文誥案：

> 潘丙，爲家近「東坡」之進士，東坡求其地，營建「雪堂」。
> 古耕道，能審音，家於修竹十畝之南陂。
> 郭遘，好義之士，僑居於黃州。

東坡於黃州，與三人朝夕相從。於〈東坡八首·其七〉（詩四／1084）中云：

> 我窮交舊絕，三子獨見存。從我於東坡，勞餉同一飧。

馬夢得——曾於京師爲太學正之學官，後隨東坡爲其鳳翔幕僚，其人性耿介而貧困。東坡既於〈馬夢得窮〉（文六／2297）中云：「馬夢得與僕同歲月生，少僕八日。是歲生者無富貴人。」又於〈東坡八首·其八〉（詩四／1084）中云：

> 馬生本窮士，從我二十年。日夜望我貴，求分買山錢。我今反累君，
> 借耕輟茲田。……可憐馬生癡，至今誇我賢。

（5）元祐時

東坡主盟元祐文壇，時盈廷朝士，雲蒸霞蔚。東坡相識滿天下，然真能與其聲氣相適，不外其知愛之後輩及詩伴畫友及方外之交。細繹代表北宋後

期文壇亦正爲《宋史・文苑傳》所謂「蘇門四學士」及錢謙益序陳一亮《蘇門六君子文粹》所謂之「六君子」（四學士加陳師道、李薦）。以下試分述之：

蘇門六君子

元祐元年十一月，蘇軾主試館職。考選供職昭文、史、集賢三館之校勘、檢討職。黃庭堅遷著作佐郎，加集賢院校理。張耒、晁補之並遷秘書省正字。秦觀未與薦試（年資不足），一時與東坡頓成座師、門生關係，人併稱：「蘇門四學士」。

1、黃庭堅與蘇軾本爲筆友，詩文往還多年，而從未識面，此人由監德州安鎮任上，被朝任召爲秘書省校書郎，甫於元祐元年入京，一月初八，首度來謁蘇軾，以洮河石硯爲贄。

2、秦觀原在外任定海主簿、蔡州教授，登進士第未久，東坡以賢良方正薦於朝，除太學博士，任校正秘書省書籍。

3、晁補之，字無咎，爲從學蘇門最早之一人，其原爲北京國子監教授，元祐初，入京爲太學正，後遷秘閣校理。舉進士試開封及禮部別院，皆第一。神宗親閱其文，稱爲：「是深於經術者，可革浮薄。」

4、張耒，字文潛，年少遊學陳州，以進士官著作佐郎，原在京師。任學官之子由，即深愛其才，東坡因而識之。遂稱許其文：「汪洋冲淡，有一唱三歎之致。」張耒感切知己，因從軾游。文潛雖自及第後皆其菖蕗生涯，然軀幹魁偉，大腹便便，貌似彌勒佛。故陳后山有詩曰：「張侯便然腹如鼓，雷爲饑聲汗爲雨。」

「蘇門四學士」外又有：

陳師道，字履常，一字無己，又號「后山居士」，先由東坡會同李常、孫覺合薦，以布衣爲徐州教授，後用梁燾薦，除太常博士來京，從東坡游，過往甚密。

李薦（方叔），東坡於〈答李方叔十七・其十六〉（文四／1581）中曰：

比年於稠人中，驟得張（耒）、秦（觀）、黃（庭堅）、晁（補之）及方叔、履常輩，意謂天不愛寶，其獲蓋未艾也。比來經涉世故，間關四方，更欲求其似，邈不可得。

李薦《師友談記》中亦有類似之言，足見東坡寶愛後輩。

然其時六君子皆貧。如紹聖中，秦少游已官至黃本校勘，仍一貧如故。

據王直方《詩話》言，少游曾作詩致鄰人錢穆父（勰）求助，詩曰：「日

典春衣非爲酒，家貧食粥已多時。」錢氏即賙濟其米兩石。而晁氏亦貧，東坡亦有〈書晁補之所藏與可竹三首之三〉（詩五／1522）曰：「晁子拙生事，舉家聞食粥。」

又〈戲用晁補之韻〉（詩五／1523）詩曰：「知君忍饑空誦詩」、「清詩咀嚼那得飽？」

陳師道，爲清寒耿介，一絲不苟。據羅大經《鶴林玉露》言，陳氏任祕書省正字，竟因著單裘陪祀郊丘而逝。

元祐中，東坡雖位高祿厚，且有額外潤筆，然東坡向不重金錢，故仍四壁蕭然。《志林》即載：「吾近護魏王葬，得數千緡，略已散去，此梁上君子，當是不知耳。」（文六／2384）

六君子中，以李薦最貧，東坡常予賙濟。如元祐四年知杭時，即轉贈君上所賜馬一匹，又恐傷其自尊，而特予〈馬卷〉一紙爲憑曰：「東南例乘肩輿，得一馬足矣，而李方叔未有馬，故以贈之。又恐方叔別獲嘉馬，不免賣此，故爲書公據。」黃庭堅題跋一則亦云：「天廄馬加以妙墨作券，此馬價應十倍。」已足見東坡待友之仁厚。

細繹蘇門師徒心同文風不同，張耒《張耒集》卷十二〈贈李德載二首・其二〉即云：

> 長公（軾）波濤萬頃波，少公（轍）巉秀千尋麓。黃郎（山谷）蕭蕭日下鶴，陳子（師道）峭峭霜中竹。秦（觀）文倩麗舒桃李，晁（補之）論崢嶸走珠玉。六公文字滿人間，君欲高飛附鴻鵠。

此言蘇門師徒，各具成就，東坡逞其天生健筆，似天馬行空，下筆千言。而黃庭堅、陳師道以詩才著稱，爲江西詩派之開創，然嘔心瀝血，鍛練苦吟。如黃庭堅〈與徐師川書〉即云：

> 詩正欲如此作，其未至者，探經術未深，讀老杜、李白、韓退之詩不熟耳。

陳師道亦重推敲。如《石林詩話》云：

> 每登臨得意，即急歸臥一榻，以被蒙頭，謂之「吟榻」。家人知之，即犬貓皆逐去，嬰兒稚子，亦皆抱持至鄰家。

黃、陳二人重苦吟，詩作澀拗。至秦觀之詩情婉約、寫景清麗。張耒爲詩，自然清新，務爲平淡。東坡評之曰：「秦得吾工；張得吾易。」其言是也。晁補之以文自雄，詩不如賦。李薦文詞肆放，東坡稱其有「飛沙走石之勢」，

然窮愁一生，而豪氣盡失，遂變入幽逸一路。

東坡於六君子中，較重山谷，除其年事最長（比東坡小九歲）。故東坡於〈答黃魯直五首・之一〉（文四／1531），言其人「精金美玉」，其文「超逸絕塵」。然因山谷年少早慧，又恃才傲物，故二人常相互譏誚。如東坡以山谷詩文「如蝤蛑、江珧挂，格韻高絕，盤餐盡廢，然不可多食。」

《山谷外集》十六，史容註引《王立之詩話》亦暗指東坡：「有文章妙一世而詩句不逮古人者。」陸游《老學庵筆記》亦引山谷〈避暑李氏園〉詩：「題詩未有驚人句，會喚謫仙蘇二來。」直指東坡為蘇二，至蘇軾下世，庭堅獨尊詩壇，時人以「蘇黃」並稱，然山谷終以師禮事東坡。

東坡於門生中，期望少游最殷。元祐初，少游晉京謁東坡，東坡即責其勿學柳七之淺俗。又責其新作中「小樓連苑橫空，下窺繡轂雕鞍驟。」一句十三字，但言一人騎馬樓前過。則東坡深許少游，關愛特多。又據李薦《師友談記》言文運宗主之繼，正在此人。故東坡知杭時曾作〈太息一首送秦少章秀才〉（文五／1979），即言其人乃「士之超逸絕塵者也。」

後秦觀與東坡同貶，死於途。陳師道隨東坡亡，三年後山谷又卒於宜州貶所。東坡去後十三年，張耒亦因於薦福寺祭奠師喪，成為罪狀，謫房州別駕。故出身蘇門，不死亦顛沛，師友星散，文運何托？令人浩歎！

除六君子外，東坡元祐中亦與王詵、畢仲游、顧臨、王蓬、米芾、李公麟等人和詩作畫。

元祐二年五月，於王詵清幽西園中有師友十六人聚會，李公麟畫〈西園雅集圖〉，米芾為作圖記。此或可與晉朝王羲之蘭亭集會比美，其時詩朋、畫友、僧士，皆相聚一堂。

然東坡處政爭陰惡，又貶黃州異地，惟時念鄉土故舊耳。如元祐二年末，東坡書予托管黃州「東坡」之潘彥明〈與潘彥明十首其六〉（文四／1583），謂思念「東坡」、「韓氏園亭」外、亦念郭興宗、張醫博、計安勝曰：

> 以上諸人，各為再三申意。僕暫出苟祿耳，終不久客塵間，東坡不
> 可令荒蕪，終當作主，與諸君遊，如昔日也。願遍致此意。

則東坡所思所念在此，益見其重友情也。

（6）二度赴杭

東坡此度又交新友，如曹晦之、劉景文、周次元、林希、袁公濟、蘇伯固、徐得之、王元直等人。又方外僧友如清順、參寥、仲殊、懷璉、辯才、

善本等。

東坡曾與劉景文山堂聽箏，於〈贈劉景文〉（詩五／1713）中即言時作詩曰：

> 荷盡已無擎雨蓋，菊殘猶有傲霜枝，一年好景君須記，最是橙黃橘
> 綠時。

又東坡自以平生粗似樂天、安分寡求，於〈予去杭十六年而後來〉（詩四／1761）中云：「出處依稀似樂天，敢將衰朽較前賢。便從洛社休官去，猶有閑居二十年。」〈與潘彥明十首・其八〉（詩四／1585）曰：「出守舊治，頗得湖山之樂。」皆二度赴杭安放自得處。

（7）惠州

東坡於此，不乏新知舊友，如與惠州太守詹範置酒吟詩，相契相悅曰：

> 傳呼草市來攜客，灑掃漁磯共置樽。（〈詹守攜酒見過，用前韻作詩，
> 聊復和之〉詩六／2083）

於椰林雲房中與山僧賈道士飲酒。曰：「狂生來索酒，一舉輒數升。（〈上元夜〉詩七／2098）

此外尚與蘇過、賴仙芝、王原秀才、僧曇穎、行全、道士何宗一同遊羅浮道院與棲禪精舍，又時與八十五歲野老交友。表兄程正輔，亦因消去家庭先世前隙，兩度由廣州前來與東坡同遊白水山、積香寺等地。蘇州定慧長老守欽，使其徒卓契順來惠州，「問予安否」，且寄〈擬寒山十頌〉，東坡以〈次韻定慧欽長老見寄八首并引〉（詩七／2114）和之。此外，如惠州推官黃燾、何道士宗一、僧曇穎、參寥子亦常同遊，而子由、文潛，亦常有書信來往，以慰寂寥。此外，東坡六十二歲貶昌化，常訪黎友。如：

> 「但尋牛矢覓歸路，家在牛欄西復西。」「總角黎家三四童，口吹葱葉
> 送迎翁。」（〈被酒獨行，遍至子、雲、威、徽、先覺四黎之舍，三首〉詩七／
> 2322）。又〈縱筆三首之一〉（詩七／2203）：「寂寂東坡一病翁，白鬚蕭散滿
> 霜風。小兒誤喜朱顏在，一笑那知是酒紅。」紀昀評此「真得好」指其能實
> 寫坡公。

時昌化軍使張中亦關懷東坡備至，曾派兵助修繕其屋，卒被罷任。東坡〈和陶與殷晉安別〉詩七／2321中，即稱美之曰：「海國此奇士，官居我東鄰。卯酒無虛日，夜棋有達晨。」張離去，東坡又寫〈和陶王撫軍座送客〉（詩七／2326），以詩送行，詩中有：「汝去莫相鄰，我生本無依。」〈和陶答龐參軍〉

三首送張中，即贊揚張中文武全才。

又〈和陶擬古九首・其九〉（詩七／2266）：

> 生不聞詩書，豈知有孔、顏。翛然獨往來，榮辱未易關。日暮鳥獸
> 散，家在孤雲端。問答了不通，嘆息指屢彈。似言君貴人，草莽棲
> 龍鸞。遺我古貝布，海風今歲寒。

此言「在雲端之人」何知讀孔孟書之儒者，但推測其為落難之貴人，遂送東坡以古貝布。又黎子雲兄弟常邀東坡作客，待以美果，東坡亦欲化為黎民。曰：「丹荔破玉膚，黃柑溢芳津。借我三畝地，結芧為子鄰。」（〈和陶田舍始春懷古二首其二〉詩七／2281）。則東坡惠州所交有僧道、軍使乃至黎人，皆相處甚歡。

而東坡病中猶念之友有

米芾——東坡有〈與米元章二十八首〉之 21、22、23、24、26、28 六首（文四／1781）中屢言其病情曰：「虛乏不能食，口殆不能言也。」「河水污濁不流，薰蒸成病」、「昨夜通日不交睫」、「飲冷過度，夜暴下」、「今日始覺有絲毫之減，然未能作書也」等。

北歸中，謠傳東坡回朝拜相。章惇貶雷州，其子章援求助。六月十五日坐船至常州，住入顧塘橋孫家宅。此時，則與水華居士錢濟明傾談甚密。

何薳《春渚紀聞》卷六《東坡事實・坡仙之終》即載東坡臥榻上謂錢濟明曰：

> 萬里生還，乃以後事相托也，惟吾子由自再貶及歸，不復見一而訣，
> 此痛難堪。

又托以海外詩文著作。

錢濟明與東坡可謂生死之交，於流落定州、惠州，皆常互吐心曲。如定居常州即與相議而定，助其覓常州孫宅，伴其敘舊治痛，故東坡於〈與錢濟明十六首・其十五、十六〉（文四／1555）中邀其賞珍藏黃筌之龍畫，北歸邀其同遊金山等。後又〈與徑山維琳書〉言臥病五十日，暑毒增劇等。

4、方外情

以道士為師友

據傅藻《東坡紀年錄》，東坡〈陳太初尸解〉、〈眾妙堂〉言，東坡八歲即拜眉山道士張簡易為師，從之三年。至謫居南海，猶夢見其徒誦習《老子》「玄之又玄，眾妙之門。」且言於「眾妙」之體悟。又追憶張道士趺坐晨煉，東

向服日，則東坡自幼即受濡染。除讀道藏、煉金丹、服道食外，即廣交精於氣功道友。

東坡崇道，結交精於此道者。如攜妓訪「雲龍道士」張天驥於徐州，又交煉內丹寸田之王仲素。黃州又交眉山道士陸惟忠，與之論內外丹旨略，共飲桂酒甘露以輕身。杭州時交錢穆父道士，以仙家上品菜肴共噲之。交蹇拱辰道士、武道士、姚丹元、清汶老人、（關心民生）鄧守安道士。嶺南時又交何道士、吳復古、海上道人、楊世京、謝子和、邵道士。此外，眞靖崇教大師、光道人、呂道人、都下道人、醉道士等，從之學道。

東坡涉足禪佛甚久，所交僧友不下百人，如維琳、圓照、楚明、守欽、思義、聞復、可久、清順、法穎等。如東坡自云：「吳越名僧善者十九。」或以詩友，或以世交，常偕之游寺宇解憂，中所得嶺南僧友之助為多。如初識惟度、惟簡，南行時有鄉僧宗一送行（〈初發嘉州〉）（詩一／6）。入京識大覺，通判杭州，又與辯才、契嵩、佛印遊，至黃州後與參寥等。〔註20〕

（二）美食 —— 求眞味

東坡雖一生仕宦坎坷，然精神上好詩畫，物質上好美食藝術。即以飲食能令人「知美其美」、「自樂其樂」，即由兼耽鮮食、艱食、異味、豐美，而得生活之逸樂。如「蓴敄羊酪不須評，一飽且救飢腸鳴」（〈次韻答劉涇〉詩三／820）、「吾生眠食耳，一飽萬相滅」（〈游惠山〉詩三／944）。「飽食應皋腹如鼓」（〈泛舟城南〉詩三／975）。又「自笑平生為口忙，老來事業轉荒唐。長江繞郭知魚美，好竹連山覺筍香。」（〈初到黃州〉四／1031）則東坡飲食除飽足外，尚重「遂令色香味，一日備二絕」（〈謝毛正仲惠茶〉），「紅裙白酒醉東坡，不問歌殘夜永何。」（〈與李委〉）〔註21〕

東坡兼食南北口味。如：「久客厭鹵饌，枵然思南烹。」（〈送筍芍藥與公擇二首之一〉詩三／817）（東坡自註：蜀人謂北人曰「鹵子」，蓋鹵饌油多；南烹則油少。）則東坡已然而為求色、香、味及醉、歌之美食家。以下試分述東坡飲食所好：

〔註20〕此見本書第三章東坡交道友，及第四章・參、東坡晚年交方外。餘見拙著〈東坡與道家道教〉參、東坡之崇道活動，《屏師院學報》第十期，86 年 6 月，頁329～333。

〔註21〕李委，不知何許人。據東坡筆記中云：「元符三年十二月十九日，東坡生日，置酒赤壁磯下」笛聲起於江上，乃進士李委，為作「鶴南飛」曲以獻，奏之「嘹然有穿雲裂石之聲，坐客皆引滿醉倒。」

1、肉　食

東坡愛吃豬肉，有謂「無肉令人瘦」（〈於潛僧綠筠軒〉詩二／448）。「卯酒困三杯，午餐便一肉」（〈雨中熟睡至晚強起〉）。又如「五日一見花豬肉」（〈聞子由瘦〉詩七／2257），便覺窮酸至極。故《後山詩話》云：

> 東坡喜食燒豬，佛印住金山時，每燒豬以待其來。一日爲人竊食。
> 東坡戲作小詩云：「遠公沽酒飲陶潛，佛印燒豬待子瞻，採得百花成蜜後，不知辛苦爲誰甜。」

東坡好豬肉，以「東坡肉」名聞，又因黃州豬肉價廉物美，東坡遂有所謂「東坡羹」之煮。所謂「虀肉芼蕪菁」（〈送筍芍藥與公擇〉詩三／817），則指以「蕪菁」加肉所和之雜菜。除豬肉外，東坡嗜食肉類異物，且有鵝、鴨、雉、羊、蛇、雀、豚狸、熊、蛙、蛤等十數珍奇。即：

「爛蒸鵝鴨乃瓠壺」（〈答猶子與王郎見和〉）。用瓠作壺（挖出瓠中之籽與瓤），與鵝鴨爛蒸。

「破匣哀鳴出素虯，倦看鴟鴟聽呦呦」（〈喬將行烹鵝鹿出刀劍以飲客以詩戲之〉三／683）。（鴟鴟，喻鵝；呦呦，喻鹿，皆取鳴聲以狀物。）

東坡〈食雉〉（詩一／78）詩中有云：「百錢得一雙，新味時所佳。烹煎雜雞鶩，爪距漫槎牙。」東坡雜以雞、鶩（即鴨）共烹，其味自異。

「酒淺欣嘗牛尾狸」（〈送牛尾狸與徐使君〉詩四／1091）。「牛尾狸」，即「玉面狸」，產於安徽省徽州，肉嫩味美，煎燉皆佳。

「秦烹惟羊羔，隴饌有熊脂」（〈和子由除夜元日見寄〉詩五／1564）。羊羔，即小羊，肉較細嫩，爲秦地（今陝西省）名膳；熊脂，乃熊之腹下肉，脂特多，爲隴中（今甘肅省）佳饌。

「平生嗜羊炙，識味肯輕飽。烹蛇啖蛙蛤，頗訝能稍稍」（〈正月九日有美堂飲醉歸〉詩二／422）。羊炙，即炮羊肉。而烹蛇、烹蛙、烹蛤亦成一試。

「更洗河豚烹腹腴」（〈初食荔支〉詩七／2121）。河豚，《事類彙編》云：「魚名，古謂之鮐，又謂之鮭，亦謂之魨。產於水之鹹淡相交處，其味甚美，然卵巢內含有劇毒，不愼食之者，往往致死。」故必「更洗」而後食，東坡以其味之美比擬荔支。

「黃雀正披綿，朵頤忙不迭」（〈寄李定〉）、「披錦黃雀漫多脂」（〈送牛尾狸與徐使君〉詩四／1091）。黃雀，產於江西省臨江，土人謂脂厚爲「披綿」，宜於猛火快烹。

2、魚　蟹

東坡酷嗜魚，有所謂：

「但有魚與稻，生理已自畢」（〈過淮〉詩四／1022）。

「吳兒膾縷薄欲飛，未去先說饞涎垂」（〈欲往湖州〉詩八／2612）。

「船頭斫鮮細縷縷，船尾炊玉香浮浮。臨風飽食得甘寢，肯使細故胸中留。」（〈和蔡准游西湖三首之三〉詩二／339）。

細繹東坡嗜食之魚類甚多，如〈渼陂魚〉（詩一／212）中言終南山溪之魚曰：

> 携來雖遠鬣尚動，烹不待熟指先染。坐客相看爲解顏，香粳飽送如填塹。

由「携來」、「解顏」而「飽食」，皆活現產自陝西鄠縣美魚之躍動。詩中又云：「早歲嘗爲荊渚客，黃魚屢食沙頭店。」東坡又嗜荊南府之黃魚（黃花魚），言令人屢食不厭。

東坡又嗜迎仙鎮之「通印子魚」。所謂「通印子魚猶帶骨」（〈送牛尾狸與徐使君〉詩四／1091）。「通印子魚誰肯分」（〈走筆謝呂行甫惠子魚〉詩五／1498）。東坡特引王彥甫《塵史》以自註曰：「閩中鮮食最珍者子魚也，割之則子滿腹。莆田迎仙鎮乃其出處。」此魚係產自鹹淡宜中之閩地通應江中。人多求其體大可容印者。故又訛傳爲「通印魚」、「三印魚」。《續墨客揮犀》即引王荊公〈送元厚之知福州〉云：「長魚俎上通三印。」

東坡又常入饌䱥尾魚（俗呼「紅尾魧」，魚味較差，亦《詩經》所謂：「魴魚䱥尾」），即：

「舊老仍分䱥尾魚」（〈杜介送魚〉詩五／1476）、又：「尚有赤腳婢，能烹䱥尾魚」（〈到潁未幾，公帑已竭，齋廚索然戲作〉詩六／1801）

東坡所及之其他魚類，尚有：

「桃花流水鮆魚肥」（〈寒蘆港〉詩三／677）。鮆魚一名鱭魚，俗呼「刀魚」，味視鰣魚尤美。

「粉紅石首仍無骨，雪白河肫不藥人」（〈戲作鮰魚一絕〉）。鮰魚，產於江、淮間，北方人呼「鱯」，南方人呼「鮠」。

又驚嘆「賓盤巨鯉橫」（〈饋歲〉詩一／159）、「舉網驚呼得巨魚」（〈次韻關令送魚〉詩三／950）。令人饞涎欲滴，驚嘆不已。

又嗜食言：「白魚猶喜似江淮」（〈送歐陽主簿赴韋城四首・其三〉詩六／

1793）、「紅點冰盤薺葉魚」（〈攜白酒鱸魚過詹使君〉詩七／2102）而開懷。

又惋惜於：「鮮鯽經年秘醽醁」（〈揚州以土物寄少游〉詩八／2718）、「病怯腥鹹不買魚」（〈客俎經旬無肉〉詩七／2258）而惋惜。

且感於：「病妻起斫銀絲鱠」（〈杜介送魚〉詩五／1476）。「索蟹鱸魚賤如土」（〈泛舟城南〉詩三／975）。

又因吃魚，東坡、佛印間，時傳佳話。某日東坡烹熟西湖草魚，適佛印來訪，即將魚順手藏入書架之頂。佛印故意出題難東坡「蘇」如何寫？或曰將「魚」字置於「草」之上如何？即暗寓「魚」所藏之處，東坡只得將魚尋出共食，此其一也。後佛印又於寺中煮五柳魚正熟，東坡亦適來訪，佛印置魚入「磬」中，東坡亦作對子求之，以上聯「向陽門第春常在」求下聯，佛印不知就裏，應以「積善人家慶有餘」而出之，遂共食磬中之魚。此其二也。

東坡既嗜魚、又惜魚。如：〈書城北放魚〉（文五／2276）謂東坡曾自述於儋耳城北，因「惜魚」，而放生鯽魚二十一尾於淪江，並循座客陳宗道「牽緣」之說，促魚隨波赴谷。其詞曰：

> 無明緣，行行緣，識識緣，名色名色緣，六入六入緣，觸觸緣，受受緣，愛愛緣，取取緣，有有緣，生生緣，老死憂悲苦惱，南無寶勝如來。

又東坡嘗因醉而「臥遊水晶宮」，為廣利王賦詩，醒後仍續食不誤。

除嗜食魚外，東坡亦「魚蟹」同提。

如：「赤魚白蟹箸屢下」（〈次韻正輔同游白水〉詩七／2148）。「海螯要共詩人把」、「紫蟹鱸魚賤如土，得錢相付何曾數」（〈泛舟城南〉詩三／975）。又云：「反更對飲持雙螯」（〈送李公恕赴闕〉詩二／787）。又丁公默送蘇東坡螃蚶（一名蟳，蟹類），東坡欣然賦詩答謝，而以「吳興饞太守」自稱，且以小石蟹解饞。即：

> 溪邊石蟹小如錢，喜見輪囷赤玉盤。半殼含黃宜點酒，兩螯斫雪勸加餐。蠻珍海錯聞名久，怪雨腥風入座寒。堪笑吳興饞太守，一詩換得兩尖團。

此外，東坡又矚目於「團臍紫蟹脂填腹」（〈揚州以土物寄少游〉詩八／2718）。「空煩左手持新蟹，漫繞東籬嗅落英」（〈章質夫送酒〉詩七／2155）。又得意於「把蟹欣看樂事全」（〈和周正孺墮馬傷手〉詩五／1473）。「扁舟渡江適吳越，三年飲食窮芳鮮。金虀玉膾飯炊雪，海蟄江柱（江瑤柱）初脫泉。臨風

飽食甘寢罷，一甌花乳浮輕圓。」且不忘「似聞江瑤斫玉柱」（〈初食荔枝〉詩七／2121）。

則魚蟹貝類，皆其珍愛。

3、果　蔬

東坡亦愛蔬菜。於〈雨後行菜圃〉（詩七／2161）詩云：

> 夢回聞雨聲，喜我菜甲長。……芥藍如菌蕈，脆美牙頰響。白菘（白菜）類羔豚，冒土出蹯掌。誰能視火候，小竈當自養。

東坡有〈春菜〉（詩三／789）詩，描繪春日畦間菜族，且加品評。猶似老農「菜畦譜」，亦如老饕之「食菜讚」。詩云：

> 蔓菁宿根已生葉，韭芽戴土拳如蕨。爛蒸香薺白魚肥，碎點青蒿涼餅滑。宿酒初消春睡起，細履幽畦掇芳辣。茵陳甘菊不負渠，繪縷堆盤纖手抹。北方苦寒今未已，雪底波稜如鐵甲。豈如吾蜀富冬蔬，霜葉露芽寒更茁。久拋松菌猶細事，苦筍江豚那忍說。明年投劾徑須歸，莫待齒搖并髮脫。

詩中屢數菜類有蔓菁、韭芽、韭黃、香薺、青蒿、茵陳、波稜、苦筍等。東坡此詩因春菜而動思鄉之情，正似晉人張翰因秋風起，思吳中菰菜、蓴羹、鱸魚膾，遂命駕歸。

東坡偏愛蘆菔、芥菜之美味，以之勝梁肉，故有〈擷菜〉（詩七／2201）詩：

> 秋來霜露滿東園，蘆菔生兒芥有孫。我與何曾（晉代日食萬錢富人）同一飽，不知何苦食雞豚？

東坡又愛吃「元修菜」，故作〈元修菜〉（詩四／1160）詩並序。（自註曰其鄉人巢元修嗜此，故稱為「巢菜」羹；或稱「元修菜」）。其煮法為：「蒸之復湘（煮）之，香色蔚其饊。點酒下鹽豉，縷橙芼薑葱。」即以金山法豉（〈但愛齋廚法豉香〉、〈贈寶覺長老〉）加以薑葱調味，則其味：「那知雞與豚，但恐放箸空。」

此外東坡吟菜香之句，尚有：「堆盤紅縷細茵陳」（〈元日過丹陽，明日立春寄魯元翰〉詩二／534）。「山下寒蔬七箸香」（〈泗州蕭淵東軒二首〉四／1297）。「青蒿黃韭試春盤」（〈送范德孺〉詩八／2537）。「飽食未厭山蔬甘」（〈自金山放船至焦山〉詩一／308）等。

又東坡品評菜香極精。如：「後春蓴出活如酥，先社薑芽肥勝肉」（〈揚州

以土物寄少游〉詩八／2718）。「霜甚芹尤脆，雨多韭特香」（〈寄子由〉詩八／2534）。

東坡尤愛筍，曾與劉器之上山參禪，竟是至山林燒筍食，故東坡又有〈椶筍詩〉（詩六／1756）以餉蘇州僧仲殊師利。其敘曰：「椶筍狀如魚，剖之得魚子。味如苦筍而加甘芳，蜀人以饌佛，僧甚貴之，而南方不知也。筍生膚毳中，蓋花之方孕者，正二月間可剝取，過此苦澀不可食矣。」其詩曰：「贈君木魚三百尾，中有鵝黃子魚子。夜叉剖瓤欲分甘，籜龍藏頭敢言美。」

東坡獨鍾之菜味為「苦」、「雋」，如：「久拋菘葛猶細事，苦筍江豚那忍說」（〈春菜〉詩三／789）。「香似龍涎仍釅白，味如牛乳更全清」（〈東坡羹〉文二／595）。「沙餅煮豆軟如酥」（〈豆粥〉詩四／1271）。且又「每憐蓴菜下鹽豉」（〈次韻劉燾撫〉詩六／2010）。卻「點酒下鹽豉，縷橙芼薑蔥」（〈元修菜〉詩四／1160）。

又東坡愛菜色之青綠雜陳，相映成趣。如：「烏菱白芡不論錢，亂繫青菰裹綠盤」（〈望湖樓醉書〉詩六／2049）。「試碾露芽烹白雪」（〈九日尋臻闍黎〉）。「紅薯與紫芋」（〈和陶詩酬劉柴桑〉）。又如「爛蒸香薺魚肥，碎點青蒿涼餅滑」（〈春菜〉）等。

總之東坡之於蔬菜，喜其鮮嫩味異，大多是因時、因地挑選。如：「喜見春盤得蓼芽」（〈次韻曾仲錫元日見寄〉詩六／2014）。「長沙一日煨籩筍，鸚鵡洲前人未知」（〈謝惠貓兒頭筍〉詩八／2764）。「愧無酒食待遊人，旋斫杉松煮溪蕨」（〈宿蟠龍寺〉）。

東坡又應佛印以菜為詩。如「兩個黃鸝鳴翠柳」，指燉蛋黃二，伴以青菜絲。「一行白鷺上青天」，以熟蛋白切成小塊，排成一列，下舖青菜葉。「窗含西嶺千秋雪」，指清炒蛋白一撮。「門泊東吳萬里船」，以清湯，上浮著蛋殼片。（此為杜子美絕句詩）。

東坡亦愛水果

東坡最愛之水果為荔枝，有〈四月十一日初食荔支〉（詩七／2121）詩，吟此「海隅尤物」曰：「垂黃綴紫煙雨裏」、「紅紗中單白玉膚。」「不須更待妃子笑，風骨自是傾城姝。」已言其風姿。而「似開江鰩斫玉柱，更洗河豚烹腹腴。」言其味美。其句下自註曰：「予嘗謂荔枝厚味高格兩絕，果中無比，惟江鰩柱、河豚魚近之耳。」已言其獨嗜。又〈荔枝似江瑤柱說〉（文六／2363）亦有類似之言。

東坡又有〈食荔枝〉（詩七／2192）詩二首，其一曰：「炎雲駢火實，瑞露酌天漿。爛紫垂先熟，高紅掛遠揚。」其二曰：「日啖荔枝三百顆，不辭長作嶺南人。」已由其形貌而至賞啖。〈題白水山〉（文五／2270）言「荔子纍纍如芡實矣。」遂欣然食之。

東坡又有〈荔枝歎〉（詩七／2126）一首，述事外，亦以抒不平。其中有四句並自註曰：

「無人舉觴酹伯游」——言漢永元中，交州進荔枝，臣民「奔騰死亡」之害。後武林長唐羌（字伯游）上書言狀，和帝始罷之。

「前丁後蔡相籠加」——唐天寶中，又取涪州荔枝入，害民無數。承此有大小龍團茶之進，始於丁晉公，成於蔡君謨。

「今年鬥品充官茶」——今年閩中監司，又乞進鬥茶。

「可憐亦進姚黃花」——而錢惟演又進貢花。

則東坡此詩，正嚴斥由李林甫貢荔枝起，引述至丁謂、蔡襄貢茶，錢惟演貢花，一系列害民虐政。

〈與歐陽知晦四首‧之一〉（文四／1754），時東坡於惠州。曰：「今歲荔子不熟，方有空寓嶺南之嘆。」忽信使至，坐有五客，人食百枚。

東坡〈杭州故人信至齊安〉（詩四／109）：「輕圓白曬荔，脆醽紅螺醬，更將西菴茶，勸我洗江瘴。」

東坡不僅喜愛鮮荔枝，蜜漬荔枝，甚至於白荔枝乾，亦甚喜愛。又將白曬荔枝、紅螺醬、西菴茶，相提並舉，言可以「洗江瘴」。

東坡亦愛近荔枝之龍眼。〈荔枝似江瑤柱說〉（文六／2363）即言此。又「龍眼與荔枝，異出同父祖。端如柑與橘，未易相可否？」（〈廉州龍眼質味殊絕可敵荔枝〉詩七／2368）。

吟木瓜曰：「顧渚茶芽白於酒，梅溪木瓜紅勝頰。吳兒膾縷薄欲飛，未去先說饞涎垂。」（〈將之湖州戲贈莘老〉詩二／396）。

又讚蔗，有句曰：「老景清閑如啖蔗」（〈定惠院寓居月夜偶出〉詩四／1032）。

又讚橄欖與檳榔，有句曰：「正味森森苦且嚴」（〈食橄欖〉）。

又讚柑與橘，有句云：「清泉蓛蓛先流齒，白霧霏霏欲噀人」（〈食柑〉詩四／1158）。「白梅盧橘覺猶香」（〈文公乞詩乃用前韻〉詩三／824）。且於食時則：「黃柑綠橘邆常加」（〈次韻正輔同游白水〉詩七／2148）。

　　東坡於惠州作〈二月十九日，攜白酒、鱸魚過詹使君，食槐葉冷淘〉（詩七／2102）云：

　　　枇杷已熟粲金珠，桑落初嘗灩玉蛆。

　　　暫借垂蓮十分盞，一澆空腹五車書。

　　　青浮卵碗槐芽餅，紅點冰盤藿葉魚。

　　　醉飽高眠眞事業，此生有味在三餘。〔註22〕

此言東坡一生重在「醉飽高眠」，洵具閑置之感。

　　東坡又有〈食檳榔〉（詩七／2153）詩，並不以此有健胃、利尿、強齒之療效。四十二句中，有句：「吸油得微甘，著齒隨亦苦。」「瘴風作堅頑，導利時有補。」「日啖過一粒，腸胃爲所侮。」則東坡並不喜愛此物。

　　此外又於詩中偶而一提，則有木瓜、李、桃、杏、梨、棗、柿、枇杷、楊梅、櫻桃、石榴、蓮子等。

4、酒、茶

（1）知　酒

　　宋代士人並不忘酒肉聲色。曠達超越之東坡，亦自不免俗。東坡雖好飲量淺，僅知酒寄意。如：

　　　我雖不解飲，把盞歡意足。（〈與臨安令宗人同劇飲〉詩二／450）

　　　我飲不盡器，半酣味尤長。（〈湖上夜歸〉詩二／440）

　　　敲冰煮鹿最可樂，我雖不飲強倒巵。（〈江上值雪效歐陽體，限不以鹽玉鶴鷺絮蝶飛舞之類爲比，仍不使皓白潔素等字，次子由韻。〉詩一／20）

　　　淺量已愁當酒怯，非才猶覺和詩忙。（〈景純見和復次韻贈之二首之一〉詩二／539）

　　　平生不飲酒，對子敢論詩。（〈答任師中次韻。〉詩二／362）（乃指淺量而飲之時）。

又東坡飲酒量淺而好之。故人皆評之。如：

　　　彭乘《墨客揮犀》云：「子瞻常言平生三不如人，謂著棋、喫酒、唱曲也。」

　　　山谷《題跋》亦言東坡「性喜酒，然不能四五龠已爛醉。」

〔註22〕「三餘」，王文誥引《三國志》董遇注：三餘即「冬者、歲之餘。夜者、日之餘。陰雨者、晴之餘也。」

〈書東皋子傳後〉（文五／2049），東坡亦自云：

> 予飲酒終日，不過五合，天下之不能飲，無在予下者。然喜人飲酒，
> 見客舉盃徐引，則予胸中爲之浩浩焉，落落焉，酣適之味，乃過於
> 客。閑居未嘗一日無客，客至，未嘗不置酒，天下之好飲亦無在予
> 上者。

東坡〈書淵明詩二首・之二〉（文五／2113），亦比並時人酒量曰：

> 張安道飲酒，初不言盞數，少時與劉潛、石曼卿飲，但言當飲幾日而
> 已。歐公盛年時，能飲百盞，然常爲安道所困。聖俞亦能飲百許盞，
> 然醉後高叉手而語彌溫謹。此亦知其所不足而勉之，非善飲者。善飲
> 者，澹然與平時無少異也。若僕者，又何其不能飲，飲一盞而醉。

此言張、歐、梅皆善飲過東坡。而東坡酒興介於陶淵明與李太白之間。而認
同自酌、共醉。於酒興、酒癮之形容，尤妙。如：

> 破恨更須煩麴蘗。（〈次韻楊褒早春〉詩六／238）
>
> 人皆勸我杯中物（〈次韻葉致遠見贈〉詩四／1254）
>
> 相從杯酒形骸外（〈次韻胡元夫〉詩六／1402）
>
> 酒杯雖淺意殊深（〈次韻惠循二守相會〉詩七／2220）
>
> 不妨樽酒寄平生（〈次韻許沖元送成都高士敦鈴轄〉詩五／1582）
>
> 旅愁無酒不可開（〈次韻孔毅父久旱已而甚雨三首之三〉詩四／1582）

五十歲後，東坡竟是「詩酒暮年猶足用」（〈次韻王震〉詩五／1398），「老來
專以酒爲鄉」（〈次韻趙令鑠〉詩五／1392）。又「平生詩酒眞相污」（〈次韻黃
魯直西齋〉詩五／1642）。「使我有名都是酒，從他作病與忘憂。」（〈次韻王
定國得晉卿酒相留夜飲〉詩五／1617）。「燥吻時時得酒濡。」（〈次韻袁公濟
謝芎椒〉詩五／1696）。「空腸得酒芒角出」（〈郭祥正家醉畫竹石壁上〉詩四
／1234）。爲欲「醉時萬慮一掃空」，則「此身無異貯酒缾」（〈孔毅父以詩戒
飲酒，問買田且乞墨竹次其韻〉四／1175）。

故東坡自與姐夫程正輔四十二年來未聞問，然相會海南，亦與共飲之日：
「老兄近日酒量如何？弟終日把盞，積計不過五銀盞耳。然近得一釀法絕奇，
色香味皆疑於官法矣。使旆來此有期，當預醞也。向在中山創作松醪，有一
賦，閑錄呈以發一笑。」則酒可增進人際。

至東坡醉後其態可掬，常以一「睡」勝之。如：

〈庚辰歲正月十二日，天門冬酒熟。予自漉之，且漉且嘗，遂以大醉。〉此為東坡於瓊州時，醉後作詩二首，此僅為詩題。

「偶對先生盡一尊，醉看萬物洶崩奔。」（〈和孔君亮郎中見贈。〉詩三／716）。

「惡酒如惡人，相攻劇力箭。頹然一榻上，勝之以不戰。」（〈金山寺與柳子玉飲，大醉臥寶覺禪榻，夜分大醒，書其壁。〉詩二／544）

東坡因「身行萬里半天下」，故頗「知酒」，其詩中多「酒」之頌美。如〈飲酒詩四首〉（詩八／2728）中有名句：

我觀人間世，無如醉中真。（〈其一〉）。

天生此神物，為我洗憂患。眾山同恍忽，魚鳥共蕭散。（〈其二〉）。

酌我一甌茗。強啜忽復醒。（〈其三〉）。

既鑿渾沌氏，遂遠華胥境。（〈其四〉）。

東坡又有〈酒經〉（文五／1987），言造酒之法，由選麴餅、慎注水，「以舌為權衡」「三投而止」三階段，又由「少勁」而「豐」，歷三十日而成，目的在控制品質，以提昇飲者之感受。

東坡又於〈蜜酒歌・敘〉（詩四／1115）言造蜜酒曰：

予作蜜酒格與真水亂，每米一斗，用蒸餅麵二兩半，餅子一兩半。如常法，取醅液，再入蒸餅麵一兩釀之，三日嘗看，味當極辣且硬，則以一斗米炊飲投之。若甜軟，則每投更入麴與餅各半兩。又三日，再投而熟，全在釀者斟酌增損也，入水少為佳。

然葉夢得《避暑錄話》竟云：

蘇子瞻在黃州，作蜜酒不甚佳，飲者輒暴下，蜜水腐敗者爾。嘗一試之，後不復作。在惠州作桂酒，嘗問其子邁、過，云亦一試之而止。大抵氣味似屠蘇酒。二子語及，亦自撫掌大笑。

則東坡製酒術不甚高明，飲之使人腹瀉，或偶一耳。

東坡又有〈酒子賦〉（文一／14），言酒未大熟而先嘗之味。如云：

吾觀穊酒之初法兮，若嬰兒之未孩。及其溢流而走空兮，又若時女之方笄。

東坡又有〈濁醪有妙理賦〉（文一／21），為專「禮讚」濁醪，異趣獨饒。曰：

惟此君獨游萬物之表，蓋天下不可一日而無。

東坡好酒，常於酒上冠形容詞、或名詞。如「白酒」爲泛稱。又喻狀之「螘酒」、「薄酒」、「濁酒」、「釀酒」、「黃酒」、「紅酒」之類。甚而套用代名詞，如：「綠蟻」、「雲液」、「玉蛆」、「流酥」、「天漿」、「白衣送」、「紅友呼」、「掃愁帚」、「釣詩鈎」之屬。尤如以「白」字入「酒」，乃籠統歸納。如「白酒微帶荷心苦」（〈泛舟城南〉詩三／975）、「白酒無聲滑瀉油」（〈陳州與文郎逸民飲別〉詩四／1017）、「黃雞白酒雲山約」（〈秋興三首・其二〉詩八／2548）、「黃花白酒無人問」（〈九日黃樓作〉詩三／868）、「肯對綺羅辭白酒」（〈蘇州閶丘、江君二家雨中飲酒二首之一〉詩二／561）、「病肺一春難白酒」（〈次韻黃安中〉詩八／2544）等皆是。

東坡之於酒，亦有他作。除〈酒經〉外有〈蜜酒歌〉（詩四／1115）、〈桂酒頌〉（文二／593）、〈洞庭春色詩〉（詩六／1835）、〈洞庭春色賦〉（文一／11）、〈中山松醪賦〉（文一／12）、〈濁醪有妙理賦〉（文一／21）、〈酒子賦〉（文一／41）等。

（2）好　茶

飲茶乃東坡生活上一大情趣。然北宋好茶不多。如丁謂於眞宗朝所製「龍鳳團茶」餅，每年僅產四十餅，惟供宮廷御用。至慶曆朝，蔡襄致力改良茶之品種，另創「小團茶」，歐陽修《歸田錄》即載：

> 茶之品，莫貴於龍鳳，謂之團茶，凡八餅重一斤。慶曆中蔡君謨爲
> 福建路轉運使，始造小片龍茶以進，其品純精，謂之小團，凡廿餅
> 重一斤，其價值金二兩。然金可有，而茶不可得，每因南郊致齋，
> 中書、樞密院各賜一餅，四人分之。宮人往往鏤金花於其上，蓋其
> 貴重如此。

元豐年間，神宗下旨建州造「密雲龍」，品質尤勝小龍團，用於宮廷賞賚，限於王公近臣，故東坡珍視異常，自己偶爾品啜一甌，絕不用以招待常客。東坡曾作〈茶詞〉一闋，即頌「密雲龍」，調寄〈行香子〉（詞三／364）：

> 綺席纔終，歡意猶濃，酒闌時高興無窮。共誇君賜，初拆臣封，看
> 分香餅，黃金鏤，密雲龍。
> 斗贏一水，功敵千鍾，覺涼生兩腋清風。暫留紅袖，少卻紗籠，放
> 笙歌散，庭館靜，略從容。

分享東坡此一珍藏，惟限於黃庭堅、秦觀、晁補之、張耒所謂「蘇門四學士」。

楊湜《古今詞話》謂東坡一日在外廳會客，忽命取密雲龍，蘇宅內眷則以是「四學士」中某一，然於屏後偷覷，卻是晚登蘇門之廖明略，甚為意外，足見東坡珍愛如是。又〈題萬松嶺惠明院壁〉（文五／2265）謂東坡十七年後來此，「茗飲芳烈」而問新茶：

> 院僧梵英曰：「茶性新舊交，則香味復。」予嘗見知琴者，言琴不百年，則桐之生意不盡，緩急清濁，當與雨暘寒暑相應，此理與茶相近。

〈書黃道輔品茶要錄後〉（文五／2067），言黃道輔作《品茶要錄》十篇，乃承陸鴻漸以來論茶之所未及，東坡以此為「世外淡泊之好」，乃以「高韻輔精理者」，必深知其道者所言也。由以上所述，則東坡乃深知茗茶者也。

5、零　食

東坡食「肉」，言「也直一死」。食「魚」言「饞涎垂」。食蔬荣，言「脆美牙頰響」。食果子，言「清泉流齒，香霧噀人。」至粗食湯餅，東坡亦不嫌。如：「一杯湯餅潑油葱」（〈和參寥見寄〉詩三／919）。東坡亦愛餅，據《老學庵筆記》云：

> 呂周輔言：東坡先生與黃門公南遷，相遇於梧藤間。道旁有鬻湯餅者，共買食之。粗惡不可食，黃門置箸而歎，東坡已盡之矣。

東坡除樂道「湯餅」，又愛「槐芽餅」。「青浮卵鑛槐芽餅」〈携白酒鱸魚過詹使君食槐葉冷淘〉（詩七／2102）。「槐芽餅」，乃雜入槐葉所煎成之麵餅。

東坡尤愛酥脆之「寒具」（饊子）。所謂：「纖手搓來玉數尋，碧油輕蘸嫩黃深」（〈寒具〉詩五／1694）。「寒具」，俗呼環餅，麵製油炸，形如臂釧，即今日之油煎酥餅。寓黃州時，東坡即於〈寒具〉詩中稱美油煎酥餅味極美、故「甚酥」。《麵食統譜》云：「寒具，宋以前形制與名稱，時有不同。搓麵成細條，或組之成束，或範以成環，油炸，或呼曰粗粔，或呼曰捻頭，近則多呼之為『饊子』。」

又「豈惟牢丸薦古味」（〈游博羅香積寺〉詩七／2111）言「牢丸」，粉糰之一種。所謂「古味」指傳統美味之粉糰。束皙〈餅賦〉云：「春饅頭、夏薄扦、秋起溲、冬湯餅；四時皆宜，惟牢丸乎？」

「樓中煮酒初嘗芡」（〈泛舟城南〉詩三／975），中言「芡」，果類植物，生於水中，葉大而圓，夏日莖端開花，秋日結實，纍纍如栗珠。

「煮茗燒栗宜宵征」（〈次韻僧潛見寄〉詩三／879）中，所謂「宵征」，是在夜間，邊煮茗，邊燒栗。栗，指黑殼之「板栗」，仁淡黃，味香美可口。

又東坡晚歲熱衷攝生，曾種藥以養生。其〈小圃五詠〉（詩七／2156）詩中，即詳述人參、枸杞、甘菊、薏苡、地黃之藥效。本文詳說於以下（四）「養生」處，不贅。

《南史》稱虞悰「知食」：「家富於財，而善爲滋味。」虞氏之「善爲滋味」但憑個人之偏嗜，自備一套「飲食方」，僱用合意「烹飪手」，又善辨酸、苦、甘、辛、鹹等滋味而已；東坡於吃食則每每自作主裁，甚而親自動手，故其「知食」，自爲千古第一人。

由以上之綜述，則東坡之飲食藝術，洵具有之理念爲：

廣──以求全──重色、香、味覺之外，又求聽覺之助興，且葷素不拘、
　　　　　　　　至艱食之百穀，鮮食之魚鱉，皆可。

精──以善擇──能因時因地，重其特色品質。

新──中求新──由尋常食物中，創出誘人兼味。

（三）閒居概說

欲知東坡衣著，可先觀其身材相貌，蓋宋時但有「眞」而未有攝影，如由東坡詩文中推敲，可知東坡之身材，如據其〈寶山晝睡〉（詩二／451）則云：「七尺頑軀走世塵，十圍便腹貯天眞。」〔註23〕則東坡身高普通，而腰圍肥凸，而林語堂《蘇東坡傳》則言東坡顴骨凸、眼明亮。〔註24〕至東坡之髭鬚，其自云曰：「萬事悠悠付杯酒，流年冉冉入雙髭」〈病中聞子由得告不赴商州三首〉詩一／155。則東坡面孔大，顴骨高，且留有左右雙邊之口上髭（非口下之「鬚」）。以下試由東坡身材而言其常服，巾冠、杖鞋。

〔註23〕《荀子・勸學》言「小人之學，曷足以七尺之軀哉？」《魏志・李琰之傳》云：「豈爲聲名勞七尺軀也。」沈約〈王險碑銘〉中云：「傾方寸以奉國，忘七尺事君。」因古尺較短，則東坡爲普通身高。
　　　　又《鑑戒錄》曰：「前史稱腰帶十圍者甚眾，近《北史》又云：『庾信身長八尺，腰帶十圍。此圍，蓋取兩手大指、中指相合爲一圍，即今所謂之一搦也。』」《後漢書・邊韶傳》曰：「韶曾晝日假臥，弟子私嘲之曰：邊孝先，腹便便，懶讀書，但欲眠。」則東坡腰圍肥滿凸出。
〔註24〕林語堂《蘇東坡傳・父子行》章中言：「東坡顴骨突出，下頷（顎）勻稱，顯得英俊而壯碩。」又〈手足情深〉章中又云：「蘇東坡比較結實，骨肉均勻。我們由他的畫像判斷，他大約五呎七或五呎八，面孔很大，顴骨高聳，前額突出，眼睛又長又亮，下頷（顎）均稱，留著美麗、尖長的中式髯鬚。」

1、衣 著

（1）常 服

　　東坡詩文常見其穿戴，因東坡名高，故其服飾亦常爲人仿效，布裘藜杖自來往，何等愜意？如：

> 麤繒大布裹生活，腹有詩書氣自華（〈和董傳留別〉詩一／221）。
>
> 浴罷巾冠怯晚涼，睡餘齒煩帶茶香（〈留別金山寶覺、圓通二長老〉
> 詩二／552）。

由東坡詩中見其平日衣著爲「麤繒大布裹」，爲御晚風則「浴罷」猶「巾冠」。爲貪看山景竟丟「屐」；「風迴」而掉「巾」，則其穿戴，以「自在舒服」爲主。

（2）巾 冠

　　〈柳子冠〉（詩七／2268）中云：

> 自漉疏巾邀醉客，更將空殼付冠師。規模簡古人爭看，簪導輕安髮
> 不知。更著短簷高屋帽，東坡何事不違時。

　　此指東坡戴以椰子空殼所製之高屋帽。據《老學庵筆記》：「葛延之嘗親製龜冠，獻蘇東坡。」又東坡自云：「更著短簷高屋帽」，自爲「椰子冠」型制。王直方《詩話》即云：「元祐初，士大夫效東坡頂短簷高桶帽，謂之『子瞻樣』。」

　　蘇公笠——《兩般秋雨庵筆記》云：

> 廣東惠州、嘉應婦女多戴笠，笠周圍綴以綢帛，以遮風日，名曰「蘇
> 公笠」，蓋東坡所引傳之眉州遺製也。

　　白帢——「縱酒坐中遺白帢，幽尋盡處見桃花」（〈寄題興州晁太守新開古東池〉詩一／220）。《三國志》：「太祖爲人佻易無威重，時或帢帽以見賓客。」則「白帢」指白色帢帽。相傳魏武帝擬古皮弁，製之白色，以顯其貴也。

　　東坡巾——《三才圖》曰：「以東坡所服，故名。其制有四牆，牆外有重牆，比內牆少殺，前後左右各以角相向，著之則有角，介在兩眉間。」此則常見於東坡繪像中。

　　葛巾、岸綸巾——「落日岸葛巾，晚風吹羽扇」（〈自淨土步至功臣寺〉詩二／345）。「回首舊游眞是夢，一簪華髮岸綸巾。」（〈臺頭寺步月得人字〉詩三／920）。

皆指東坡仿孔明衣著。據《三才圖》言「綸巾」爲孔明創，乃以青絲綬爲巾

覆頭上，取其簡便輕涼。而「岸綸巾」則指以巾覆額，而露其額。

幅巾──「幅巾不擬過城市，欲踏徑路開新蹊」（〈與子由同游寒溪西山〉詩四／1054）。指用縑全幅向後襆髮或束頭，爲不著冠時用。據《後漢書・鮑永傳》此巾爲後漢時王公名士常用。

烏角巾──「父老爭看烏角巾，應緣曾現宰官身」（〈縱筆三首・其二〉詩七／2328），此爲唐代隱士之冠。

（3）衣　著

鶴氅──

> 更著綸巾披鶴氅，他年應作畫圖誇（〈次韻周長官壽星院同飮魯少卿〉詩二／512）。

> 坐聽履聲知有路，擁裘來看玉梅春（〈次韻陳履常雪中〉詩六／1839）。

> 散裘羸馬古河濱，野闊天低慘玉塵（〈至濟南李公擇以詩相迎次其韻二首・其一〉詩三／716）。

> 亂山摘翠衣裘重（〈自昌化雙谿館下步尋谿源至治平寺二首・其一〉詩二／449）

「鶴氅」爲鳥羽製成之裘。《晉書》云：「王恭清操過人，美姿儀，被鶴氅裘，涉雪而行。孟昶窺見之，曰：『此眞神仙中人也。』」則東坡禦寒之衣，乃以逍遙之「鶴氅」及皮製之重裘爲主。

縕袍──「幼師季路，止服縕袍；長慕少游，欲乘下澤」（〈謝賜對衣金帶馬狀二首之一〉文二／683）。指以舊絮及碎麻塡實其中之粗劣衣，此東坡謙言服粗劣之長袍。

褐──

> 細聲蚯蚓發銀瓶，擁褐橫眠天未明（〈地爐〉詩二／315）。

> 困眠不覺依蒲褐」（〈次韻周長官壽星院同飮魯少卿〉詩二／512）。

指以粗布厚繪，實以蒲花柳絮代棉，爲貧者所著之粗服。

袷衣──「昨夜霜風入袷衣，曉來病骨更支離」（〈次韻王定國馬上見寄〉詩三／864），指即有裏之夾衣，或稱「複衣」。

衲衣──

> 蔬飯藜床破衲衣，掃除習氣不吟詩（〈答周循州〉詩七／2151）。

紫李黃瓜村路香，烏紗白葛道衣涼（〈病中游祖塔寺〉詩二／475）。

「衲衣」或稱「百衲衣」，僧人所服。東坡燕居、登臨常著此而繫大帶。〔註25〕

（4）竹杖、芒鞋、棕鞋

為東坡登臨時特殊愛好。東坡自三十九歲起即用杖，並非以杖扶行，而是以「杖」壯聲勢。如：

蕭蕭松徑滑，策策芒鞋新。（〈游惠山〉詩三／944）

芒鞋青竹杖，自挂百錢游。（〈初入廬山〉詩八／2666）

芒鞋竹杖布行纏，遮莫千山與萬山（〈次韻答寶覺〉詩四／1258）。

芒鞋竹杖自知軟，蒲薦松床亦香滑（〈自興國往筠宿石田驛南二十五里野人舍〉四／1219）。

敲門都不應，倚杖聽江聲（〈臨江仙‧夜歸臨皋句〉詞卷二／頁157

待約月明池上宿，夜深同看水中天（〈次韻王誨夜坐〉詩一／251）。

杖藜裹飯去匆匆，贏得兒童語音好（〈山村五絕〉詩二／432）。

藤梢橘刺元無路，竹杖棕鞋不用扶（〈寶山新開徑〉詩二／522）。

蓋以棕編製之鞋，自比芒鞋堅韌，又不必如芒鞋需時時更換。

朝行曳杖青牛嶺，崖泉咽咽千山靜（〈青牛嶺高絕處有小寺，人跡罕到〉詩二／580）。

曳杖青苔岸，繫船枯柳根。（〈乘舟過賈收水閣收不在見其子三首〉詩三／966）。

杖藜觀物化，亦以觀我生。（〈西齋〉詩二／630）。

則東坡以藜莖所製之藜杖，除助登臨外，尤能與東坡同觀物化，得《莊子‧齊物論》中夢蝶之樂。亦《易觀》中云：「觀我生進退」，我身之動出，遽然物化，皆賴「杖藜」以助之，何等神奇？

2、住　處

東坡老家於西蜀眉山畔之眉山鎮（隸眉州），以盛產荷花馳名遐邇。

東坡祖厝為中等住宅，入門有小院落，東坡少時曾於此種松木。平屋三、

〔註25〕《觚不觚錄》曰：「古燕居之服，腰中間斷，以一線道橫之，謂之程子衣。無線道者，則謂之道袍，又曰直掇。」

四椽，左有水塘菜畦，右有庭園，可遠觀近俯──良田果圃，修竹扶疏。

東坡於鳳翔初居懷遠驛，後住小官舍，除栽種卅一種花木外，池亭玲瓏。

東坡一生既僕僕於「五日京兆」，又輾轉於「一貶再貶」，故「居無定所」。東坡自二十七歲離眉山，初仕鳳翔，而京師直史館，而通判杭州，而密州，而徐州，皆居官舍而「隨寓而安」。四十六歲謫徙黃州，似能「定居」安身，乃墾「東坡」、築「雪堂」，然躬耕未久，又徙汝州，外放杭州、穎州、定州而英州，又再貶惠州，又以爲可以「定居」，遂於白鶴峰上築室，新居甫成，詎料又遠徙儋州，遂於桃榔林中築成漱隘之居。則東坡終其一生，除於黃州、惠州、儋州有一己經營居處外，餘皆是居於「寄人籬下」之行館、官舍。以下試一述之：

（1）黃　州

東坡四十六歲謫黃州，忽寓臨皋亭，又忽居定惠院，故東坡於〈遷居臨皋亭〉（詩四／1053）中云：「我生天地間，一蟻寄大磨。」「全家古江驛，絕境天爲破。飢貧相乘除」，「澹然無憂樂。」又於〈黃州上文潞公書〉（文四／1379）中云：「黃州食物賤，風土稍可安，既未得去，去亦無所歸，必老於此，拜見無期⋯⋯。」又於〈黃州安國寺記〉（文二／1391）中云：得「城南精舍，日『安國寺』，有茂林修竹，陂池亭樹。間一二日輒往焚香默坐，深自省察，則物我相忘，身心皆空。」又〈安國寺浴〉（詩四／1034）：「心困萬緣空，身安一床足。」東坡此時或樹下枯坐、或江濱散步，亦時至安國寺默坐或焚香禮佛。

至黃州二年，故人馬正卿爲東坡於郡中請得故營地，暫解居處之困。東坡於〈東坡八首序〉（詩四／1079）中謂其墾荒之勞曰：「地既久荒，爲茨棘瓦礫之場，而歲又大旱，墾闢之勞，筋力殆盡。」於墾地築室時，東坡暫住臨皋驛高陂上，乃官府於元豐五年所修建之「南堂」，因有〈南堂五首・其一〉（詩四／1166），中有佳句曰：「南堂獨自西南向，臥看千帆落淺溪。」「故作明窗書小字，更開幽室養丹砂。」「客來夢覺知何處，拄起西窗浪接天。」則可見「南堂」之概況。

東坡新居「雪堂」旋建成於「東坡之脇」，東坡〈雪堂記〉（文二／410）中云其命名由來：

> 常以大雪中爲之，因繪雪於四壁之間，無容隙也。起居偃仰，環顧睥睨，無非雪者。

自黃州城南至雪堂，約四百三十步。據《東坡圖》載：

> 南挹四望亭之後丘，西控北山之微泉。堂之前則有細柳，又前有浚
> 井。堂之下有大冶長老桃花茶、巢元修菜、何氏叢橘。種杭稏、蒔
> 棗栗。有松期爲可斲，種麥以爲奇事。作陂塘，植黃麻，皆足以供
> 先生之歲月，而爲雪堂之勝景云耳。

東坡五十一歲調離黃州，以七品服入侍延和，改賜銀緋；尋除中書舍人；旋
爲翰林學士；復除侍讀。而東坡於京師原有房屋，離黃州不久前，以 800 緡
讓售，遂尋訪可以養老之地。據《善徵摭聞》曰：

> 遂於揚州、蒜山、宜興一路尋訪，至荆溪畔，以五百緡買得寬敞舊
> 宅，立卷約期遷入。是夜步月村中，忽聞老嫗悲哭宅內，東坡亟詢
> 其故。嫗曰：逆子無狀，售此百年祖宅，老身死無所矣，焉能不悲？
> 東坡哀而憫之，當面出券焚毀，勸嫗勿傷，竟亦不迫其子還金，悄
> 然以去。

故此次重來，遂於鬧市近東華門之白家巷，新購一官宅。

至五十四歲時，東坡復除龍圖閣學士，外放杭州大守。官舍位於鳳山頂，
南向錢塘江，北向西湖，群峰聳翠，雲霧飄然，然居此亦不久。

（2）惠　州

東坡五十六歲時，又被詔返京師，嗣以舊職知潁州，改知揚州；五十八
歲再詔任端明、侍讀兩學士；五十九歲又出知定州，旋「落兩職、追一官」，
徙知英州；繼而遠遷嶺南，令勒惠州安置。東坡遂又於惠州「隨寓而安」。

紹聖元年十月二日，東坡至惠州，初居合江樓，有〈寓合江樓〉（詩六／
2071）詩：「蓬萊方丈應不遠，肯爲蘇子浮江來。三山咫尺不歸去，一盃付與
羅浮春（東坡家釀）。」東坡此時心境已由「歸誠佛僧」，而自擬近「仙人」。

〈答范純夫十一首・其十一〉（文四／1457）謂東坡白鶴峰上新居興築甫
成，東坡又有「定居」之意，其〈遷居・詩序〉（詩七／2194）云：「是月十
八日遷於嘉祐寺。二年三月十九日，復遷於合江樓。三年四月十二日，復歸
於嘉祐寺。時方卜築白鶴峰之上，新居成，庶幾其少安乎。」詩云：「已買白
鶴峰，規作終老計。長江在北戶，雪浪舞吾砌。」「吾生本無待，俯仰了此世。」
「下觀生物息，相吹等蚊蚋。」

然東坡「終老計」雖欲謀合於此，如〈答毛澤民七首・其四〉（文四／1572），
言將使其「長子契家至此」作屋二十間。然白鶴新居甫成，東坡竟「忽被命

責儋耳」。

（3）儋州——今海南島

東坡一接詔命，只得「竄家羅浮之下，獨與幼子過負擔過海」（墓志銘語）
章惇派董必追查，逐其出官舍，遂偃息城南桄榔林下。即《欒城集》卷二十
二〈亡兄子瞻端明墓誌銘〉：

> 安置昌化，初僦官屋以庇風雨，有司猶以爲不可。

幸董必隨員中有一彭子民陰助之，又有黎子雲、王介石等，運甓畚土輔
築，張中來觀，助其畚鍤。

〈與鄭靖老四首・其一〉（文四／1674）：

> 近買地起屋五間一龜頭，在南污池之側……，小客王介石，有士君
> 子之趣，起屋一行，介石躬其勞辱，甚於家隸，然無絲髮之求也。

〈和陶和劉柴桑〉（詩七／2311）：

> 邦君助畚鍤，鄰里通有無。竹屋從低深，山窗自明疏。一飽便終日，
> 高眠忘百須。自笑四壁空，無妻老相如。

東坡所成之屋三間，額曰「桄榔庵」，東坡遂摘葉書銘以記之曰：「神尻
一遊，孰非吾居。」「百柱厦贔，萬瓦披敷」「東坡居士，強安四隅。」「生謂
之宅，死謂之墟。」

〈遷居之夕，聞鄰舍兒誦書，欣然而作〉（詩六／2312）：

> 兒然已可嘉，況聞弦誦音。兒聲自圓美，誰家兩青衿。

又作〈新居〉（詩七／2312）詩云：

> 短籬尋丈間，寄我無窮境。俯仰可卒歲，何必謀二頃。

〈與鄭靖老四首・其一〉（詩四／1674）曰：

> 近買地起屋五間一龜頭，在南污池之側，茂木之下，亦蕭然可以杜
> 門面壁少休也。但勞費窘迫爾。此中枯寂，殆非人世，然居之安。

《侯鯖錄》曰：

> 東坡老人在昌化，嘗負大瓢行歌田畝間，所歌者蓋〈哨遍〉也。饁
> 婦年七十云：內翰昔日富貴，一場春夢。坡然之。里人呼此媼爲「春
> 夢婆」。

則東坡「定居」之後，與村民老媼閒談，亦一樂，而追求「寄我無窮境」之
獨行獨歌。

東坡六十六歲時，終獲赦內渡，越嶺北歸，由南安而虔州、吉州、眞州、

常州，然竟因「瘴毒大發，病暴下」（墓志銘語），且兼跋涉勞累，年衰體弱，遂一臥不起。

3、起居藝術

（1）睡

A、概　說

東坡求攝生，與其言欲糅合釋、道之養生傳統思想，勿寧謂乃摸索長生不老玄奧竅訣。其於詩文中將「睡」列爲四大項目之一。所謂「四大」即：①無事以當貴；②安步以當車；③晚食以當肉；④早寢以當富。而東坡居家之晨興夜寢，各有一定法門，所謂「睡」具各種睡：

> 倒床困臥呼不醒。覺來五鼓日三竿（〈再遊徑山〉詩二／501）。

> 謁入不得去，兀坐如枯株。豈惟主忘客，今我亦忘吾。（〈客位假寐〉詩一／163）。

> 晚雨留人入醉鄉（〈飲湖上初晴後雨〉詩二／430）。

> 吾生眠食耳，一飽萬事足（〈游惠山〉詩二／944）。

> 午醉醒來無一事，只將春睡賞春晴（〈春日〉文四／1331）。

> 竹簟水風眠晝永，玉堂制草落人間（〈次韻完夫再贈之什某已卜居毗陵與完夫有廬里之約〉詩五／1406）。

> 幽人睡足誰呼覺，欹枕窗前有月明（〈與黃師是〉文四／1472）。

> 閉眼此心新活計，隨身孤影舊知聞。雷州別乘應危坐，跨海幽光與子分。（〈十二月十七日夜坐達曉寄子由〉詩七／2284）。

> 此間道路熟，徑到無何有。身心兩不見，息息安且久。（〈謫居三適之二——午窗坐睡〉詩七／2285）。

> 一飽便終日，高眠忘百須。（〈和陶和劉柴桑〉詩七／2311）。

由是，則睡不惟有「足睡」、「高眠」、「春睡」、「困臥」、「醉睡」亦有「晝眠」、「假眠」而至「無何有」之鄉。甚而有「危坐」禪定之睡，此仿自子由，而子由則傳授自「黎道士」。

B、睡　姿

東坡尚假寐。〈夢雨軒〉（詩五／2278）謂：

> 元祐八年八月十一日，將朝，尚早，假寐，夢歸南軒見莊客於土中

得蘆菔根。

據李廌《師友談記》謂東坡晨興，五更起床，梳頭數百遍，盥洗後，即和衣還臥榻上，假寐數刻，美不可言。至天色平明，吏役齊集，即起身換朝服，冠帶上馬，入宮早朝。夜眠，蘇軾頗以「自得此中三昧」為豪，方法為：初睡即於床上安置四體，使無一處不穩貼，略按摩倦痛處，然後閉目靜定，使四肢百骸，無不和通，閉眼勻息，使心先定，睡意既至，便即呼呼入夢，則雖寐不昏，足睡而起。

細味東坡因環境不同，有不同之睡態。如：

百章堆案掣身閒，一葉秋風對榻眠（〈立秋日禱雨宿靈隱寺周徐二令〉詩二／473）。

坡榛覓路衝泥入，洗足關門聽雨眠（〈宿水陸寺寄北山清順僧二首〉詩二／491）。

困眠一榻香凝帳，夢遶千巖冷逼身（〈宿九仙山〉詩二／492

困眠不覺依蒲褐，歸路相從踏桂華（〈次韻周長官壽星院同餞魯少卿〉詩二／512）。

細聲蚯蚓發銀缸，擁褐橫眠天未明（〈和柳子玉地爐〉詩二／527）。

雨聲來不斷，睡味清且熟。昏婚覺還臥，屋轉無由足。強起出門行，孤夢猶可續。明朝看此詩，睡語應難讀。（〈二月二十六日，雨中熟睡，至晚強起出門，還作此詩，意思殊昏昏也〉詩四／1040）。

則睡姿有「聽雨眠」、「依蒲褐」甚而有「橫眠」、「還臥」等，不一而足。

C、睡　樂

東坡以「睡足」、「美睡」可使身心舒泰，精神飽足，故詩中屢言之：

放朝三日君恩重，睡美不知身在何（〈次韻楊褒早春〉詩一／238）。

春濃睡足午窗明，想見新茶如澄乳（〈越州張中舍壽樂堂〉詩二／326）。

但願一甌常及睡足日高時。（〈試院煎茶〉詩二／370）。

平生睡足連江雨，盡日舟行擘岸風（〈與秦太虛參寥會於松江，而關彥長徐安中適至，分韻得風字二首·其二〉詩三／948）。

東坡但熟睡，一夕一展轉（〈乞數珠韻贈湜老〉詩七／2432）。

臨風飽食得甘寢，肯使細故胸中留？（〈和蔡準郎中見邀遊西湖三
首‧其三〉詩二／337）。

亂山遮曉擁千層,睡美初涼撼不譍（〈八月十七日復登望湖樓自和前
篇〉詩二／377）。

江風初涼睡正美，樓上啼原呼我起（〈寓居合江樓〉詩六／2071）。

報道先生春睡美，道人輕打五更鐘（〈縱筆〉詩七／2328）。

一枕黑甜餘（〈發廣州〉詩六／2067）。

「睡足」、「睡美」、「甘寢」外，東坡甚而效俗稱「美睡」爲「黑甜」。蓋東坡
天性坦蕩，故易入睡，如「烏臺詩案」時，神宗遣小太監察其動靜，但見其
胸中無事，酣睡正甜。

此外東坡又以鼻息之聲，以狀入睡節奏。如

本來無垢洗更輕，倒床鼻息四鄰驚（〈宿海會寺〉詩二／496）。

少思多睡無如我，鼻息雷鳴撼四鄰（〈次韻劉貢父李公擇見寄二首〉
詩二／643）。

酒清不醉休休暖，睡穩如禪息息勻（〈沐浴啓聖僧舍與趙德麟邂逅〉
詩六／1939）。

倒床便甘寢，鼻息如虹霓（〈自雷適廉宿於興廉村淨行院〉詩七／
2367）。

醉鄉杳杳誰同夢，睡息齁齁得自聞（〈庚辰歲正月十二日，天門冬酒
熟予自漉之，且漉且嘗遂大醉二首‧其二〉詩七／2344）。

腹搖鼻息庭花落，還盡平生未足心。（〈睡起〉詩八／2763）。

驚鸞別鶴誰復聞，鼻息齁齁自成曲。（〈歐陽晦夫惠琴枕〉詩七／
2370）。

〈孤鸞〉〈別鵠〉誰復聞，鼻息齁齁自成曲。（詩七／2370）。

甘寢穩睡之鼻息「如禪息」、「如虹霓」、「得自聞」而或「落庭花」、「驚四鄰」、
「如雷鳴」，則狀之頗能傳神。

D、醉　睡

東坡詩文中所言之醉態頗多。如：

狀飄飄欲仙之醉態——「露濕醉巾香掩冉，月明歸路影婆婆」（〈李鈐轄

坐上分題戴花〉詩二／527）。

寫渾然醉臥山水之醉態——「醉翁嘯詠，聲和流泉。」（〈醉翁操〉詩八／2648）。

述不能自已之醉態：「倦醉佳人錦瑟旁」（〈初自徑山歸述古召飲介亭以病先起〉詩二／504）。「醉倒不覺吳兒呫」（〈惜花〉詩二／625）。「醉看萬物汹崩奔」（〈和孔君亮郎中見贈〉詩三／716）。

言無可奈何之醉態——「何當一醉百不問」（〈次韻孔毅甫集古人句見贈五首其四〉詩四／1158）。「我醉欲眠君罷休」（〈九日次韻王鞏〉詩三／870）。

狀半酣半夢之醉態——「睡眠忽驚豐，繁燈鬪河塘」。（〈湖上夜歸〉詩二／440）。

言狂醉長嘯之醉態——「岡頭醉倒石作床，仰看白雲天茫茫」（〈登雲龍山〉詩三／877）。「醉裏狂言醒可怕」（〈定惠院寓居月夜偶出〉四／1032）。「醉後狂歌自不知」（〈劉貢父見余歌詞數首，以詩見戲聊次其韻〉詩二／649）。

細味東坡之醉睡有飄飄者、渾然者、長嘯者、半酣者，不如無可奈何者。蓋如〈醉睡〉一首云：「有道難行不如醉，有口難言不如睡。先生醉臥此石間，萬古無人知此意。」則未必「有道難行」、「有口難言」方「醉睡」，正如〈承天寺夜遊〉中所謂萬古人皆知乃在「閑」字耳。〔註26〕

4、其 他

東坡生活寫照，除美食，即是〈謫居三適〉（詩七／2285）中言嗜睡、理髮與濯足。除前言「睡」外，如：

〈旦起理髮〉：

　　一洗耳目明，習習萬竅通。少年苦嗜睡，朝謁常忽忽。爬搔未云足，
　　已困冠巾重。

〈夜臥濯足〉：

　　瓦盎深及膝，時復冷暖投。明燈一尺剪，快若鷹辭韝。

又東坡好庭藝，閒居無事，則佈置園亭，栽種花木。如：

東坡於鳳翔府任官雖爲初出任，已知構築亭園，美化環境，曾作〈次韻子由岐下詩并引〉（詩一／134）之詩題云：

　　予既至岐下逾月，於其廨宇之北，隙地爲亭。亭前爲橫池，長三丈。

〔註26〕以上「閒居」中「美食」「起居」部分，參見陳香《蘇東坡別傳》〈飲食的藝術〉〈起居的藝術〉頁99～195。臺北：國家，74 年 9 月。

池上為短橋，屬之堂。分堂之北廡為軒窗曲檻，俯瞰池上。出堂而
南，為過廊，以屬之廳。廊之兩旁，各為一小池，皆引汴水，種蓮
養魚於其中。池邊有桃、李、杏、梨、棗、櫻桃、石榴、檉、槐、
松、檜、柳三十餘株。又以斗酒易牡丹一叢於亭之北。

至整修西湖，美化西湖，尤見其愛營造天性。(〈小圃五詠〉詩七／2156)。

由於東坡喜愛栽種花木，故友朋亦常送其花木栽種。如：東坡〈與林天
和二十四首·其四〉曰：

雨後晴和，起居佳勝。花木悉佳品，又根撥不傷，遂成幽居之趣。
荷雅意無窮，未即面謝為媿耳。(文四／1629)。

〈山堂銘〉(文二／572)亦云：

熙寧九年夏六月，大雨，野人來告故東武城中溝瀆圮壞，出亂石無
數。取而儲之，因守居之北墉為山五，成，列植松、柏、桃、李其
上，且開新堂北向，以遊心寓意焉。

栽種花木之外，有時東坡亦種菜。如：

〈與楊濟甫書十首之四〉(文四／1809)曰：

都下春色已盛，但塊然獨處，無與為樂。所居廳前有小花圃，課童種
菜，亦有少佳趣。傍宜秋門，皆高槐古柳，一似山居，頗便野性也。

其黃州時亦因貧而躬耕東坡。

東坡閒居亦愛散步，如於黃州〈與朱康叔書二十首之五〉(文四／1786)
云：

已遷居江上臨皋亭，甚清曠。風晨月夕，杖履野步，酌江水飲之，
皆公恩庇之餘波，想味風義，以慰孤寂。

〈書上元夜游〉(文五／2275)載東坡於儋耳云：

己卯上元，予在儋州，有老書生數人來過曰：「良月佳夜，先生能一
出乎？」予欣然從之。步城西，入僧舍，歷小巷，民夷雜揉，屠沽
紛然。歸舍已三鼓矣。舍中掩關熟睡，已再鼾矣。放杖而笑。

則上元月夜，有老書生相伴共遊。遊罷歸舍，放杖而笑，何等愜意！

由以上歷述，東坡熱愛人生，悉生活藝術，愛人物山水、清風明月。亦
愛人之平和安祥，故東坡生活豐富而多姿，思想安詳而富足。

(四)養生之道

東坡之養生兼藥物及心理二者，以下試分述之：

　　東坡早歲欲積極用世，而後仕宦不如意，乞求外放。此後隨見聞閱歷，知識交遊漸多，於養身之道漸進。至其重養生究始於何時，殆為中年之後。即不惑之年（任密州太守）時，蓋其地因有旱蝗之災又缺糧，則日與通守劉君廷式，循古城廢圃，求杞菊食之，作〈杞菊賦〉，其卒章云：

　　　　吾方以杞為糧，以菊為糗，春食苗，夏食葉，秋食花實而冬食其根，
　　　　庶幾乎西河南陽之壽。（文一／267）。

　　東坡晚年熱衷攝生，除親植花木果蔬，亦栽種藥材。其〈小圃五詠〉（詩七／2156）中詠人參、枸杞、甘菊、薏苡、地黃等。又得子由作〈茯苓賦〉言茯苓可以「因形養氣，延年卻老」。東坡遂於〈服胡麻賦序〉（文一／4）答云：「始余嘗服伏苓，久之良有益也。」則東坡之重養生似於任密州之中年。

　　以下茲分杭州、黃州、嶺南三階段，由身、心兩方面以言東坡養生之道：

1、杭　州

　　東坡初至杭州，時旱蝗成災，赤地千里，除盡力救災，東坡欲以醫藥活人，則多讀醫書，委交善醫之士，即：

（1）藥物養身

讀醫書

　　東坡曾讀《本草》：「余嘗論學者之有《說文》，如醫之有《本草》。雖草木金石，各有本性，而醫者用之，所配不同。則寒溫補瀉之效，隨用各別。」（〈書篆髓後〉文五／2205）。又「讀《本草》云：胡麻一名狗蝨，一名方莖……，性與伏苓相宜。」（〈服胡麻賦並敘〉文一／5），此皆由醫書中得知如何以藥物養身者。

　　除讀《本草》外，東坡又遊慈湖，於山中得「石菖蒲」數本，以石養之，數十年不枯。故於〈石菖蒲贊並敘〉（文二／617）中云：

　　　　《本草》：菖蒲，味辛溫無毒，開心，補五臟，通九竅，明耳目，久
　　　　服輕身不忘，延年益心智，高志不老。

　　東坡又讀《千金方・三建散》，於〈聖散子敘〉（文一／331）中言其「散」之性曰：「風冷痰飲，癥癖痞瘕，無所不治。」

　　又自龐安常處得《傷寒論》，於〈答龐安常書〉（文一／181）中云：

　　　　真得古聖賢救人之意，豈獨為傳世不朽之資，蓋正義貫幽明矣。

　　東坡又於〈藥誦〉（文五／1985）中云：

　　　　孫真人著《大風惡疾論》曰：「神仙傳有數十人，皆因惡疾而得仙道。」

　　東坡又能廣結善緣，中有善藥之士，如黎道士、張道士、陸道士，以及眉山巢元修、蘄水龐安常等。

　　東坡又常於書信函牘中指導他人用藥。如於惠州〈與歐陽知晦四首，其三〉（文四／1755）告其服食何首烏：「啖之，無炮製。」〈與鄧安道四首‧其四〉（文五／1855）云：「多采何首烏，雌雄相等為妙。」又言辨治足疾之「葳靈仙」為：「其驗以味極苦，而色紫黑如紫胡黃蓮狀。」東坡即以豐富之醫藥常識，自救救人。

　　東坡以其所讀醫書《本草》言服胡麻、菖蒲中、「千金方三建散」。又《題跋》（文六／2327-2360）四十九種醫藥之方。且以仁宗時，朝廷所編《惠民濟眾方》，及同鄉巢穀所言「聖散子」等秘方自救救人，可謂存活人無數。

　　（2）心理養生

　　A、老　莊

　　宋代佛教，以禪宗為主，其諸多觀念，與老莊同，東坡即以此養心。東坡之悉老莊，可遠溯自其年少於眉州天慶觀北極院，受教張易簡三年，於謫海南，於〈眾妙堂〉（文二／622）中追憶之曰：「老先生且至，其徒有誦《老子》者曰：玄之又玄，眾妙之門。」

　　東坡其後宦遊四方，於其詩文中，頗多老莊思想，尤於通判杭州之前。如：

> 至人悟一言，道集由中虛。（〈鳳翔讀道藏〉詩一／51）。
>
> 清詩健筆何足數？逍遙齊物追莊周。（〈送文與可出守陵州詩〉詩一／250）。
>
> 迂疏無事業，醉飽死遨遊。（〈次韻張安道讀杜詩〉詩一／267）。
>
> 出入四十年，憂患未嘗辭。遊於物之初，世俗安得知！（〈送張安道赴南都留臺〉詩一／270）。
>
> 有如醉且墜，幸未傷輒醒。（〈潁州初別子由二首其一〉詩一／280）。
>
> 此地他年頌遺愛，觀愛并記老莊周。（〈壽州李定少卿出餞城東龍潭上〉詩一／284）。

是以《宋史》本傳言東坡見莊書，喜歎曰：「得吾心矣」，故詩中多得莊意。

　　B、佛

　　東坡是否信佛？蘇母程氏、夫人王閏之、侍妾王朝雲，皆先後皈依佛教。

東坡則不信。如云：「吾遊四方，見輒反覆折困之，……」

　　又東坡五十九歲時云：「吾非學佛者，不知其所自入。」（〈虔州崇慶禪院新經藏記〉）（文二／390）。東坡雖不信佛，而熱中佛理探討。如東坡外放杭州，廟宇甚多，僧侶亦夥。其南下赴任，經京口遊金山寺、潤州遊甘露寺。到官三日，便訪惠勤、惠思二僧於孤山。之後，又遊杭州靈隱寺、吉祥寺、六和寺、開元寺、法善寺、淨土寺、功臣寺、梵天寺、水陸寺、法惠寺、祥符寺，以及富陽普照寺等。交往之名僧，除惠勤、惠思外，尚有清順、可久、惟蕭、義詮、寶覺、圓通等。彼此訂交，相互唱酬。由其居時所作，已見以佛理入詩文之者甚眾。如：

　　　　精誠貫山石爲裂，天女下試顏如蓮。（〈遊徑山〉詩二／347）。

　　　　已將世界等微塵，空裏浮花夢裡身。（〈北寺悟士禪師塔〉詩二／392）。

　　　　欲把新詩問遺像，病維摩詰更無言。（〈孤山二詠・竹閣〉詩二／480）。

　　　　此堂不說有清濁，遊客自觀隨淺深。（〈海會寺清心堂〉詩二／578）。

　　　　因病得閒殊不惡，安心是藥更無方（〈病中遊祖塔院〉詩二／475）。

「安心是藥更無方」一語典出《傳燈錄》：

　　　　二祖謂達摩曰：我心未安，請師安心，達摩曰：「將心來與汝安」。

　　　　二祖良久曰：「覺心了不得」。達磨曰：「與汝安心竟。」

　　東坡至密州，雖日食杞菊，而樂其地風俗厚淳，故作〈超然臺記〉（文二／386），中「超然」二字出自《老子》二十六章：「雖有榮觀，燕處超然。」故得物外之趣，無往不樂，而形貌加豐。

　　東坡重攝生，〈送喬仝寄賀君六首〉（詩五／1554）〈其五〉：「聞道東蒙有居處，願供薪水看燒丹。」〈其六〉：「狂歌醉舞知無益，粟飯藜羹問養神」，燒丹養神在求長生。故有〈問養生〉（文五／1982）一文，係假吳子之口以釋「和」與「安」之理。又有〈續養生論〉（文五／1883），乃以五行玄義言醫理。然皆爲自「烏臺詩案」後求靜、求閑之心態。又如：

　　　　官居故人才，里巷佳節過（〈饋歲〉詩一／159）。

　　　　隱居亦何樂，素志庶可求（〈和劉長安題薛周逸老亭，周最善飲酒未七十而致仕〉詩一／164）。

　　　　未成小隱聊中隱，可得長閑勝暫閑（〈六月二十七日望湖樓醉書〉詩二／339）。

惟有王城最堪隱，萬人如海一身藏（〈病中聞子由得告不赴商州三首
其一〉詩一／156）。

參禪固未暇，飽食良先務。平生睡不足，急掃清風宇。（〈宿臨安淨
土寺〉。詩二／344）。

酒醒夢回春盡日，閉門隱几坐燒香。樹暗草深人靜處，卷簾倚枕臥
看山。（〈三月二十九日二首〉詩七／2226）。

紅波翻屋春風起，先生默坐春風裏。（〈獨覺〉詩七／2284）。

然閑、靜攝生之道則以「醉」、「睡」最實際。

2、黃州時期

（1）藥物養身 —— 東坡由己身之病，而勤求相關藥方。

東坡於元豐三年（四十五歲）至黃州，一年半後之七月十六、十月十五
曾二度遊赤壁，身體應尚健朗。佐之其於〈答吳子野書七首‧其一〉（文四／
1734）曰：「某到黃州，已一年半。處窮約，躬耕漁樵，真有餘樂。」又〈與
李公擇十七首‧其十〉（文四／1499）書言：「每加節儉，亦是惜福延壽之道。」

元豐六年，東坡臥病半年，右目幾失明。

〈與蔡景繁十四首‧其二〉（文四／1661）云：「某臥病半年，終未清快，
近復以風毒攻右目，幾至失明。」故東坡得眼疾。是時，曾鞏在江寧病故，
以致謠傳東坡與曾鞏同日病歿，流傳四方，直至范鎮前往弔唁，疑之，遣門
客李伯成往黃州探，方知為虛。

又〈答范蜀公書十首‧其二〉（文四／1446）云：「某凡百粗遣，春夏間，
多患瘡及赤目，杜門謝客，而傳者遂云物故，以為左右憂。」

又東坡臥病半年，症候為左臂腫痛，或斷云風濕，或云食物中毒，亦或
服丹砂所致。而由〈與陳季常書十六首‧其三〉（文四／1565）謂盲醫龐安常
斷為食物中毒，採用鍼醫治。

東坡後曾向龐借醫書《傷寒論》。又〈答龐安常三首‧其三〉（文四／1586）
中言明目之方曰：

古人作明目之方，皆先養腎水，而以心火暖之，以脾固之，脾氣盛

而水不下泄而上行，目安得不明哉？

東坡同鄉巢穀得一秘方「聖散子」傳予東坡，並指江水為誓，約不傳人，
然為救人濟世，東坡仍傳予龐安常。此「聖散子」功效甚大。如：「狀至危急

者，連飲數劑，即汗出氣通，飲食稍進，神宇完復，更不用諸藥連服。」（文一／331）此即〈聖散子後敘〉（文一／238）言東坡謫黃州、及知杭州（元祐五年春）以此藥活人無數。

（2）心理養身

東坡身受百日牢獄之災而謫黃州，遂以佛老之書以養心。時上官長老贈東坡《莊子論》，東坡有再讀之意，如〈答上官彝三首・其一〉云：

卒讀《莊子論》，筆勢浩然，所寄深矣，非淺學所能到。（文四／1713）。

此時東坡詩文中多洋溢《莊子》思想。如〈赤壁賦〉（文一／5）：「將自其變者而觀之，則天地曾不能以一瞬。」正同《莊子・德充符》「自其異者視之，肝膽楚越也。」

又〈定風波〉（詞二／138）云：「歸去，也無風雨也無晴」。〈臨江仙・夜歸臨皋〉：「小舟從此逝，江海寄餘生。」（詞二／157）

又東坡近佛，曾於城南精舍安國寺中往來，其〈黃州安國寺記〉（文二／392）中云：

間一二日，輒往，焚香默坐，深自省察，則物我相忘，身心皆空。……

旦往而暮還者，五年於此矣。

又〈與章質夫書〉（文四／1638）云：「愼靜以處憂患。」

〈答寶月大師五首・其四〉（文五／1889）謂東坡黃州病半年後：「常齋居養氣，日覺神凝身輕。」

〈與蔡景繁十四首・其十二〉（文四／1664）言其遽失愛女，悲悼難堪：「一付維摩莊周，令處置為佳也。」東坡之衛生（即養生）之道，在以佛、老養心，而臻神凝身輕。

東坡與吳子野初識於濟南，一見如故，至惠州已相知廿年，東坡向之請益養生，子野即傾囊以言。故東坡〈與吳秀才書〉（文四／1738）即云：「蓋嘗論養生一篇，為子野出也。」而子野亦以「和」、「安」二字養生告東坡，東坡於貶黃州，即作〈問養生〉（文五／1983）以言：

安則物之感我者輕；和則我之應物者順，外輕內順，而生理備矣。

又書與「烏臺詩案」受害最多之王定國，即〈與王定國四十一首・其八〉（文四／1517）云：「近頗知養生，亦自覺薄有所得，見者皆言道貌與往日殊別。」又以丹砂養火，觀其變化，聊以恰神遣日。

又〈答秦太虛七首・其四〉（文四／1535）云：

　　吾儕漸衰，不可復作少年調度，當速用道書方士之言，厚自養鍊。

　　又東坡常與張安道言詩文、論國是（安道即張方平之字。安道鎮西蜀，東坡年二十，以諸生晉謁，安道且待以國士，並函請翰林學士歐陽修特加關照。進士及第後，對東坡兄弟愛護備至，儼然猶父之視子。）兄弟二人成就，張氏之功，洵不可沒。

　　東坡即於上張安道〈養生訣〉論云：

　　　每夜以子後披衣起，面東或南，盤足，叩齒三十六通。握固，閉息，內觀五臟，肺白、肝青、脾黃、心赤、腎黑。次想心為炎火，光明洞徹，入下丹田中，待腹滿氣極，即徐出氣。候出入勻調，即以舌接唇齒，內外漱煉津液。未得嚥下。復前法。閉息內觀，納心丹田，調息漱津，皆依前法。如此者三，津液滿口，即低頭嚥下，以氣送入丹田。須用意精猛，令津與氣谷谷然有聲，徑入丹田。又依前法為之，凡九閉息，三嚥律而止。然後以左右熱摩兩腳心，及臍下腰脊間，皆令熱徹。次以兩手摩熨眼、面、耳、項，皆令極熱，仍按捏鼻樑左右五七下，梳頭百餘梳而臥，熟寢至明。（文六／2335）

則此養生之法甚為簡易，而功在不廢，約而言之，其法同於靜坐（盤坐、調息、凝神）。如叩齒三十六通，就是「叩齒集神」；舌接唇齒，內外漱練津液，即赤龍攪海；握固閉息，內觀五藏，彷彿「摩運腎堂」；想心為炎火，下入丹田，宛如「雙關轆轤」；熱摩腳心及臍下脊間，類似「手足汧攀」。

　　元祐七年，東坡知揚州，曾作〈和陶淵明飲酒二十首〉（詩六／1881），旨在言以莊子、陶潛之言「醉酒」亦能養生。即《莊子·達生》篇：「夫醉者之墜車，雖疾不死，蓋死生驚懼，不入乎其胸中。」又如：

　〈其一〉言仕宦生涯云：「我生不如陶，世事纏綿之。」

　〈其三〉贊淵明來去自如云：「身如受風竹，俯仰各有態。」

　〈其六〉言合道之人生，泯是非、忘毀譽云：「念念竟是非、誰受譽與毀。」

　〈其八〉以「已結千歲奇」之霜松枝自喻，猶莊子以樗、淵明以孤松為喻。

　〈其九〉又以「蓮」自喻，言其「結根天池泥」；又〈頌酒〉云：「酒中有歸路，了了初，初不迷。」

　〈其十二〉又肯定醉酒云：「惟有醉時真，空洞了無疑。墜車終不傷，莊叟不吾欺。」

〈其十三〉提昇其境界云：「醉中雖可樂，猶是生滅境。云何得此身，不
醉亦不醒。」東坡稱讚美佛之脅槃，亦即無生滅之境。猶如莊之守一，
亦即得神全之境。而心理養生，一言以道，正東坡〈與李公擇十七首・
其九〉（文四／1499）云：「論養生之法，乃在安心調氣，節食少欲。」
則思過半矣。

3、嶺南時期

（1）藥物養身

或是東坡風毒攻右目，幾至失明，甚而謠傳東坡病故，引動朝中關切，
而量移汝州。然至哲宗親政，東坡年屆花甲，竟以「毀謗先帝」之名貶於瘴
癘之嶺南六載。此時東坡竟如何得過？

藥物上，如於〈與王敏仲書〉（文四／1689）言「以酒禦瘴」曰：「治瘴
止用薑、葱、豉三物濃煮熱呷，無不効者。」又飲酒可以禦瘴，故於〈桂酒
頌敘〉（文二／593）：「法當數飲酒以禦瘴。」「釀成而玉色，香味超然。」桂
酒亦可「禦瘴延壽」（文二／548）。又旁及〈中山松醪賦〉、〈酒子賦〉、〈濁醪
有妙理賦〉以及東坡《酒經》等（文二／544～561）皆可見其以酒禦瘴。

東坡於惠州，苦於痔，百藥不瘳。與友人書中多言及：

〈興王庠書〉（文四／1422）云：「近日又苦痔疾，呻吟幾百日。」

〈藥誦〉（文五／1985）一文，述之甚詳：

> 道士教吾去滋味，絕薰血，以清淨勝之。痔有蟲館於吾後，滋味薰
> 血，既以自養，亦以養蟲。自今日以往，旦夕食淡麵四兩。猶復念
> 食，則以胡麻、茯苓麨足之，飲食之外，不啖一物，主人枯槁，則
> 客自棄去。

紹聖四年，再貶昌化軍。此地處境較惠州更艱難，百物皆無，東坡於〈答
程天侔書〉（文四／1612）謂此間食無肉、病無藥、居無室、出無友、冬無炭、
夏無寒泉。惟有一幸，無甚瘴癘。然到〈昌化謝上表〉（文二／707）卻云：「臣
孤老無託，瘴厲交攻。」環境惡劣下，唯有委命而已，死即葬海外。

東坡海外依然兼用藥物與心理兩方式，以保持身體健康。又此地醫藥缺
乏，遂賴廣州親友惠寄必需品，或採當地草藥以應急。但醫藥少，故又及於
煉丹。如〈與王定國四十一首・其八〉（文四／1517）云：

> 近有人惠丹砂少許，光彩甚奇，固不敢服。然其人教以養火，觀其
> 變化，聊以悅神遣日。……然以某觀之，唯能靜心閉目，以漸習之，

> 但閉得百十息，爲益甚大，尋常靜夜，以脈候得百二三十至，迺是
> 百二三十息爾。數爲之，似覺有功。幸信此語，使眞氣雲行體中，
> 瘴冷安能近人也。

東坡雖未高估丹砂價值，卻相信閉目之妙處，而子由不惟服朱砂，且行瑜伽，致有此效。

又東坡同鄉道士陸惟忠，始訂交於廣州，示其所作〈論內外丹指略〉。東坡謫居惠州，曾書告陸道士，〈子厚一首〉（文五／1853）有關金丹之見云：

> 世外之道，金丹爲上，儀鄰次之，服乎大順。然後蒸之以靈芝，潤
> 之以醴泉，晞之朝陽，綏之以五弦。

此後東坡於海南亦於〈與程正甫七十一首・其廿八〉言丹砂之使用曰：「直欲以此砂試煮煉，萬一伏火，亦恐成藥耳。」（文四／1599）。

（2）心理養生

東坡至惠州，已是形槁心灰，謂須心藥治之。溯元豐八年〈與王定國書〉已知禦瘴之術在「絕欲練氣之一事」（文四／1517）。至惠州則求心凝神聚。又有所謂：

> 養生亦無他術，獨寢無念，神氣自復。（〈與廣西憲漕司勳五首・其
> 四〉文四／1774）。

> 唯絕嗜欲，節飲食，可以不死（〈答錢濟明書十六首・其四〉文四／
> 1551）。

> 杜門默坐，喧寂一致（〈與張朝請書〉文四／1112）。

> 某謂居瘴鄉，惟靜絕欲念，爲萬全之良藥。（〈與范純夫書十一首・
> 其十〉文四／1456）。

又以養生祕訣在「嚥眞納息」，即在「咽油納息，眞是丹頭，仍須用尋常所聞般運泝流法，令積久透徹乃效也。」（〈答王敏仲書十八首之五〉（文四／1690）

而養生重在理念、實務之合一。由實務言，東坡養生術兼有儒、道。所謂「道」乃以惠州作文之〈龍虎鉛汞說〉及海外作〈續養生論〉爲主，二者內容相似，而後者尤詳於前者。以下試析言之：

〈龍虎鉛汞說〉（文六／2332）：

> 方閉息時，常卷舌而上，以舐懸癰，雖不能到，而意到焉。久則能
> 到也。如是不已，則汞下入口。方調息時，則漱而烹之，須滿口而

　　　　後嚥。仍以空氣送至下丹田，常以意養之，久則化而爲鉛，此所謂
　　　　虎向水中生也。

此東坡引隱者之言，謂此「坐禪」功夫，正《莊子》「心齋」、「坐忘」以臻於
心凝神聚之境界。

　　〈續養生論〉（文五／1984）：

　　　　方五行之順行也，則龍出於水，虎出於火，皆死之道也。心不官而
　　　　腎爲政，聲色外誘，邪淫內發，壬癸之英，下流爲人，或爲腐壞。
　　　　是汞龍之出於水者也。喜怒哀樂，皆出於心者也，喜則攫挐隨之，
　　　　怒則毆擊隨之，哀則擗踊隨之，樂則抃舞隨之。心動於內，而氣應
　　　　於外，是鉛虎之出於火者也。

　　又云：

　　　　汞龍之出於火，流於腦，溢於玄膺，必歸於根心。火不炎上，必從
　　　　其妃，是火常在根也。故壬癸之英，得火而日堅，達於四支，洽於
　　　　肌膚而日壯，究其極，則金剛之體也。此鉛虎之自水生者也，龍虎
　　　　生而內丹成矣，故曰順行則爲人，逆行則爲道。

　　又云：

　　　　何謂鉛？凡氣之謂鉛。或趨或蹶，或呼或吸，或執或擊，凡動者皆
　　　　鉛也。肺實出納之。肺爲金，爲白虎，故曰鉛，又曰虎。何謂汞？
　　　　凡水之謂汞，唾涕膿血，精汗便利，凡濕者皆汞也。肝實宿藏之，
　　　　肝爲木，爲青龍，故曰汞，又曰龍。

古眞人之言龍即汞，亦即水；虎即鉛，亦即氣。調配之二原則爲：一是「順
行則爲人，逆行則爲道」。一是「五行顛倒術，龍從火裡出，虎向水中生。」
此言欲修道則非從五行逆行著手不可，亦即汞龍不出於水而出於火，以免腎
爲政，而致聲色外誘，邪淫內發。且又鉛虎不出於火而出於水，喜怒哀樂皆
受制心而不外發。

　　除道家外，東坡又重儒家之養生。早於元豐二年，章質夫築室於公堂之
西，名之曰「思」，請東坡爲作記。即〈思堂記〉（文二／363）結云：

　　　　以質夫之賢，其所謂思者，豈世俗之營營於思慮者乎？《易》曰：
　　　　無思也，無爲也，我願學焉。詩曰：「思無邪」，質夫以之。

自是，「思無邪」三字，諒必爲其所專注。

　　又東坡初至惠州，居合江樓，子由報以佛語：「本覺必明，無明明覺。」

「攝心正念，而無所覺」，遂名書齋曰「思無邪」，作〈思無邪齋銘〉，又作〈思無邪齋贊〉。意圖將三家思想融合為一，作為養生之道。〈續養生論〉又云：「孔子曰：思無邪。凡有思皆邪也，而無思則土木也。」「無思之思，端正莊栗，如臨君師，未嘗一念放逸。然卒無所思。」（文五／1984）。

東坡又作〈養生偈〉即本此言練氣養精之道在「閑之廓然，存之卓然，養之鬱然，煉之赫然。守之以一，行之以久，功在一日。」（文二／648）。則坎離乃交，梨棗乃成。

紹聖二年五月二十七作〈虔州崇慶禪院新經藏記〉（文二／390）云：

> 吾非學佛者，不知其所自入，獨聞之孔子曰：「《詩》三百，一言以蔽之曰：思無邪。」

何能如是？必由「數年之暇，託於佛僧之宇，盡發其書，以無所思心會如來意，庶幾於無所得故而得者。」則東坡晚年之養心，乃以「思無邪」——由無從萌生邪念而自我針砭。

又〈書海南風土〉（文五／2275）言嶺南「天氣卑濕，地氣蒸溽，而海南為甚。」

> 夏秋之交，物無不腐壞者。人非金石，其何能久？然儋耳頗有老人，年百餘歲者，往往而是，八、九十者不論也。乃知壽夭無定，習而安之，則冰蠶火鼠，皆可以生。吾嘗湛然無思，寓此覺於物表，使折膠之寒，無所施其洌，流金之暑，無所措其毒，百餘歲豈足道哉！

言「湛然無思」，即可以長壽。

紹聖二年四月〈跋嵇叔夜養生論後〉（文五／2056 中），東坡自言：

> 以桑榆之末景，憂患之餘生，而後學道，雖為達者所笑，然猶賢乎已也。以嵇叔夜《養生論》頗中余病，故手寫數本，其一贈羅浮鄧道師。

〈書四戒〉（文五／2063），言元豐六年十一月，東坡於門窗、几席、縉紳、盤盂書四戒，使坐起寢食皆不忘。即出輿入輦，命曰「蹙痿之機」；洞房清宮，命曰：「寒熱之媒」；皓齒蛾眉，命曰：「伐性之斧」；甘脆肥濃，命曰：「腐腸之藥」。又〈記導引家語〉（文五／2080）謂「導引家云：『心不離田，手不離宅。』此語極有理。又云：『真人之心，如珠在淵。眾人之心，如瓢在水。』此導引家之善喻者。

惠州三年，繼謫昌化軍。昌化瘴氣較諸惠州尤甚。其〈到昌化軍謝表〉云：

> 臣孤老無託，瘴癘交攻；子孫慟哭於江邊，已為死別；魑魅逢迎於

海上，寧許生還。（文二／707）。

又於〈與王敏仲十八首‧十六〉（文四／1695）除言死葬後事外，猶「宴坐寂照而已。」徽宗即位，赦罪放還，於〈答王幼安宣德啓〉（文四／1369），仍有「老驥伏櫪」之想，其壯心未已。

東坡北歸至儀眞，中暑臥病，仍冒病續乘舟返常州。病情加重，七月十五日〈與錢濟明十六首‧其十六〉（文四／1556）云：

> 細察疾狀，專是熱毒根源不淺，當專用清涼藥，已令用人參、茯苓、麥門三味煮濃汁，渴即少啜之，餘藥皆罷也。莊生云在宥天下，未聞治天下也，如此不愈則天也，非吾過矣。

此以藥物治疾外，又本《莊子》之順自然，聽天命也。十八日，東坡自知不起，即招邁、迨、過三子至床前，囑附云：「吾生無惡，死必不墜。」又云：「至時，愼毋哭泣，讓我怛化去。」（此由子竉斥子來妻，勿使其夫有疾，環而泣之），東坡亦欲其子當學至人子犂，以「死生存亡爲一體」，勿因其離去而傷感。廿三日徑山長老惟琳，遠自杭州冒暑來探病。初訪東坡臥病未醒，乃留名刺，約另訪。廿五日，東坡病篤，〈與徑山惟琳二首‧其二〉云：

> 某嶺海萬里不死，而歸宿田里，遂有不起之憂，豈非命也夫。然死生亦細故爾，無足道者，惟爲佛爲法爲眾生自重。（文五／1885）

此東坡既肯定《莊子‧大宗師》「死生命也」，亦肯定佛法。

進言之，東坡之養生既有儒家之言，即孟子所謂「窮則獨善其身，達則兼善天下」，故於〈賈誼論〉（文一／105）中，言賈誼「不知默默以待其變，而自殘至此。」不善處窮而短命死矣。東坡又重《莊子》之養生在求「保身全生」（〈養生主〉）、「全形抱生」（〈庚桑楚〉）、「形全精復」（〈達生篇〉），而成無己之至人、無功之神人、無名之聖人，死生驚懼不入胸次，遂臻於逍遙遊之境界。

由上言東坡養生，又取佛教離苦之理。佛教透識三法（苦、無常、無我）、四諦（苦、集、滅、道）、十二因緣（無明、行、識、名色、六入、觸、受、愛、取、有、生、老死）等，使人徹悟之後，離去生命之苦。

九、嗜好品評

（一）品　評

蘇東坡之詩、文、書、畫，均獨具造詣，並負盛譽，其傳世之文，據《宋

史・蘇軾傳》載，有：《易傳》、《論語說》、《書傳》、《東坡集》四十卷、《後集》二十卷、《內制》十卷、《外制》三卷、《和陶詩》四卷。

東坡書、畫，除散播民間外，又據林語堂《蘇東坡傳》附錄之書目，其真跡墨帖拓印成帙者，唯：〈西樓蘇帖〉、〈天際烏雲帖〉、〈剔耳圖二蘇題跋〉、〈贈柳子玉詩帖〉等四種耳。

《東坡集》中，有文體三十（見本書附錄一）。據邱新民《蘇東坡》，謂有「詩、詞、賦、頌、贊、論、敘、啟、書、記、碑、傳、表、表狀、書說、青詞、祝文、祭文、行狀、策問、雜文、釋、論說、書傳、易傳、墓志、樂府、神道碑、論語說、仇池筆記、東坡志林等。」而此三十餘種，不外歸為文、詩、詞三類：

詩——19 卷，1475 首。

詞——據饒宗頤《詞籍考說》、朱祖謀編《東坡樂府》言有 340 首。

　　據曹樹銘校編《東坡詞》，知其年代有二百五十首，不編年代者六十首，附錄四十首，合計三百五十首。

文——353 篇，另有《易傳》、《書傳》、《論語說》、《仇池筆記》及《東坡志林》等。

東坡才大，閱歷多，故其訾議與褒貶自多。

據《蘇軾文集》，東坡小品文 934 則，多有評人評物之載：東坡史評（卷65）88 則。題跋（卷 66～71），有雜文 94、詩詞 182、書帖 125、畫 33、紙墨 39、筆硯 36、琴棋雜器 34、游行 65 則。而雜記（卷 72～73）有人物 68、異事 29、修煉 14、醫藥 35、草木飲食 30、書事 28 則。今試舉其代表者如下：

1、評　史

《東坡文集》卷 65 有 88 則，舉史而評之。如：

〈劉沈認屐〉（文五／2031），引《南史》言劉凝之為人認所著屐即予之。此人後得所失送還，劉不肯復取。而沈麟士亦為鄰人認所著屐，麟士即予之。後鄰人得所失而送還之，沈笑而受之。東坡以「此雖小節，然人處世，當如麟士之寬容，不當如凝之也。」

〈歷代世變〉（文五／2040）

秦焚詩書而亡。漢尚寬德、崇經術、識義理、尚名節。然東漢知名節而不能節之以「禮」。至六朝而為曠蕩浮虛，與夷狄同。唐之藩鎮權臣皆由三綱不正始，故東坡推歷代世變，則「十世可知」。

〈晉武娶婦〉（文五／2023）言「晉武帝欲爲太子娶婦，衛瓘曰：『賈氏女有五不可——青、黑、短、妒而無子。』竟爲群臣所譽，取之，卒以亡晉。」東坡評以「惑於眾口，而顛倒錯繆如此！」乃立見小人移人之害也。（餘見拙著〈東坡志林「論古十三首」之研究〉一文。）

2、評　人

〈李太白碑陰記〉（文一／348）

人以「李太白，狂士也，又嘗失節於永王璘。此豈濟世之人哉？」東坡不惟引夏侯湛贊東方生「雄節邁倫，高氣蓋世。」以言「士以氣爲主」，證之「太白之從永王璘，當由迫脅。」蓋李白於「高力士用事，公卿大夫爭事之，而太白使脫靴殿上，固已氣蓋天下矣。使之得志，必不肯附權幸以取容，其肯從君於昏乎？」其爲李白之辯亦甚切也。

〈書文與可超然臺賦後〉（文五／2060）

東坡以文氏爲古人古文。評其〈超然臺賦〉則曰：「意思蕭散，不復與外物相關，其〈遠遊〉、〈大人〉之流乎？」其言是也。

〈漢高帝論〉（文一／81）謂劉邦「起於草莽之中，徒手奮呼，而得天下。」如論勇氣、將略、驍勇善戰，劉邦不如項羽。然由賞罰分明，禍福與共言，則項羽不如劉邦。又運籌帷幄之中，決勝千里之外，不如張良；安撫百姓，籌措糧餉，又不及蕭何；統帥百萬大軍，戰無不勝，攻無不克，又不及韓信。劉邦之得天下，乃因「能容人」方能得人。正如楚莊王滅燭絕纓（容醉將一時疏失，而令人皆絕盃纓而盡歡，酒後失禮之將自感恩。）

又官渡之役，曹操以少擊眾，力挫袁紹以後，由繳獲之袁氏信件中，或有私下致書袁紹欲降者，人欲懲處之，曹操則毀去信函赦私通者，人終而甘心效其忠。

〈儒者可與守成論〉（文一／39）

東坡又以容人者可得天下，陸賈言以武力可得天下而不能治天下。叔孫通以儒士可與守成，難以進取。東坡以儒士可以養生；武夫可以治病。昔宋襄公以養生而治病，宋、楚相爭，大戰於泓水，宋襄公待楚軍渡河列陣畢，方下令出擊，乃仁義之法，其亦不害老者、險隘之敵。秦始皇不能如是，遂失江山。

3、評詩文

東坡〈答李昭玘書〉（文四／1439）：「少年好文字，雖自不能工，喜誦他

人之工者。今雖老，餘習尚在。」

〈書六一居士傳後〉（文五／2048）又以「六一居士」非有道者，東坡由「物未始能累人」以言，「今居士自謂六一，是其身均與五物爲一也。不知其有物耶，物有之也？」居士既不能有物，可謂爲有道也。又曰：「自一觀五，居士猶可見也。與五爲六，居士不可見也，居士殆將隱矣。」則定居士不爲物累，與天地合一，則將歸隱也。

〈記歐陽公論文〉（文五／2055）謂

歐陽修答孫莘老作文之道曰：

> 唯勤讀書而多爲之，自工。世人患作文字少，又懶讀書，每一篇出，
> 即求過人，如此少有至者。疵病不必待人指摘，多作自能見之。

東坡評曰：「此公以其嘗試者告人，故尤有味。」其言是也。

〈書子厚夢得造語〉（文五／2109）

東坡以柳子厚、劉夢得皆善造妙語。如：

> 子厚〈記〉云：「每風自四山而下，震動大木，掩苒衆草，紛紅駭綠，
> 蓊葧薌氣。」夢得云：「水禽嬉戲，引咮伸翮，紛驚鳴而決起，拾綵
> 翠於沙礫。」亦妙語也。

〈書子由超然臺賦後〉（文五／2059）：

> 子由之文，詞理精確，有不及俉，而體氣高妙，吾所不及。雖各欲
> 以此自勉，而天資所短，終莫能脫。至於此文，則精確、高妙，殆
> 兩得之，尤爲可貴也。

言子由文之長在體氣高妙，「詞理精確」則偶或見之。

〈記子由詩〉（文五／2128），熙寧十年，東坡作小詩三首，而子由和詩：「岧嶢山上寺，近在古城中。苦恨河流遠，長教眼力窮」等，東坡以爲「子由詩過吾遠甚。」

〈書蘇李詩後〉（文五／2089）：

> 歷觀古人之作辭約而意盡者，莫如李少卿贈蘇子卿之篇。

〈書李白十詠〉（文五／2096）云：「過姑孰堂下，讀李白〈十詠〉，疑其語淺陋。」此指「李赤詩」，蓋赤見《柳子厚集》，自比李白，故名赤。

〈書李白集〉（文五／2096）云：

> 今《太白集》中，有〈歸來乎〉、〈笑矣乎〉及〈贈懷素草書〉數詩，
> 決非太白作。蓋唐末五代間，貫休、齊己輩詩也。余舊在富陽，見

　　國清寺太白詩，絕凡。近過彭澤唐興院，又見太白詩，亦非是。良
　　由太白豪俊，語不甚擇，集中往往有臨時率然之句，故使妄庸輩敢
　　爾。

則東坡於評詩非盡信之，而後有所評騭也。

　　〈書學李白詩〉（文五／2098）東坡以「李白詩飄逸絕塵，而傷於易。」
玉川子、李赤、崔顥皆學而不至者。

　　〈書子美雲安詩〉（文五／2102）東坡評子美〈雲安縣詩〉：「兩邊山木合，
終日子規啼」、「非親到其處，不知此詩之工。」言子美詩之尚「實」也。

　　〈書子美黃四娘詩〉（文五／2103）云：

　　子美詩云：「黃四娘家花滿蹊，千朵萬朵壓枝低。留連戲蝶時時舞，
　　自在嬌鶯恰恰啼。」東坡云：此詩雖不甚佳，可以見子美清狂野逸
　　之態，故僕喜書之。

除評子美詩質實、野逸，又於〈評韓柳詩〉（文五／2109）云：

　　柳子厚詩在陶淵明下，韋蘇州上。退之豪放奇險則過之，而溫麗靖
　　深不及也。所貴乎枯澹者，謂其外枯而中膏，似澹而實美，淵明、
　　子厚之流是也。

而總論詩人之長，見於〈書黃子思詩集後〉（文五／2124）：

　　予嘗論書，以謂鍾、王之迹蕭散簡遠，妙在筆畫之外。至唐顏、柳，
　　始集古今筆法而盡發之，極書之變，天下翕然以為宗師，而鍾、王
　　之法益微。至於詩亦然。蘇、李之天成，曹、劉之自得，陶、謝之
　　超然，蓋亦至矣。而李太白、杜子美以英瑋絕世之姿，凌跨百代，
　　古今詩人盡廢；然魏晉以來高風絕塵，亦少衰矣。李、杜之後，詩
　　人繼作，雖間有遠韻，而才不逮意。獨韋應物、柳宗元，發纖穠於
　　簡古，寄至味於澹泊，非餘子所及也。唐末司空圖，崎嶇兵亂之間，
　　而詩文高雅，猶有承平之遺風，其論詩曰：梅止於酸，鹽止於鹹。
　　飲食不可無鹽、梅，而其美常在鹹、酸之外。

〈評詩人寫物〉（文五／2143）謂工寫物之例：

　　詩人有寫物之功。「桑之未落，其葉沃若」，他木殆不可以當此。林
　　逋〈梅花〉詩云：「疎影橫斜水清淺，暗香浮動月黃昏。」決非桃李
　　詩。皮日休〈白蓮花〉詩云：「無情有恨何人見，月曉風清欲墮時。」
　　決非紅蓮詩。此乃寫物之功。若石曼卿〈紅梅〉詩云：「認桃無綠葉，

辨杏有青枝。」此至陋語，蓋村學中體也。

故東坡以詩至杜子美、文至韓退之、書至顏魯公，畫至吳道子，而古今之變，天下之能事畢矣。

4、評書畫

先言東坡評書

〈題二王書〉（文五／2170）云：

筆成冢，墨成池，不及羲之即獻之。筆禿千管，墨磨萬鋌，不作張芝作索靖。

〈題筆陣圖〉（文五／2170）云：

筆墨之關，託於有形，有形則有弊。苟不至於無，而自樂於一時，聊寫其心，忘憂晚歲，則猶賢於博奕也。

此言書貴在「意」得。

〈書張長史草書〉（文五／2178）云：

張長史草書，必俟醉！或以為奇，醒則天真不全。

〈題醉草〉（文五／2184）云：

吾醉後能作大草，醒後自以為不及。然醉中亦能作小楷，此乃為奇耳。

此尚醉草。

〈論書〉（文五／2183）云：

書必有神、氣、骨、肉、血，五者闕一，不為成書也。

〈題自作字〉（文五／2203）云：

東坡平時作字，骨撐肉，肉沒骨，未嘗作此瘦妙也。

〈書唐氏六家書後〉（文五／2206）概括以評以下書法名家：

永禪師書——「骨氣深穩，體兼眾妙，精能之至，反造疏淡。」

歐陽率更書——「妍緊拔群，尤工於小楷。」

褚河南書——「清遠蕭散，微雜隸體。」

張長史草書——「頹然天放，略有點畫處，而意態自足，號稱神逸。」

顏魯公書——「雄秀獨出，一變古法，如杜子美詩，格力天縱。」

柳少師書——「本出於顏，而能自出新意，一字百金，非虛語也。其言心正則筆正，非獨諷諫，理固然也。」

以下評畫

〈書吳道子畫後〉（文五／2210）云：

　　道子畫人物，如以燈取影，逆來順往，旁見側出，橫斜平直，各相
　　乘除，得自然之數，不差毫末，出新意於法度之中，寄妙理於豪放
　　之外，所謂遊刃餘地，運斤成風，蓋古今一人而已。

〈書李伯時山莊圖後〉（文五／2211）中：

　　龍眠居士作〈山莊圖〉，使後來入山者信足而行，自得道路。……作
　　華嚴相，皆以意造，而與佛合。

〈跋南唐挑耳圖〉（文五／2217）以王晉卿得耳病，東坡以「將種」刺之，
三日癒。

評筆硯文物

〈記王晉卿墨〉（文五／2230）云：

　　王晉卿造墨，用黃金丹砂，墨成，價與金等。

〈書諸葛筆〉（文五／2232）云：

　　宣州諸葛氏筆，擅天下久矣。縱其間不甚佳者，終有家法。如北苑
　　茶、內庫酒、教坊樂。

〈書海苔紙〉（文五／2232）云：

　　昔人以海苔爲紙，今無復有，今人以竹爲紙，亦古所無有也。

〈書硯〉（文五／2237）云：

　　硯之發墨者必費筆，不費筆則退墨。二德難兼，非獨硯也。大字難
　　結密，小字常局促，眞書患不放，草書苦無法，茶苦患不美，酒美
　　患不辣。

則東坡之品評鑑賞，亦及於筆硯文物也。

（二）雜　記

　　東坡閒來喜作記以錄人、物、事之異者，亦閒居一樂。以下試分述之：

1、人　物

〈溫公過人〉（文六／2291）引晁無咎言：

　　司馬溫公有言：「吾無過人者，但平生所爲，未嘗有寺人不可言者耳。」
　　東坡亦記前輩有詩云：「怕人知事莫萌心」，此言皆可終身守之。

則引之，以表心跡。

〈文忠公相〉（文六／2291）謂：

　　文忠公相東坡：「耳白於面，名動天下；唇不著齒，無事得謗。」其

言頗驗。蓋耳白於面，眾所共見；唇不著齒，何言得謗？

2、記異事

〈空冢小兒〉（文六／2306）謂河北大飢中，夫婦迫於饑困，棄兒道旁空冢而去，一歲後其兒尚活，乃千歲蟾蜍出氣以養之。

〈池魚自達〉（文六／2309）引眉州人任達言深池中魚蓄三十年，忽而不知所往，東坡疑「此魚圈局三十餘年，日有騰拔之意，精神不衰，久而自達」如蛟龍因風雨而移者也。

3、就修煉醫藥飲食──

〈漱茶說〉（文六／2370）謂每食已以濃茶漱口，可除煩去膩，蠹病自已。

〈節飲食說〉（文六／2371）謂早晚飲食不過一爵一肉。可安分養福，寬胃養氣、省費養財。

4、記「言」

〈記先夫人不殘鳥雀〉（文六／2374）謂：先夫人惡殺生，鳥雀近人而巢。此「人既不殺，則自近人者」，末始於「苛政猛於虎」時，鳥雀巢即不近人，發人深思。

〈記子由言修身〉（文六／2377）言修身之道在「無事靜坐」。

（三）登 臨

東坡喜登山臨水，常於詩中自道，如曾自云：「此生的有尋山分。」又云：「身行萬里半天下」（〈龜山〉詩一／291）。

> 嗟我本狂直，早為世所捐。獨專山水樂，付與寧非天。三百六十寺，
> 幽尋遂窮年。（〈懷西湖致晁美叔同年〉詩二／644）。

即或至惠州，猶云：「余未嘗一日忘湖山也。」（〈詩題〉詩七／2102）「自昔懷幽賞，今茲得縱探。」（〈入峽〉詩一／31）。

皆足以明東坡欲蹤山探水，得其專樂。

細味東坡既喜山又樂水，且及於自然原野。如

> 踏遍千重山（〈祈雪霧豬泉〉文五／1931）。
> 天教看盡浙西山（〈與毛令方尉游西菩寺〉詩二／584）。
> 遊遍錢塘湖上山，歸來文字帶芳鮮。（〈送鄭戶曹〉詩三／833）。
> 踏遍江南南岸山，逢山未免更流連。獨攜天上小團月，來試人間第
> 二泉。石路縈迴九龍脊，水光翻動五湖天。孫登無語空歸去，半嶺

松聲萬壑傳。(〈惠山謁錢道人烹小龍團登絕頂望太湖〉詩二／532)。

溪山愈好意無厭，上到巉巉第幾尖。深谷野禽毛羽怪，上方仙子鬢眉纖。……澗草巖花自無主，晚來蝴蝶入疏簾。(〈留題延生觀後山上小堂〉詩一／130)。

野桃含笑竹籬短，溪柳自搖沙水清。身世悠悠我此行，溪邊委轡聽溪聲。(〈新城道中二首‧其二〉詩二／437)。

原田浩如海，滾滾盡東傾。(〈大秦寺〉詩一／194)。

曲欄幽榭終寒窘，一看郊原浩蕩春。(〈正月二十一日，病後述古邀往城外尋春。〉詩二／428)。

　　由山而水，松聲湖影、野禽蝴蝶乃至澗草巖花、欄榭竹籬，不惟使人悅目稱心，亦使「文字帶芳鮮」，心知口難傳。

1、登臨機緣

　　細繹東坡之樂山水，有以下三種機緣：

(1) 隨　興

　　興之所至，攀山泛水，怡心悅性，其興所至，常見於其詩中。如：

含暉亭上望東溟，凌霄峰頭挹南岳(〈再遊徑山〉詩二／501)

朝隨白雲去，暮與棲鴉還。(〈祈雨霧豬泉〉詩三／897)

〈書遊垂虹亭〉(文五／2254)言東坡與楊元素、劉孝叔遊曰：

夜半，月出，置酒垂虹亭上。子野年八十五，以歌詞聞於天下，作〈定風波令〉。

〈記游白水嵓〉(文五／2269)言東坡遊白水山佛跡院，見「懸水百仞，山八九折……暮歸，倒行，觀山燒壯甚。」或夜遊或晨遊，皆得乎盡遊之樂也。

　　又如〈念奴嬌‧赤壁懷古〉中「大江東去，浪淘盡千古風流人物。」令人由黃州城外赤鼻磯，追想湖北嘉魚古戰場，何等豪壯？

(2) 餘　暇

　　公餘無事，藉登臨以散悶。如：

時投餘隙，輒出訪覽，亦自可卒歲也。(〈與康公操都管三首之一〉詩四／1688)。

遇勝輒留連(〈端午遍遊諸寺得禪字〉詩三／951)。

遮莫千山與萬山（〈次韻答寶覺〉詩四／1258）。

江南江北無常樓、朝遊湖北暮淮西（〈與子由同遊寒溪西山〉詩四／1054）。

又遊山玩水，必以「閒」以助成其樂，如〈記承天寺夜遊〉末云：「何夜無月？何處無竹柏？但少閒人如吾兩人耳。」一「閒」字何等唏嘘！令人迴想其任副職，不得簽署公文，遂得以「閒」，唯其如此方能盡夫斯遊之樂。

又〈記遊松風亭〉（詩七／2271）乃東坡寓居惠州嘉祐寺時之作。即：

縱步松風亭下，足力疲乏，私欲就林止息。仰望亭宇，尚在木末，意謂如何到得。良久忽曰，此間有甚麼歇不得處，由是如挂沔之魚，忽得解脫。

由出遊而悟解脫之理，非「閒」而何。

又〈書游靈化洞〉（文五／2253）謂東坡與穆仲「至昔人之所未至，而驚世詭異之觀，有不可勝談者。」

〈記赤壁〉（文五／2255）：「斷崖壁立，江水深碧，二鶻巢其上。」

又〈記羅浮異境〉（文五／2256）中見凡聖雜處異境曰：「有官吏自羅浮都虛觀游長壽，中路覿見道室數十間，有道士據檻坐，見吏不起。吏大怒，使人詰之，至，則人室皆亡矣。乃知羅浮凡聖雜處，似此等異境，平生脩行人有不得見者。」〈記游定惠院〉（文五／2257）言：黃州定惠院東小山上之海棠一株，繁茂盛綻，「每歲盛開，必携客置酒，已五醉其下矣。」

（3）遷　徙

東坡一生九遷，所到之處，可趁便涉遊。如：

「默數淮中十往來」（〈淮上早發〉詩六／1870）

「八年看我走三州」（〈次韻徐仲車〉詩六／1871）「近來愈覺世路隘，每到寬處差安便」（〈遊徑山〉詩二／350）。

2、遊　歷

東坡先後於杭州、密州、徐州、穎州等地任官，自與山水結緣，其「身行萬里半天下」究經歷何等登臨，梳理其詩文，可得以下之梗概：

（1）初　遊

東坡故鄉蜀地風景如畫，故東坡任官前，即暢遊其地——

二十歲遊成都、次歲遊扶風。又次歲因赴試而住興國寺浴室院；二十四

歲時隨父南行適楚（今湖南、湖北）。又次歲授河南福昌縣主簿，過唐州（今河北省唐縣）。

二十七歲初入宦，至秦蜀之交古文化重鎮「扶風古三輔」之地，於陝西鳳翔，仿司馬子長登會稽，探禹穴。李太白荊州訪七澤。故於鳳翔除遊太白山、普門寺外，並曾遍遊八觀（東湖、楚文、王維吳道子畫、塑維摩像、東湖、眞興寺門、李氏園、秦穆公墓。）寺閣園林中，以縣東「東湖」最勝。東坡有 30 韻長詩〈東湖〉（詩一／111）以寫其勝。佳句如：「吾家蜀江上，江水綠如藍。」「不謂郡城東，數步見湖潭。入門便清奧，悅如夢西南。泉源從高來，隨坡走涵涵。」「新荷弄晚涼，輕棹極幽探。」「深有龜與魚，淺有螺與蚶。」「聊為湖上飲，一縱醉後談。」則東坡波水、新荷、魚螺之美，洵引人入夢。

〈壬寅二月，有詔令……作詩五百言〉（詩一／122）東坡又因受命出差至寶雞、虢、郿、鼕屋四縣，乘便謁太平宮、宿南溪溪堂，遂並南山而西，至樓觀、大秦寺、延生觀、仙遊潭等。參觀橫渠鎮崇壽院、延年觀後山之唐玉眞公玉修道遺蹟，仙遊潭中興寺玉女洞、鼕屋縣東之樓觀、郿塢、磻溪石、石鼻城等。重九節又獨遊普門寺。又禱雨時出磻溪，宿麻田青峰寺，至陽平宿南山蟠龍寺，至下馬磧，憩懷賢閣，臨五丈原諸葛孔明所從出師處，往南溪會景亭、避世堂。又因惇來訪，同遊樓觀、五郡，至大秦寺、延生觀抵仙遊潭。並遊美陂、北寺至馬融室玉女洞、大老寺等。於此游即有抒懷詠志之作五百言。如遊終南山有〈大秦寺〉（詩一／194）：「信足幽尋遠，臨風卻立驚。」以寫尋山勝遊。

東坡又於登臨中考古，有〈石鼓文〉（詩一／101）中云：石鼓「鬱律蛟蛇走」之文字難認曰：「細觀初以指畫肚，欲讀嗟如箝在口。」石鼓文為我國現存最早刻石文字之一，亦稱「獵碣」、「雍邑刻石」、「陳倉十碣」，或「歧陽石鼓」，刻石年代難考定。韋應物以為乃周文王之鼓，韓退之以為乃宣王之物，歐陽修〈集古錄跋尾〉則以為出自陝西鳳翔縣孔子廟之「歧陽石鼓」。「石鼓文」乃是刻字於鼓形之十石上，每鼓高一公尺，直徑 0.6 公尺，每石環刻四言韻文一篇，內容乃敘秦君田獵事，因唐宋時石鼓已殘損，以歐陽修所見，亦僅有四百六十五字，後經多次遷移，文字更為磨滅，現今所見，僅餘二百七十餘字。今故宮博物院之石鼓文，無論書法、鐫刻，價值極高，論結體則方正舒展，線條圓潤，筆意渾厚。如張懷瓘《書斷》：「體象卓然，殊今異古，落落珠玉。」康有為《廣藝舟雙楫》：「金鈿落地，芝草團雲；不煩整裁，自

有奇彩。」進而推爲中國第一古物、書家第一法則。自唐宋以來，篆書大家皆致力臨寫石鼓，中以吳昌碩尤爲傑出。東坡之考定，洵有先見。

又謁老子廟言「閱世如流事可傷」（〈樓觀〉詩一／132）。游秦穆公墓由其不誅孟明事，作〈秦穆公墓〉（文一／119）。至〈讀開元天寶遺事三首〉（詩一／142）則寫唐明皇，〈郿塢〉寫董卓，〈驪山〉嘆女媧。至五丈原懷孔明，皆一一致其功績。

又於普門寺、開元寺訪壁畫評其人。中如〈王維吳道子畫〉（文一／108）中即云：「吳氏雖妙絕，猶以畫工論。摩詰得之於象外，有如仙翮謝籠樊。」予王、吳二氏之畫，細作評定，遊而觀景記史，乃東坡之獨卓也。

（2）首度赴杭

東坡31-34歲丁憂，還朝，任監官告院，後熙寧四年（1071）十一月十八日，東坡抵東南第一州杭州，遂登臨日頻。如曾過揚州，而觀花吉祥寺，登望湖樓，臘月遊孤山安濟亭，寫〈觀湖詩〉詩八／2550。其間，又因事至姑蘇（江蘇省吳縣西南），往潤州（江蘇省丹徒縣），出道秀州（江蘇省松江縣）。治平七年正月，遊風水洞。〔註27〕

東坡抵杭，目睹百姓苦難，重稅、蝗災、苛政，惟能於詩中作無奈宣洩：「胡不歸去來，滯留愧淵明。」（〈湯村開運鹽河雨中督促〉詩二／389）。

東坡由無奈中幻化出西湖空靈之美。蓋「餘杭自是山水窟」（〈將之湖州戲贈莘老〉詩二／393）。

又曰：「故鄉無此好湖山。」（〈六月二十七日望湖樓醉書五絕其五〉詩二／339）。

又以西湖山水結緣，乃前世故曰：「前生我已到杭州，到處長如到舊遊。」（〈和張子野見寄三絕句〉詩二／652）。「一歲率常四五夢至西湖，此殆世俗所謂前緣者」（〈答陳師仲主簿書〉文四／142）。

寫月下西湖有「菰蒲無邊火茫茫，荷花夜開風露香。」（〈夜泛西湖五絕〉之四，詩二／353）

寫西湖風雨，有「晚雨留人入醉鄉」「山色空濛雨亦奇」（〈飲湖上初晴後雨二首〉詩二／430）

寫勞心災賑之激蕩，則云：「黑雲翻墨未遮山，白雨跳珠亂入船。」（〈六

〔註27〕風水洞在浙江杭縣南二十里。《咸淳志》云：「洞極大，水流不涸。頂上有洞，立夏清風自生，立秋則止。故名。」

月二十七日望湖樓醉書五絕‧其一〉詩二／340）

　　十五年後，東坡二度赴杭，仍念念此日：「還來一醉西湖雨，不見跳珠十五年。」（〈與莫同年雨中飲湖上〉詩五／1647）

　　西湖雨後：「野桃含笑竹籬短，溪柳自搖沙水清。」（〈新城道中二首‧其一〉詩二／437）

　　四十歲之東坡自錢塘移高密（舊治在山東省西北），遊松江，並嘗置酒垂虹亭上；四十四歲時，轉赴徐州任。而元豐元年四月，與子由同往彭城（江蘇省銅山縣），留百日，宿於逍遙堂，修徐州城外東門為大樓（即青樓），遊泗上，登石室。次歲三月，移湖州（浙江省吳興縣），繞城觀荷花，登峴山亭，遊飛英寺，泛舟城西。三年正月責黃州，其行程由陳州（河南省淮陽縣），過蔡州（河南省汝南縣），經新息，渡淮，遊淨居寺，又自齊安至岐亭訪陳慥，旋與子由同遊武昌西山寒溪寺等。

　　（3）黃　州

　　黃州期間，時東坡為四十六 —— 四十七歲壯年，登臨之趣最濃。元豐三年（1080）46 歲之東坡抵此。元豐五年（1082）三月，遊蘄水觀、清泉寺。七月遊赤壁。十月再遊赤壁，遊承天寺、安國寺等。

　　元豐七年二月東坡與參寥、劉道純同廬山，此為東坡多年嚮往之地，今得親臨此，則放懷賦詩作文。據《志林‧記遊廬山》謂東坡沿途作成詩七首。如「芒鞋青竹杖，自掛百錢遊，可怪深山裏，人人識故侯。」因感山中客欣見東坡之至而作。又〈題西林壁〉（詩四／1219）又有「橫看成嶺側成峰」一首。且為忽玉亭、三峽橋勝景及開元寺而作詩，山景奇勝，自平添光彩無數。

　　東坡又遊李公擇廬山讀書處，即〈李氏山房藏書記〉（文二／359）中，言此地藏書九千卷，李公於此探源涉流，得其膏味華實，是以文詞聞名當世，而「山中之人思之，指其所居為李氏山房。」東坡又於〈書李公擇白石山房〉（詩四／1214）「若見謫仙煩寄語，匡山頭白好歸來。」以詩寄意，欲他日重來。

　　除廬山之行，因有參寥為伴，故暢遊五老峰之開元寺、圓通寺、棲賢寺、東林寺等。觀山色、聞泉音、和禪詩、說禪語。

　　四月，離黃州赴汝州（河南省臨汝縣），過武昌山，遊慈湖，過江州（即潯陽）。五月至筠州（江西省高安縣），宿石田驛。由富川出高安，經建昌。六月與子邁遊石鐘，作〈石鐘山記〉（文二／370）。

　　十月訪子由，因子由在酒局，遂携姪遲、適、遠遊。於〈端午遊真如寺〉

（詩四／1224）「獨攜三子出，古剎訪禪祖。」

過金陵，逼歲抵泗州，遊南山。是時，有內復朝奉郎傳聞，再過密州，經海州（今江蘇省東海、灌雲二縣地），留題蓬萊閣。

（4）再度赴杭

元祐三年（1089）東坡五十四歲再度赴杭，遍遊名湖勝景。到任三日即遊西湖孤山訪惠勤、惠思二僧，此後公餘則至南山、北山，訪遍西湖三百六十寺，或與詩僧品茗，與文友遊湖。時而山中燒筍，時而舟中烹魚，可謂尋山訪友最佳之時，而詩作亦多佳句。如〈飲湖上初晴後雨〉（詩二／430）言「水光瀲灩晴方好」，尤以〈懷西湖寄晁美叔同年〉（詩二／644）一詩最能概括，其佳句有「西湖天下景」，「深淺隨所得」「三百六十寺，幽尋逐窮年。」「清流與碧巘，安肯為君妍」等。

元祐四年七月，過吳興，與劉景文、蘇伯固遊七寶寺，又與敦夫等遊南屏寺，十二月遊小靈隱。惟六年三月，又再詔赴闕，經潤州，輾轉抵京師後，寓於子由之東府。旋復出嶺至潁州（汝陰），再徙定州（河北省定縣）、英州（治今廣東省英德縣北）。東坡始過滑州（河南省滑縣），嘗於〈與子由書〉（文六／2514）中云：「再貶寧遠軍節度副使，惠州安置。」遂一路朝南，過虔州（江西省贛縣），遊祥符宮。

元祐九年（1094）十月二日，東坡抵惠。如赴惠州前已遊羅浮山。初抵惠州遊棲禪寺、松風亭、白水山佛跡巖、湯泉、碧落洞、博羅香積寺、嘉祐寺等城郊處。尤愛惠州西湖（豐湖）〔註28〕

而東坡有〈江月五首并引〉（詩七／2140），寫盡豐湖月夜之美。其引曰：棲禪寺、羅浮道院並在豐湖之上，逍遙堂在豐湖方華洲之上。東坡於惠州曾修豐湖，故又改名「西湖」，其堤又名「蘇堤」。故東坡確「未嘗一日忘湖山也。」

紹聖四年（1097）七月二日，東坡六十二歲時，又「責授雷州別駕昌化軍安置」，東坡乃過梧州（廣西省蒼梧縣），遇子由於藤州（廣西省潯江），同行至雷州（廣東省海康縣），始相別渡海，邁入宦途上末站儋州。

惠州與儋耳，乃東坡最閒靜之時，故樂以山水自娛，其一詩題即云：「惠

〔註28〕《名勝志》載：「惠州城西有石埭山，流泉濺沫若飛帘，其水瀉入於豐湖，即西湖也。」因西湖葦藕蒲魚之利甚豐，故稱「豐湖」。劉克莊《後村先生大全集》卷十二〈豐湖三首〉（其一）、林俛《豐湖集序》皆作類似之釋。

州近城數小山，類蜀道。春與進士許毅野步，會意處飲之且醉，作詩以記。適參廖專使欲歸，使持此以示西湖之上諸友，庶使知余未嘗一日忘湖山也。」（詩七／2102）。

又據《志林》言東坡曾遊松風亭（〈記游松風亭〉文五／2271）。又於紹聖元年十二月十二日遊「白水山佛迹院」（〈記游白水嵒〉文五／2269）即其地「有懸水百仞。山八九折，折處輒爲潭，深者縋石五丈，不得其所止。雪濺雷怒，可喜可畏。水崖有巨人跡數十，所謂佛跡也。」暢遊至月出嬉水，至家已二更云云，則東坡於山水中，頗能自得也。

由以上歷數，則東坡游跡之點面已甚可觀。如梳理其詩文題所見之

山──有雲龍山、法華山、盧山、常山、武昌西山、廬山、蔣山、金山、大庾嶺、寶山、羅浮山、孤山、天竺山、佛日山、玲瓏山、青牛嶺、九仙山、惠山、南山、龜山、焦山、徑山、西湖北山等二十餘處。

寺觀──有虎丘寺、海會寺、洞霄宮、鶴林招隱、柏仙庵、淨居寺、禪智寺、安國寺、定惠院、乾明寺、圓通禪寺、竹西寺、石塔寺、天竺寺、月華寺、峽山寺、南華寺、蒲澗寺、棲禪精舍、博羅香積寺、崇壽院、延生觀、仙遊潭中興寺、中隱堂、磻龍寺、禪符寺、富陽普照寺、治平寺、靜慈寺、祖塔院、淨行院、顯聖寺、湛聖寺、靈峰寺、眾妙堂、寂照堂、臺頭寺、是是堂、寺、淨照堂、金山寺、甘露寺、壽樂堂、靈隱寺、天竺靈感觀音院、法喜寺、淨土寺、功臣寺、水陸寺、六和寺、吉祥寺、法惠白水寺等五十餘處。

亭臺樓閣──臨皋亭、喜雨亭、水樂亭、浴日亭、松風亭、翠麓亭、招隱亭、洞酌亭、廣麗亭、石林亭、四望亭、放鶴亭、漱玉亭、萬松亭、蘭皋亭、妙峰亭、塵外亭、大秦亭。另有妙高臺、超然臺、凌虛臺、戲馬臺、觀魚鬱孤臺、消遙臺。以及黃樓、聚遠樓、望湖樓、合江樓與橫翠閣、千佛閣、通潮閣、清風閣。此外尚有紫荊樹、薔薇樹等三十餘處。

3、助遊工具

至東坡助遊之工具，由詩文中可見有馬、驢、舟、轎等。而以步行之「薄遊」爲最常，蓋可以細觀慢賞，怡目騁懷。如：

〈雨晴後步至四望亭下魚池上，遂自乾明寺前東岡上歸二首〉（詩四／1040）中之佳句「雨過浮萍合，蛙聲滿四隣。」「鸛鶴來何處，號鳴滿夕陽。」寫活沿途景色，與感歎。而東坡助遊之工具，約有以下各式：

乘舟──

山鴉噪處古靈湫，亂沫浮涎遠客舟。（〈壽州李定少卿出錢城東龍潭
上〉詩一／283）

共坐船中那得見，乾坤浮水水浮空。（〈濠州七絕浮山洞〉詩一／289）

我昔南行舟繫汴，逆風三沙吹面。（〈泗州僧伽塔〉詩一／289）

肩輿節行觀山，且與客語。（〈題白水山〉文五／2270）

乘轎——

肩輿任所適，遇勝輒留連。（〈端午遍遊諸寺得禪字〉詩三／451）

籃輿三日山中行，山中信美少曠平。（〈宿海會寺〉詩二／496）

籃輿湖上歸，春風吹面涼。（〈湖上夜歸〉詩二／440）

騎馬——

獨騎瘦馬踏殘月。（〈與子由別於鄭州西門之外〉文五／1833）

馬上續殘夢，不知朝日昇。亂山橫翠嶂，落月淡孤燈。（〈太白山下
早行至橫渠鎮書崇壽院壁〉詩一／129）

揮汗紅塵中，但隨馬蹄翻。（〈廣陵會三同舍〉詩一／294）

不辭瘦馬騎衝雪，來聽佳人唱踏莎。（〈次韻楊褒早春〉詩一／238）

騎驢——

瘦驢村路濕，隱隱覺花香。（〈次韻晁太守春晨〉詩六／1868）

往日崎嶇還記否，路長人困蹇驢嘶。（〈和子由澠池懷舊〉詩一／96）
（自註云：往歲馬死於二陵，騎驢至澠池。）

（四）珍　玩

東坡熱愛人生，興趣極廣，雖自謙「多好竟無成」，然此足以豐美人生。
以下試由其詩文中，列其所好：

1、書齋文物

（1）墨

書畫家愛文房四寶，以佳墨為多。蓋古畫重丹青彩繪；宋代文人畫則重
水墨。如善運佳墨，即有濃淡、乾濕、深淺之色澤層次，所謂「墨分五色」
是也。

東坡書畫，墨色深濃，所繪墨竹之葉多肥厚，即劉體仁《七頌堂識小錄》
云：「東坡竹橫幅，在北海先生家，酣滿俊逸，足移人情，墨分七層。」

東坡用墨除深濃外，又重其亮度。如〈書懷民所遺墨〉（文五／2225）云：「要使其光清而不浮，湛湛如小兒目睛，乃爲佳也。」〈記李公擇惠墨〉（文五／2222）曰：「李公擇惠墨半丸，鮮光而淨。」

而東坡珍藏佳墨究爲何？東坡曾爲宋漢傑作畫跋，漢傑即以「似少女烏亮髮絲」之「李承晏墨」爲贈。即：「老松燒盡結輕花，妙法來從北李家；翠色冷光何所似？牆東鬢髮墮寒鴉。」所謂「北李家」者，乃指墨藝名家，唐之李超、李廷珪父子。其人由易水流亡至安徽歙州，乃以其地松木製出「堅如玉，紋如犀」之「李墨」，因得江南李國主之稱美而得名。後李承晏、張遇、潘谷承之。〈記李方叔惠墨〉（文五／2222）：「李方叔遺墨二十八丸，皆麝，香氣襲人。」

東坡自黃州返，飄泊江淮，得張邁墨半螺（丸）（與唐垌（林夫）端硯一枚），已是難得。其後黃州龐醫安時又贈以「廷珪墨」，大有「紅粉贈與佳人，寶劍贈與烈士」之意。東坡遂於〈書龐安時見遺廷珪墨〉（文五／2223）中即道此墨之眞，「決然無疑」，得之甚喜。

又〈書墨〉（文五／2221）：「余蓄墨數百挺，暇日輒出品試之，終無墨者，其間不過一二可人意。」由是知世間佳物不易得。

又東坡所得「潘谷墨」，乃孫覺所贈，據元陸友《墨史》謂潘墨雜用高麗煤又用膠甚多，純度不高。然東坡喜其人之胸無點塵，又好贈人以墨，故於〈贈潘谷〉（詩四／1276）詩中云：「胸中一斛泥與塵。」「世人重耳輕目前，區區張李爭嬋妍，一朝入海尋李白，空看人間畫墨仙。」蓋潘谷製墨精妙，而不二價，元祐初，京師賣墨，一日，忽將人欠墨錢之債券，悉數燒去，獨自飲酒三日，發狂浪走，解化枯井，故《蘇詩施註》言東坡推潘谷爲「墨仙」乃一語成讖也。

據趙令畤《侯鯖錄》謂北宋士人好墨者多。如歐陽修〈答蔡忠惠公書〉，謝其贈墨曰：「幽齋隙寂時，點弄筆硯，殊賴於斯，雖多，無厭也。」

相傳司馬光好茶又好墨，公餘言於東坡曰：「茶與墨正相反，茶欲白，墨欲黑；茶欲重，墨欲輕；茶欲新，墨欲陳。」東坡應之曰：「奇茶妙墨皆香，是其德同也；皆堅，是其性同也；譬如賢士君子，妍醜黔皙雖有不同，但其德操韞藏，實無異致。」

又以書法名世之黃庭堅，習將藏墨置於錦囊，時與同好共賞。一日已試出潘谷能辨「承晏」所製與「潘谷」自製不同。又試東坡。據〈記奪魯直墨〉

（文五／2226）謂，一日東坡由錦囊探得「承晏」墨半錠，求魯直贈，魯直道：「群兒賤家雞，嗜野鶩！」意指東坡得佳墨已多。即東坡〈書求墨〉（文五／2225）亦云：「吾有佳墨七十丸，而猶求取不已，不近愚耶？」

又陸友《墨史》亦有類似之言。此亦不只爲物好，而是「非人磨墨墨磨人」也。

〈書張遇潘谷墨〉（文五／2222）：

> 麝香張遇墨兩丸，或自内廷得之以見遺，藏之久矣。今以奉寄（王禹錫）。制作精至，非常墨所得髣髴。

（2）筆

東坡善用諸葛豐所製「雞毛筆」書之，字畫肥壯，用之稱手。黃州時，唐坰贈東坡「諸葛筆」，東坡〈書唐林夫惠諸葛筆〉（文五／2234）曰：

> 唐林夫以諸葛筆兩束寄僕，每束十色（式），奇妙之極，非林夫善書，莫能得此筆。

此筆爲安徽宣城諸葛豐所製。東坡熱衷字畫之元豐六年，常習用此。故郭畀讀蘇軾遺墨，亦云：「東坡先生中年愛用宣城諸葛豐雞毛筆，故字畫稍加肥壯。」山谷《題跋》卷五亦云：「東坡以宣城諸葛齊鋒作字，疎疎密密，隨意緩急，而字間妍媚百出。」

據《志林》言，東坡知杭時，用當地筆工所製，皆不能稱手。故於〈書錢塘程奕筆〉（文五／2233）中，曰「近年筆工，不經師匠，妄出新意，擇毫雖精，形制詭異，不與人手相謀。」惟有錢塘（杭州）程奕所製鼠鬚筆，仍有三十年前意味，「使人作字，不知有筆。」

趙令時（德麟）《侯鯖錄》言東坡其後仍用此筆，於潁州言於趙令時曰：「諸葛氏筆，譬如内庫法酒、北苑茶，他處縱有嘉者，殆難得其髣髴。」

又東坡另喜用「張武筆」，則未詳所出。

（3）紙

東坡珍愛堅滑光潤之「澄心堂紙」。夫北宋通用之紙，乃以竹漿所製之剡溪藤紙，然書畫家則尚南唐時進貢御用之「澄心堂紙」，此紙原產於黟歙，紙質堅滑如玉，細薄光潤。據《文房四譜》云：「黟歙多良紙，有凝霜，澄心之號。」歐陽修曾以此紙兩幅贈予梅聖俞，梅詩曰：「江南李氏有國日，百金不許市一枚。」其名貴可知。又東坡〈次韻宋肇惠心紙二首〉（詩五／1538）中，亦言宋懋宗即曾賜贈澄心紙。而劉邠詩云：「當時百金售一幅，澄心堂中千萬

軸；後人聞此那復得，就使得之當不識。」

（4）硯

〈天石硯銘〉（文二／556）言東坡於宅邊隙地得魚形異石，溫瑩淺碧有銀星紋，故老泉以爲乃「天硯也」，因之賜東坡，曰：「是文字之祥也。」

硯以廣東端州（肇慶）翎羊峽斧柯山水巖之出，爲最佳。有青花、蕉葉、冰紋等各種名目。世稱「端硯」、「丹石硯」、「䱊硯」、「卵硯」、「驪山澄泥硯」、「龍尾硯」、「歙硯」、「月石硯」、「涵星硯」、「邁硯」、「洮硯」等。此硯開採甚難，須俟退潮時，先將洞坑中之水汲出，再開鑿。然端硯石質，津潤嫩滑，細如嬰兒皮膚，呵氣即可研墨，東坡所藏不少。而「歙硯」石質較粗，而視端硯鋒利，適於磨大墨，寫大字。有龍尾、金星、眉子等品名，東坡書齋中，兼收並蓄，不厭其多。

紙墨筆硯號稱「文房四寶」，正皆產於安徽，如龍尾硯、李庭珪墨皆產於歙州（安徽婺源縣），諸葛筆與宣紙亦皆爲宣城名產。

東坡詩集中又見有〈孫莘老〉（詩二／371）、〈歐陽季默以油煙墨二丸見餉〉（詩四／1809）等中，亦見東坡向人索硯至紙墨。文人一生一硯數墨已足，則東坡好硯墨，則珍玩意義較濃。

2、書、畫、石、杖

（1）書、畫

書畫——有李頎秀才畫，何允秀才畫之東坡寫眞，崔徽寫眞，吳道子畫佛，古畫松鶴，蒲永昇山水四軸。其〈寒食帖〉則今古傳誦。如黃庭堅《豫章先生文集》卷八，言東坡此一翰墨兼顏魯公、楊少師、李西臺筆意，即李太白亦未到也。

（2）石

東坡時與書畫家往來，如文與可之畫，必然收有諸石。如怪石，黑石，白石，石斛，雙石，仇池石，海中柏石，雪浪石，沈香石，小有洞天石等。〔註29〕

東坡甚愛石類，宋代文士多類此，如米芾甚而有拜石趣事。東坡所藏之「仇池石」，甚爲稀有，好友王晉卿向之借觀，東坡竟作詩言晉卿意在於奪。

〔註29〕〈記赤壁〉（文五／2255）：「岸多細石，往往有溫瑩如玉者，深淺紅黃之色，或細紋如人手指螺紋。既數游得二百七十枚，大者如棗栗，小者如芡實。又得一古銅盆，盛之，注水粲然。有一枚如虎豹首，有口鼻眼處，以爲群石之長。」

又好湖口人「李正臣」蓄之「異石」——壺中九華，此石九峯，玲瓏宛轉若窗櫺然。東坡欲以百金購之而未得。八年後由海外歸，過湖口，仍以〈王晉卿示詩……〉（詩六／1945）作紀之。東坡又喜以異石贈人。如有〈怪石供〉（文五／1986）、〈後怪石供〉（文五／1987）。其〈怪石供〉云：

> 今齊安江上，往往得美石，與玉無辨，多紅黃白色。其文如人指上螺，精明可愛，雖巧者以意繪畫有不能及。……齊安小兒浴於江，時有得之者，戲以餅餌易之。既久，得二百九十有八枚。大者兼寸，小者如棗、栗、菱、芡。其一如虎豹，首有口鼻眼處，以爲群石之長。又得古銅盆一枚，以盛石，挹水注之粲然。而廬山歸宗佛印禪師，適有使至，遂以爲供。

此東坡以怪石贈佛印，足見東坡好其石之粲然多彩。又〈後怪石供〉言以250枚供參寥子。皆東坡愛玉石之證也。

（3）杖

東坡得柳眞齡家藏之「鐵拄杖」，乃作詩以謝其所贈杖曰：「如椰栗木，牙節宛轉天成，中空有簧，行輒微響。柳云得之浙中，相傳王審知以遺錢鏐，以賜一僧。柳偶得之，以遺余。」（詩三／1063）。後又將此贈爲張安道秦禮。而子由生日，東坡又慨贈檀白觀音像及新合印香銀篆盤。且以佛面杖送羅浮長老。東坡生日，則有劉景文送古畫松鶴、子由送石鼎。

則珍玩之物雖得之匪易，相互餽贈自能增加生活情趣。

又〈家藏富琴〉（文五／2243）謂：面作蛇蚹紋聲有餘韻。〈書賈祐論眞玉〉（文五／2252）謂「眞玉須定州磁芒所不能傷者」〔註30〕

（4）其 他

其他珍玩尚有卻鼠刀，雙刀，銅劍，二古銅劍，古銅盤，藥玉滑盞，新合印香篆盤，佛面杖，黃子木拄杖，木山，檀香觀音像，琴枕，石鼎，大覺鼎，石銚，月石硯屏，月石風林屏，扇山枕屏，古鏡、鏡偃松屏，屏山等，不勝枚舉。

由以上述論，東坡生活基本信念在融貫三家——年少欲積極用世則用儒，貶黃州後則運釋、道。其應世從政、待人交友則行乎中庸。而熱愛生活

〔註30〕而以上珍玩中「書齋文物」「書畫石杖」參見李一冰《蘇東坡新傳》，臺北：聯經。民72年版，頁703～731。又〈東坡捧硯圖〉，見《國文天地》卷四·11期，頁14，1989年4月。

見之於撰作登臨、珍玩諸好。而閒適於衣、食、睡乃至濯足，園藝等，而隨緣於居處、雜記與品評，一語道之，則其生活之自得，乃善於因應，故豐美而多姿。

第五節　東坡生活藝術思想予人之啓迪

東坡乃北宋中、後期文壇領袖，不惟上承王禹偁、歐陽修詩文革新，且下開其門下四學士與六君子等人才輩出局面，乃文學耕耘上豐收之大家。《宋史・蘇軾傳論》即評其聲名之赫然，動於四方曰：

> 器識之閎偉，議論之卓犖，文章之雄雋，政事之精明，四者皆能以特立之志爲主，而以邁往之氣輔之。……仁宗初讀軾、轍制策，退而喜曰：「朕今日爲子孫得兩宰相矣。」神宗尤愛其文，宮中讀之，膳進忘食，稱爲天下奇才。

東坡之器識、議論、文章、政事既如此傑出，不可掩抑，其生活之藝術思想風貌予人又有何特殊啓迪？以下試分述之：

一、熱愛生活

嘉祐二年（1057）正月，東坡以〈省試刑賞忠厚之至論〉中禮部科試，得進士主考歐陽修〈與梅聖俞〉即稱美曰：「快哉！快哉！老夫當避路，放他出一頭地也。可喜，可喜！」朱弁《風月堂詩話》卷上，亦載歐陽修言於其子歐陽發，謂三十年後亦將無人及之。足見東坡年少，已得歐陽修賞識。嘉祐四年（1059）十月，東坡爲母奔喪畢，再度赴京，舟過三峽、屈原塔、昭君村，一發詩情，寫出百首詩。（中東坡有四十首，此集編成《南行集》——又名《江行唱和集》）已見其對未來，充溢熱愛。

東坡之忠君愛國見於其年少之作及壯、晚年之政績。如嘉祐六年（1061）東坡受歐陽修推荐，以〈進論〉、〈進策〉各25篇，應秘閣賢良方正極諫科考試，力勸仁宗改革弊政，勵精圖治。〈進策〉內容有三——〈策略〉五篇言治國之策。〈策別〉十七篇（如〈課百官〉、〈安萬民〉、〈教戰守〉等）乃闡明具體改革措施。而〈策斷〉三篇提出抨擊遼、夏策略在「備戰」。此一系列革新，重點在〈進策・策略三〉，即所謂「天下之所以不大治者，失在於任人。」

東坡中舉後，爲鳳翔府簽判，即努力爲地方官。如熙寧四年（1071）二

月，兩度上萬言書，對新法進行全面非議。但因反對無效而求外任，由杭州而密州、徐州、湖州。東坡雖反對新法，而於限制貴族特權、增強國防諸項則表贊同。惟反對安石「取天下之財與民爭利」。後司馬光欲全然廢去新法，東坡仍欲保留其中合理部分。然不幸因其詩文尖銳揭露新法之弊，而爲變法派中新銳以訕謗朝政而陷「烏臺詩案」，東坡雖於〈獄中寄子由〉（詩八／2534）言「夢繞雲山心似鹿，魂飛湯火命如雞」。然於晚歲〈與滕達道六十首・其八〉（文四／1478）中猶言：「此心耿耿，歸於憂國。」

元祐八年（1093）九月，哲宗親政，再行新法，基於宿怨，東坡又以「譏斥先朝」之罪貶惠州、儋州。蘇過於〈次大人生日〉中云：「直言便觸天子嗔，萬里遠謫南海濱。」

東坡日處蠻荒，食芋飲水，著書賦詩，日背大瓢，高唱自作〈哨遍〉（詞二／145、289），隨遇而安，猶見置生死度外之樂觀。

至其六十二歲初至海南，於〈行瓊儋間〉（詩七／2246）繪南海雨色，遙想仙人慶其重返中原，欣曰：「喜我歸有期，舉酒屬青童」。六十五歲作〈六月二十日夜渡海〉（詩七／2366）云：「九死南荒吾不恨，茲游奇絕冠平生」，猶見其有倔強與達觀。即陸游《放翁題跋》卷四〈跋東坡帖〉：「公不以一生禍福易其憂國之心，千載之下，生氣凜然。」則東坡始終熱愛生活，欲獨善兼善也。

二、小品實錄有眞情

所謂「筆記」乃指隨筆漫錄；而載有「故事」者，則稱「筆記小說」。自先秦時萌芽，六朝時多神鬼志怪之篇，如《博物志》、《西京雜記》與《世說新語》等。隋唐五代，又有《隋唐嘉話》、《封氏聞見記》、《因話錄》《雲溪友議》與《唐摭言》等。然皆偏重文史資料之寫。而最早以「筆記」爲書名，則始於北宋仁宗時之宋祁《筆記》三卷——卷上〈釋俗〉，闡述典章制度、名物禮俗與方言土語等；卷中〈考訂〉與卷下〈雜說〉評古人、古事跡。自是宋人以筆記、筆錄、隨筆等命名甚眾，如蘇軾《仇池筆記》、劉昌詩《蘆蒲筆記》、沈括《夢溪筆談》、魏泰《東軒筆錄》、陸游《老學庵筆記》、洪邁《容齋隨筆》等。

又南宋筆記如《夢粱錄》、《武林舊事》、羅大經《鶴林玉露》、陸游《老學庵筆記》、莊季裕《雞肋篇》多重人之風習生活。此一隨意錄載，不限卷帙。不分次第之作，常質樸生動、下筆自由，興之所至，即可成編。故《四庫全

書總目》將之列入雜家曰：

> 雜說之源，出於《論衡》。其說或抒己意，或訂俗訛，或述近聞，或
> 綜古義，後人沿波，筆記作焉。

此言筆記體之內容，或有偏重，而其性質多為小品文，而北宋文士之作小品文，東坡《志林》，即無人與之倫比。

公安派袁宏道等三袁，尤重東坡《志林》、《題跋》之小品文，蓋由此促進晚明清新小品文興盛。故袁中道曰：

> 東坡之可愛者，多其小文小說，使盡去之，而獨存其高文大冊，豈
> 復有坡公哉！（《蘇長公合作》引）

凌啟康〈刻蘇長公小品序〉中謂東坡文「語語入玄，字字飛仙」，尤以其小幅文「命機巧中，有盆山蘊秀，寸草菡奇之致，自茲拈出，遂使片楮隻言，共為珍寶。」明人甚而以東坡小品為「快書」。至東坡詩兼有眾長。金人元好問學詩即由東坡詩入手。翁方綱《石州詩話》云：「啟百年後文士之脈。」亦東坡詩文之受重於後人。

三、感悟人生哲理

（一）深悟有得

文同，字與可，乃東坡表兄、好友，能詩文，尤工墨竹。東坡於〈文與可畫篔簹谷偃竹記〉（文二／356）一文中，言其由生活體驗中，悟出竹之畫在觀察：「竹之始生，一寸之萌耳，而節葉具焉。」非「節節而為之，葉葉而累之」，而概括出必「成竹在胸」之畫理。又言與可畫竹，四方求之者眾，與可厭而將縑素投諸地，東坡謔其「願得此絹」。後與可贈東坡具「萬尺之勢」偃竹圖，東坡作〈和洋州三十詠・其一〉（詩二／667）謔與可非只畫竹，尤喜燒筍曰：「料得清貧饞太守，渭濱千畝在胸中。」則東坡能悟出哲理以機智、風趣，坦率而面對人生。

故劉熙載《藝概》卷一云：「東坡最善沒要緊底題，說沒要緊底話。」此正見於東坡紀遊之篇，揭示人生體悟，如貶黃州第三年作〈赤壁賦〉，即承唐代陳子昂〈登幽州臺歌〉：「前不見古人，後不見來者，念天地之悠悠，獨愴然而涕下。」王勃〈秋日登洪府滕王閣餞別序〉：「天高地迥，覺宇宙之無窮；興盡悲來，識盈虛之有數。」歐陽修〈秋聲賦〉言宇宙無窮，人生有限。細味東坡〈赤壁賦〉中以抑客伸主法，塑造主、客二人。客是「哀吾生之須臾，

羨長江之無窮」，追求與宇宙永恆同在；而「主」是將人生比作「逝者如斯，而未嘗往」之水、「盈虛者如彼，而卒莫消長」之月，故自「變」者而言，永恆之天地短促（情調悲壯）；自「不變」者言，短促人生亦是永恆（情調放曠）。東坡以此言人生，似近《莊子·齊物論》之消極，卻能勾畫出不爲現實屈服之「超脫」，故子由所作〈東坡墓誌銘〉中所言東坡自貶黃州後「馳騁翰墨，其文一變」，即言東坡能淡化起伏，而面對仕宦之失意，卒得人生之深悟。

又〈與參寥子廿一首·其十七〉（文五／1864）中亦云：

> 某到貶所（惠州）半年，凡百粗遣，更不能細說。大略只似靈隱天竺和尚退院後，卻住一個小村院子，折足鐺中，罨糙米飯便吃，便過一生也得。其餘，瘴癘病人。北方何嘗不病？是病皆死得人，何必瘴氣？」

東坡願於瘴癘中過一生，乃無奈之言，而「是病皆死得人，何必瘴氣？」亦是深悟有得之論。

又東坡〈日喻〉（文五／1980）一文言瞎子摸象，正同愛因斯坦「相對論」。指陳見事之不同層面，所得亦異。正如〈題西林壁〉（詩四／1219）「只緣身在此山中」，亦同愛因斯坦言「三維空間」中以「短程線」爲最直。皆其深悟人生之理。

四、善於處逆 —— 在超然自得

東坡響往美好事物，然遇有曲折，則發出不平。如：「門前流水尙能西，休將白髮唱黃雞！」（〈浣溪沙·游蘄水清泉寺〉詞二／140）此乃抗議生命短促。「揀盡寒枝不肯棲，寂寞沙洲冷。」（〈卜算子·黃州定慧院寓居作〉詞二／168），乃以孤獨身影，發出不屈。迎接大自然之侵襲，亦暗示被貶時之灑脫。〈臨江仙·夜歸臨皐〉：「小舟從此逝，江海寄餘生。」（詞二／157）道出渴望自由，除去束縛之抗拒。

東坡六十二歲於紹興四年（1097）七月二日抵昌化軍貶所，面對宇宙蒼茫，即有窮途安歸之感。

東坡肩輿於山谷小徑，又有海風陣雨，忽覺山搖谷應，故於〈行瓊、儋間，肩輿坐睡，夢中得句〉云：「千山動鱗甲，萬谷酣笙鐘。」（詩七／2246）。覺而遇清風急雨，戲作此數句。此一「海天蒼茫，天水無際」，正似《莊子·秋水》中北海若所謂「計中國之在海內，不似稊米之在太倉乎？」忽悟「范

茫太倉中，一米誰雌雄」之官場競技，亦黃州時所作〈滿庭芳‧蝸角虛名〉詞所云：「蝸角虛名，蠅頭微利，算來著甚乾忙，事皆前定，誰弱又誰強？」（詞三／279）。

東坡至此，生活艱苦，如：

〈與程秀才三首‧其一〉（文四／1627）云：「此間食無肉、病無藥、居無室、出無友、冬無炭，夏無寒泉」。「新居在軍城南，極湫隘，粗有竹樹，煙雨濛晦，眞蜒塢獠洞也。」（〈其二〉）直乃「流轉海外，如逃空谷，既無與晤語者，又書籍舉無有。」（〈與程全父十二首‧其十一〉文四／1627）

東坡居南山，服食器用皆無，故於〈荼藤賦〉（文一／17）中云：「水陸之味，貧不能致，煮蔓菁、蘆菔、苦薺而食之。」又難得肉食，而至瘦可騎鵠，於〈聞子由瘦〉（詩七／2257）中云：「五日一見花豬肉，十日一遇黃雞粥。土人頓頓食藷芋，薦以薰鼠燒蝙蝠。」「相看會作兩臞仙，還鄉定可騎黃鵠。」食物、人煙蕭條之甚，故而杜門臥疾。如〈與張逢六首‧其三〉（文四／1765）：「久逃空谷，日就灰槁而已。」〈其二〉：「杜門默坐，喧寂一致也。」

〈入寺〉（詩七／2283）中「閑看樹轉午，坐到鐘鳴昏」。

〈與程全父十二首之十〉（文四／1626）云：「引領素秋，以日爲歲也。」言海南蒸溽難耐，渡日如年，而欲學莊子、陶淵明處逆也。

〈書海南風土〉（文五／2275）言海南天氣卑濕，猶有儋耳老人長壽，故知「壽夭無定」，遂習而安之，且引《莊子》語自慰曰：「天之穿之，日夜無隙，人則固塞其竇。豈不然哉。」。東坡又欲學陶潛，於〈和陶怨詩示龐鄧〉（詩五／2271）曰：「人間少宜適，惟有歸耘田。但恨不早悟，猶推淵明賢。」

〈和陶連雨獨飲二首〉（詩七／2252）謂東坡獨飲思子由，猶如磁石針，曰：「平生我與爾，舉意輒相然。」

〈與姪孫元老四首‧其一〉（詩五／1841）云：東坡於此百物艱難多病瘦瘁，又「泉、廣海舶絕不至，藥物鮓醬等皆無，厄窮至此，委命而已。……然胸中亦超然自得，不改其度。」

又《蘇軾佚文彙編》卷五〈試筆自書〉（詩六／2549）云：

> 吾始至海南，環視天水無際，悽然傷之，曰：「何時得出此島耶？」
> 已而思之，天地在積水中……出涕曰：「俯仰之間，有方軌八達之路乎？」

東坡居獠洞、食無肉，無人晤談，又乏書籍，生活艱困，然不悽然傷之，

而能超然名利自得處逆之「方軌八達之路」。

五、獎掖後人傳其學

（一）東坡受重視

東坡去後，「吳越之民，相與哭於市；其君子，相與弔於家；訃聞四方，無賢愚皆咨嗟出涕；太學之士數百人，相率飯僧惠林佛舍。」（蘇轍〈東坡先生墓志銘〉）。

程千帆《兩宋文學史》亦云：「奸臣蔡京奏朝廷嚴禁發賣蘇軾集子，然越禁越流行。宋元以來，以其生活爲題材之民間故事、小說、戲劇即不斷出現，歷久不衰。」東坡之受人重視，何以至此？後世之置評又如何？

溯四川眉山三蘇祠之楹聯「一門父子三詞客」、「千古文章四大家（含蘇過）」，則蘇氏以文名家，乃後世所公認。故有所謂「人傳元祐之學，家有眉山之書」（見《東坡七集》卷首載宋孝宗〈贈蘇文忠公太師制〉）。

宋室南渡之後，蘇文盛行。陸游《老學庵筆記》卷八云：「建炎以來，尚蘇氏文章，學者翕然從之。」於蘇文生熟，甚至可以影響科名，故當時又有「蘇文熟，吃羊肉；蘇文生，吃菜羹」之俗諺。明代茅坤《唐宋八大家文鈔·論例》言東坡文，爲學蘇熱潮代表，曰：「譬之引江河之水，而一瀉千里，湍者縈，逝者注，杳不知其所止者已。」竟陵派鍾惺尤於《東坡文選·序》中云：「有東坡之文，而戰國之文可廢也。」清代學者學蘇文者尤多。如葉燮《原詩·內篇》：「蘇軾之詩，其境界皆開闢古今所未有。」趙翼《甌北詩話》亦以「東坡自成一家」。

袁宏道《袁中郎全集·答梅客生開府》中即以東坡詩「無一字不佳」，其卓絕千古，自爲「前無作者」之「詩神」。東坡詞之以詩入詞，正晁無咎所謂「橫放傑出，自是曲中縛不住。」（《苕溪漁隱叢話》後集卷三十三引《復齋漫錄》）

南渡後，蘇文解禁，人皆以此爲準繩，尤以科考爲甚。如陸游《老學庵筆記》引俗諺曰：「蘇文熟，吃羊肉；蘇文生，吃菜羹」，則競尙蘇文，已成時尙，是而坊間刊行，頗取策論之《三蘇文粹》。時陳亮《蘇門六君子文粹》編刊130篇《歐陽文粹》外，呂祖謙《古文關鍵》選文62篇，中有〈看蘇文法〉。又另編《呂氏家塾增注三蘇文選》予學者作文有門徑可尋。

南宋郎曄於光宗紹熙二年（1191）即上呈選注東坡文四百篇、六十卷《經

進東坡文集事略》。清宋犖於《施注蘇詩序》中即言自少竊慕東坡爲人。而「及就傅讀公傳，嚮往愈摯，嘗圖公像懸座右，而貌予侍其側；稍長，遍誦公集，然嗜有韻之言尤深。」故委邵長蘅加以整理。就宋施元父子注蘇詩殘本，補刊〈施注蘇詩〉。而王文誥撰《蘇文忠公詩編注集成》，查愼行、馮應榴又先後爲蘇詩作注，足見其影響之大。遼國亦有《大蘇小集》，如王水照《宋人所撰三蘇年譜彙刊》即由日本搜集而來，乃明代之鈔本，以見東坡詩文之尙其學、美其言、注其書影響之大。

（二）傳東坡之學者——東坡後學能繼其學者

1、張耒（1052～1112）字文潛，張耒初得子由提携，終得東坡稱美其文：「汪洋沖淡，有一唱三嘆之聲。」《宋史》本傳言張耒師承東坡，論文尙自然。於〈賀方回東府序〉中云：「皆天理之自然，而情性之至道也。」如其〈思淮亭記〉，由淮河水利而言君子不能忘本，必出身委質，奔走從事於四方，以求行其學，氣勢洋灑，已有東坡文勢。

2、晁補之（1053～1110）字無咎，十七歲即隨父晁端友至杭拜謁東坡，呈述錢塘山川之〈七述〉，東坡稱其文：「博辯雋偉，絕人遠甚。」由是知名（《宋史》本傳）。又《四庫全書總目·雞肋集提要》即云：「今觀其集，古文波瀾壯闊，與蘇氏父子相馳驟。」又〈晁無咎詞提要〉云：「其詞神姿高秀，與軾實可肩隨。」其詞〈洞仙歌·塡盧同詞〉，即法東坡〈哨遍〉之隱括〈歸去來詞〉，而頗能追步東坡，乃蘇門中唯一能承東坡豪放之風者。

3、李廌（1059～1109）字方叔。父惇與東坡爲同年，是以謁東坡於黃州。東坡謂其「筆墨瀾翻，有飛沙走石之勢。」（《宋史》本傳）又方叔著《師友談記》述其所見蘇門嘉言懿行。如言東坡文章宗主之傳承——由歐公→東坡→而異時之蘇氏門人。又《四庫全書總目·濟南集提要》云：「廌才氣橫溢，其文章條暢曲折，辯而中理，大略與蘇軾相近。」重治亂得失，有〈將材論〉、〈將心論〉等。

除六君子外，尙有：

李格非（之儀）爲「蘇門後四學士」，工尺牘，東坡謂能「入刀筆三昧」，後爲東坡幕府。同鄉唐庚作〈聞東坡貶惠州〉（因後唐庚亦貶惠州），稱其爲「小東坡」。張舜民有《畫墁集》，文筆豪健，近東坡。毛滂著《東堂集》詩風豪放；文亦盤礴。又後學三孔（文仲、武仲、平仲）有《清江三孔集》行世。秦觀，雖不同東坡，詞以婉約淺俗見長。

細繹南宋後散文發展分爲二：

一、道學派──以朱子爲典範，重載道說理。其《語類》卷一三九雖斥東坡「吾所謂文，必與道俱」，而力倡「道者，文之根本」，然亦肯定「東坡文字明快」。道學派代表作家有眞德秀、魏了翁、林希逸等重「道」，故理、文二分。如：

眞德秀爲朱子再傳弟子，其《文章正宗綱目》即言爲文當「明義理、切世用」，而將朱子「重道輕文」、「有補世教之旨」作充分發揮。

魏了翁爲朱子私淑弟子，承閩學餘緒，然因近陸九淵，故兼重道文，其於〈楊文逸不欺集序〉中言東坡爲辭章之宗，而其「忠淸鯁亮，臨死生利害而不易其守，此蘇氏之所以爲文也。」力主根於道、性之文。故吳淵〈鶴山集序〉直道魏氏「文章體制宗法歐、蘇。」細讀魏氏〈眉山新開環湖記〉乃承東坡〈赤壁賦〉、歐公〈豐樂亭記〉、宗元〈零陵三亭記〉，以景言道，同出一轍。

二、浙東派──宗陳亮之功利實用，如〈中興五論〉即言恢復中原大計。而薛季宣〈雁蕩山賦〉、葉適〈醉樂亭記〉之揮灑意趣，亦類東坡。

浙東派其他代表作者有陳耆卿、車若水、吳子良、舒岳祥、戴表元。浙東派自命爲東坡等文學之繼承。如王象祖《腳氣集・答車若水書》即言文統在「歐、蘇、曾、王」而非道學派之重儒學。（《嘉定赤城志》卷十五錄引）。

陳耆卿兼重義理詞章。故說理精到，行文雅瞻，如〈松山林壑記〉既言名園之美，又言偃仰講誦其間之樂，謹嚴而俊爽。吳子良《簣窗集・跋》則總結其師耆卿爲文在「主之以理，張之以氣，束之以法。」

戴表元《剡源文集》，以序記碑志最長，寫宋亡後，故國懷念及時政不滿，如〈愛蓮堂記〉、〈獨樂記〉等。宋濂〈剡源集序〉言戴氏之文無詔表章奏四六文之偶儷，科考場屋文括聲律，道學派末流之標掠前人，乃精粗雜糅之變體，皆多有東坡之風。而南宋之李耆卿《文章精義》直言東坡文學《莊子》、《國策》、《史記》、《楞嚴經》而以「韓如海、柳如泉、歐如瀾、蘇如潮」以評列其文。

（三）其 他

又文天祥重爲文之風骨、氣勢，於〈回隆興熊倅震龍書〉中云：「以冰懸雪跨爲風骨；以鷥漂鳳泊爲文章」，除〈文山觀大水記〉外，又以〈指南錄後序〉爲代表，曰：「在患難中，間以詩記所遭。」「生無以救國難，死猶爲屬

鬼以擊賊」，所言皆文情悲壯，造語激昂。其後謝翱〈登西臺慟哭記〉乃由泛富春江祭奠英魂所作，此義正辭嚴，和血淚之言，雖隱約其辭，皆有東坡憂國愛民之旨。則宋代東坡詩文發展，亦有東坡若干影跡存焉。

第六節　小　結

東坡一生，著作等身，而仕宦浮沉。其以何生活藝術思想處順逆？經本篇之析論，試歸綜如次：

一、東坡生活藝術思想溯源

（一）政治上

仁宗朝，內憂外患迭至——先有范仲淹「慶曆新政」，以兵制、節用、法度進行十大政治革新。然因觸犯官僚、朋黨而敗。之後宋朝政治益加窘迫，至神宗朝，王安石又以「理財」爲主，主行「熙寧變法」，以求富國強兵，又因其主觀武斷，用人不當而敗。東坡處於迭湧政治革新，又夾於新舊黨爭之中，一生九遷，生活不定，是以思想或積極入世或消極隱逸。

（二）社會環境

士人多重聲色相樂，且以娶數妾爲常，如號「張三影」之湖州張先，行年八十五猶買妾、潤州刁景純亦然。東坡既不得志於官宦，亦多與友朋詩酒唱和，金釵爲樂。

（三）家庭因素

蘇門父子爲三詞客，由東坡祖父蘇序「堂上書四庫」；蘇洵又「縱目視天下」，則東坡自能兼讀書、登臨之樂。

（四）一己融貫

東坡個性豁達，自視綦重，除達時積極入世，又憂國惠民；窮時則如道、佛之超脫內悟，故其應世思想乃隨境遇而調劑之。

二、東坡生活藝術思想

（一）鎔鑄三家（儒、道、釋）

東坡雖仕宦不如意，猶積極憂國惠民，此儒家入世思想。

東坡又企以黃、老、莊子消極無爲以濟朝政之弊，此道家思想。

東坡且以佛家之參悟，靜制動、空觀等處隱晦、觀萬物，此釋家之思想。

（二）東坡思想之新變

見於其美食之推精、山水之營造，乃至書畫之體悟，且常以詼諧之言以出之。

（三）憂國惠民

東坡初應試即以進策二十五篇以言治道──理財、人材，乃至戰守、軍備、無一不賅，憂國之思頗全備，其外放自鳳翔通判而杭州、密州、徐州、瓊州之流徙，亦為百姓之惠政而奔走。

（四）好同容異

東坡一生相識滿天下，相知者如王鞏（定國），竟為東坡「烏臺詩案」之累而遠謫賓州（柳州）。而詩朋畫友則有王銑、米芾、李公麟及蘇門後進，無不珍愛，於安石、章惇等政見相異者，亦多寬容。

（五）熱愛生活

東坡雖顛沛流離，貶謫不斷，然猶熱愛生活，其於茶、酒、美食之好、詩文之讀寫，皆博洽不落人後。

1、安閑應世

東坡詩文不但承自韓、歐，得自陶、柳，貴在能溶鑄，以曠達安閑，隨遇而安自處。尤於其放曠蠻荒，且以茶、酒自遣、登臨為樂，不以貶謫為憂。

2、隨緣處逆

東坡之處逆乃以入道逃禪，順任自然為宗，於談笑生死之際，而道理忠義不改，故能隨遇而安，樂天知命。

蓋東坡思想兼綜眾長，如愛國惠民有儒家積極、好同容異之寬恕，熱愛生活尤有儒家入世之想。至曠達閑適，隨緣處逆，尤有釋道之體悟，乃由新變推陳、融貫眾家而推前有所得。

三、東坡生活藝術面面觀

（一）應世與自恃

東坡從政，不惟有思想抱負，且有實地治績。如通判杭州，築蘇堤，密州救蝗災、救棄嬰。徐州治水、冶鐵。貶黃州為賑漁民，儋州教化黎人，皆依民之所好，「常在我心」而行。

而其待人則重知己、斥速交、善取予、多寬容。其自處在克己謙抑、全身遠禍，皆得處逆履險之秘訣。

（二）寓情寄性在文字

東坡見聞之廣，得自日日披卷，夜夜勤作，其觀書範圍之廣、方法之深、著述之多、抒寫之精，古今難有人超越，除才華過人，自得其樂，則以此寓情寫性也。

（三）生活情誼

1、情　誼

東坡一生之情，除得自父母、伯父之親情、子由之手足情，復有妻妾之侍愛，友朋、方外乃至黎人之情，故能洋溢於有情世界之中，無論仕隱，皆不孤寂。

2、美　食

東坡精神上好詩文書畫；而物質上好美樂於食，自魚、肉、果、蔬、酒、茶、零食，無一不求其精，無一不得眞味。

3、閒　居

東坡衣著求輕便之麤繒裘氅，竹杖芒鞋。而住所求安身，如久居於「雪堂」、庇風雨於「桄榔」數椽托夢。而又重高眠春睡，理髮、渥足之適宜，乃至園亭花木，杖履野步之愜意。

4、養生有道

東坡之養生兼藥物及心理：

藥物上──勤讀醫書、精研藥理、栽種藥材以濟之。

養心上──以佛老之靜坐、調息、凝神以禦瘴祛病。

5、嗜　好

評品人物，東坡題跋小文有 787 則，中除史評，亦有詩文書畫及筆硯文物之評。如〈劉沈認展〉（文五／2031）、〈書六一居士傳後〉（文五／2048）、〈記王晉卿墨〉（文五／2230）等名篇，皆意有獨到。

登臨──東坡自以「身行萬里半天下」，能有尋山覓水、登臨之樂，故隨興、餘暇、遷徙，皆不忘斯遊之樂，游蹤所至，每多感悟。〈赤壁賦〉（文一／5）、〈北海松風亭〉（詩八／2271）中皆見其未嘗一日忘湖山也。

6、珍　玩

　　東坡熱愛人生，興趣極廣，除文房四寶外，並及奇石、柱杖等，可謂博覽廣聞也。

四、東坡生活藝術思想予人之啓迪

　　（一）熱愛生活

　　東坡除以「忠心耿耿，歸於愛國」，行有未得，則獨善其身，如寄情讀書著述、美食養生、評品人物、登臨珍玩，無所不至。蓋以爲人當盡其材而用之，虛名浮利，洵不足以恃。

　　（二）感悟人生哲理

　　細繹東坡詩文當有令人感悟之理，如與文同作畫言「成竹在胸」，作赤壁之遊，於「變」「不變」中「哀吾生之須臾」。於〈與參寥子廿一首・其十七〉中言小院亦可「過一生也得」等，皆予人感悟人生哲理。

　　（三）善於處逆

　　東坡雖言「江海寄餘生」，然「門前流水尚能西」，於超然自得中不改其度。寓莊於諧，人生不如意事常十之八九，不必皆莊言以道，能諧謔以處，亦不失爲可行者也。

　　（四）文字表眞情，東坡文高冊大篇固足以讀，而隨筆漫錄之小品亦生活實錄，讀之令人或共鳴、或戚戚也，乃人世間最足稱道者。

　　（五）後繼有人 —— 東坡獎掖後學，故人多承之。

第八章 結 論

　　東坡爲文，自成一家，又爲「文中龍」（王若虛語）、「詩之神」（袁宏道語）。其文之「一落筆成篇，四海已皆傳誦。」（《郡齋讀書志》）則東坡詩文，必有過人之思想內涵，方得流布四方郡邑，乃至遐裔之地。

　　由以上各章之析論，試歸綜如下：

一、東坡思想淵源甚廣

　　由以上各章分析，不外受時風、政治、社會、地緣、師友影響，亦由個人才性與體悟所得。

　　其儒家思想得自孔曰成仁、孟曰取義，與夫賈誼、陸贄之影響。而東坡又能融貫出仁政在致用、「禮」外「仁」內之道德規範與行爲準則。

　　道家思想則受北宋崇道極盛影響。如眞宗、徽宗即以佛老爲聖人，道書、加之內丹流行。眉州又有好隱逸之漢唐古風。東坡且受子由行氣、崇張易簡爲師、雲龍道士爲友，故至終南山太平宮讀道藏、見葛洪煉丹處，進求福地洞天。

　　釋佛思想則來自禪宗俗化、燈錄大量風行。東坡之身見禪迹、好禪讀佛書、喜禪遊廟寺、參禪交方外，名爲「居士」，而實非佛徒。惟以佛書、佛理、靜坐以去憂解困耳。

　　東坡文學思想，除得自老泉之重子、史、兵法、縱橫，又融貫《莊子》、《國策》、李、杜、陶之詩文，且取自楞嚴佛書。東坡政壇失意，寄情詩文，多能綜悟哲理。以「此間有什麼歇不得？」「方軌八達之路」以言浮名浩利，但使人虛苦勞神等。

　　東坡美學思想除得自老泉、文同之知畫好畫，又深受道家與畫論影響。如言虛靜觀物、成竹在胸、形似與神似，爲詩、畫、書尚寓意、至味、新化，乃至言詩畫一律、美醜認定、文章自一家等，無一不言自然之美。

　　東坡生活藝術思想，東坡四十四年爲官，外放十州，皆與弱宋政治革新、社會娶妾等相涉，以東坡才性亮直、不合時宜，故而仕宦起伏。所幸東坡善於處逆，故每寓情寄性於飲宴美食、書畫、品評珍玩、養生等。蓋其能以「寓意於物」而自守，故生活即或貧困，而多情趣、自然、鮮活之生涯。

二、東坡思想之迭變——與其一生仕宦同步

　　東坡自二十六歲初仕鳳翔府，至六十六歲謝世，一生歷仕仁宗、英宗、神宗、哲宗四朝。

　　仁宗時，東坡應制，已於省試〈刑賞忠厚之至論〉、〈進論〉、〈進策〉、〈思治論〉等，闡明其「以君子長者之道待天下」之仁政思想。

　　英宗朝，以「培養大器」之故，被召至直史館。

　　神宗採王安石變法，東坡即上〈議學校貢舉狀〉、〈上神宗皇帝書〉、〈再上皇帝書〉言新法不便。安石滋怒，御史謝景溫論奏其過，東坡遂請外放，歷密、徐、湖諸州，興水利、濟災民。元豐二年（1079），又因安石黨人李定等摭其詩以爲訕謗，遂成「烏臺詩案」。於臺獄中，凡四月又十二日。神宗憐才，置東坡黃州五年。哲宗朝復被起知登州，旋遷中書舍人、翰林學士，知禮部貢舉。

　　又因反對司馬光盡廢新法，力主參用所長，被舊黨視爲「又一王安石」，東坡遂於新舊兩黨夾擊中，外放杭、潁、揚、定四州，乃至以譏刺先朝（神宗），又貶惠州、遠謫儋州。至徽宗朝始遇赦北歸。是以誠如其〈定州謝到任表〉即云：「筋力疲於往來，日月逝於道路。」

　　則東坡思想由以儒爲主導，自四十五歲受「烏臺詩案」貶黃州五年後，思想邅變，由道佛虛靜超邁以處逆。其儒、道、佛思想之迭變之要爲：

（一）儒

　　東坡幼習儒，本欲爲君所用。細繹其詩文諸作，則以儒家思想爲基調，構設仁政治國之藍圖。即由獨善其身——東坡既重儒教之內仁外禮、誠仁與氣，又重名實，尚中庸。又自兼善濟世言——東坡承孔子仁政思想，以「育

才致用」言教育、「均民富國」言經濟，且以「安邊教戰」言軍事，欲袪宋朝之積貧積弱。

　　然東坡之「仁政愛民」理念，又非徒托空言，由其在朝、外放之任職，則能孝悌信廉，忍爲國用，又躬持其儉，不恥惡衣惡食，皆爲儒者誠正修齊治平理論實踐之推動者。

（二）道

　　道教爲我本土宗教，自東漢創教以來，皆以「修眞悟道」、「羽化登仙」求心靈之自由曠放，然道教基本理念依附道家。東坡思想雖以儒家爲主，然被貶黃州後，於失意窮愁中，遂研道家、信道教。

　　本文第三章由東坡體道之淵源、崇道歷程、活動以析出其道家道教思想在窮達、物化、虛靜明、隱逸出世、安命隨緣等仙道觀。

　　而東坡此一思想反映於詩文中即見仙道之情、理、方、境，由是道家道教影響東坡詩文，正在自然平淡、寧靜幽獨、重學尙理。

（三）佛

　　自印度禪宗東傳，至中土而開創中國禪宗。宋代因帝王維護與禪宗俗化，而儒衰佛盛，「看話禪」遂取代「默照禪」；而「養內之術」遂以入詩文。

　　東坡好禪讀佛書、喜禪遊廟寺、參禪交方外。一生雖非眞正佛徒，而詩文中多機鋒公案，思想亦多思辨。考其生活，自早年習佛重理悟，中年習佛，臻物我兩忘、形神俱泰，又以妙悟禪理以處逆，終於晩歲得悟道空寂之禪境。

三、東坡文學、美學思想之一貫性

　　東坡宦海浮沉，一生九遷，詩文中文學、美學思想亦以被貶黃州爲分野，突現不同特色，細讀其〈進策〉、〈進論〉諸作，則見其行道濟世、憂國憂世之胸襟。除創作前期政論、史論之踔厲風發外；後期之亭臺樓閣諸記、詩詞眾作，乃至小品書簡，亦多爲戞戞獨造，眾體兼善。其作書作畫之創作歷程，得心書紙、抒情寫意，皆得之先秦以來詩文書畫思想而深化推進其內容。如「出新意於法度之中，寄妙理於豪放之外」「外枯而中膏，似澹而實美」，又如「口手兩忘，則便於刻雕屬文」、「形容心術，酬酢萬物之變，忽然而不自知也。」

　　故自詩文創作言，有寓道於文、辭達於意、自然成文、文尙新變、形神

相依、風格多變之實踐。自書畫爲主之美學言，則有自然感興、寓意於物、成竹在胸、辭達口手、重至味、至神似等相似之創作思想，蓋文、藝本一家也。

四、東坡思想與實踐之合一

陳善《捫虱新話》將宋人析分爲經術、理學、文辭三派，而東坡屬於議論文辭派。然東坡之創作，文辭兼重思想，故由其詩文中，所見之文藝思想，乃由創作中實得。如將之繫聯爲一，則爲詩文書畫之立意、謀篇、運思、技法、境界風格，皆自爲脈絡。

如東坡〈記游廬山〉言：「初入廬山，山谷寺秀，平生所未見，殆應接不暇。」既入山，則言「如今不是夢，眞個是廬山。」爲此遂評李白「謫仙辭」（即〈望廬山瀑布〉：「今古長如白練飛，一條界破青山色」）之未眞，即東坡〈題西林壁〉詩所謂「不識廬山眞面目」，故其詩文思想，兼得理論與實作。參之東坡〈南行前集敍〉（文一／323），言所作皆目歷親見，則東坡甚重實踐。

又東坡軍事思想，雖可分言戰略、戰術思想，而於其任地方官時能修繕營房、立弓箭社，又能詠詞作詩以表赴敵之熱忱，皆可爲其思想與實踐合一之佐證也。

然東坡兼長詩文書畫，故於文學、美學思想理念之實踐舉例甚難，本文僅能及其千萬之一耳。

五、自東坡思想所及之影響而言

由儒家思想言

東坡承孔、孟「人本」、「內聖外王」意，推由「誠」、「仁」、「氣」、「禮」等兼言獨善、兼善。由其所作政論、史論諸作及外任州官爲政寬簡之績言，不惟已見其持躬篤實、求爲國用之從政典範，且見其已爲儒家勾勒仁政治國之藍圖。

自道家道教思想言

東坡自四十四歲貶黃州以來，仕宦受挫，已由「絢爛至極」而歸趨自然平淡，於詩文中常以「受風竹」、「海棠」、「孤鴻」等自喻。亦言由槁木之身、若死灰之心，幽獨虛靜觀萬物，而多得人生哲理。又自賞其竹木怪石之書畫中，亦多寓超然處境之境，自予後人思想、創作、生活啓迪良多。

自禪佛思想而言

東坡雖非佛徒，然已多得佛家寧靜直觀、坦然而化之思想，故表現於其詩文創作，則多有圓轉思維移出之詩禪合一，生活上亦多能以參禪知佛而處逆消憂。

自文學思想言

東坡言爲文宜有道有藝，肯定文學價值如金玉。而其力主創作重自然感興、辭達口手、新變至味、形神合一，頗有卓識。觀其思想實踐之近八千篇作品，詩能平淡自然、詞爲獨立之抒情詩、乃至小品有性靈、民俗之歌能眞摯，皆影響遠至明清。就詞作言，能融葉夢得之雄傑、朱敦儒之開放、辛稼軒之曠達於一身，影響不爲不鉅。如細繹蘇辛詞之音律、字句、內容、意境，亦甚相似。一出於「曠」、一得於「豪」，乃大同小異也。

自美學思想言

東坡以過人才華，通詩文、長書畫，其創作思想歷程，文學、美學互通合流，所謂「詩畫本一律」、「書畫異名而同體」，則詩文書畫能合一也。

其言自然感興，元好問言「不得不然之爲工」、王夫之言「詩無達志」，皆其相侔也。東坡又言「寓意於物」，言以虛靜之心得物之意、盡物之情。元倪雲林之重「逸氣」「寫意」，明徐渭之重「逸畫寫眞情」，亦其一脈相得。

又東坡言「虛靜納萬境」「境與意會」，至鄭板橋言「胸無成竹」，不預設模式，由「虛靜」得「意」，亦語多相涉。

至東坡重「神似」與元王繹言「神化合一」、葉雯言詩之至處在「可言，不可言之間」，皆言重「神完氣足」也。至詩畫重「至味」在平淡，袁枚之言「宜樸不宜巧」，董其昌之重「淡勝工」，亦所見甚近。

自生活藝術思想言

東坡熱愛生活，無論順逆，皆能悟得宇宙哲理，如言蝸角虛名、蠅頭微利、菜美勝肉食等，無不字字飛仙，語語超越，予人處逆時最佳之參酌。如清宋犖即圖東坡像於其左右，皆足見於後人啓迪與影響。

是以無論就儒、道、佛三家及文學、美學乃至生活藝術言，東坡不惟影響當代蘇門子弟及時人，亦啓迪千百年之後人。

六、詩文思想予人之啓迪

東坡一生俯仰，殊不同人。其詩文思想爲孔子推行仁政之實踐典範，不

惟及於北宋蘇門弟子張耒、黃庭堅等，南宋陸游、楊萬里，乃至明代三袁，清代王士禛、袁枚，乃至王國維，皆受其若干啟迪。而其生活藝術思想尤能鎔鑄眾家而別出蹊徑。如其應世則投身濟世，憂國愛民；其處逆為人好同容異、熱愛生活、曠達閑適，皆足有可觀。而微觀其生活層面，無論讀書、著述、情誼、美食、閒居養生，乃至評人、登臨、嗜好、珍玩，亦多可述。如何規劃吾人生涯，由東坡思想、生活、創作，或可一得也。

主要參引書目

一、專　書

1.《東坡全集》，明嘉靖十三年江西刊本。

2.《東坡全集》，《四庫全書》本。又，八十四卷本，清道光十二年刊本。

3.《東坡七集》，清光緒三十四年至宣統元年端方寶華盒本。

4.《蘇東坡全集》，世界書局，1936年印行。北京中國書店1986年影印。

5.《蘇東坡集》，商務印書館，1958年。

6.《四部叢刊》，商務印書館，1957年。

7.《蘇軾選集》，王水照選注，上海古籍，1981年。

8.《蘇軾資料彙編》，四川大學中文系唐宋文學研究室，中華，1991年。

9.《三蘇文藝思想》，四川人民，1985年10月一版。

10.《論蘇軾的文藝心理觀》，黃鳴奮撰，海峽文藝出版社，1987年。

11.《蘇軾思想研究》，唐玲玲等，臺北：文史哲，民85年2月。

12.《蘇東坡的立身與論文之道》，游信利，臺北：學生，民74年4月一版。

13.《東坡先生詩集注》，宋王十朋注，三十二卷，明王永積刻本。又，二十五卷本，《四部叢刊初編》影印宋務本堂刊本。

14.《施注蘇詩》四十二卷。宋施元之等，清康熙三十八年影宋刻本。

15.《東坡詩話錄》二卷，元陳秀明輯，《叢書集成初編》據《學海類編》本。

16.《蘇詩編年總案》，清王文浩撰，四十五卷本，《蘇文忠公詩編注集成》本。

17.《東坡分體詩鈔》十八卷，清姚培謙撰，清康熙三十八年刊本。

18.《東坡先生編年詩》五十卷，清查慎行撰，清乾隆二十六年香雨齋本。

19.《蘇軾補注》八卷，清翁方綱注，清乾隆四十七年本。

20.《蘇文忠公詩編注集成》一百三卷，清王文浩撰，清嘉慶二十四年刊本。

21.《東坡和陶合箋》四卷，清溫汝能合箋，清嘉慶間順德溫氏刻本。

22.《蘇文忠公詩集》五十卷，清紀昀評，清同治八年韞玉山房刻本。

23.《蘇文忠公詩合注》五十卷，清馮應榴撰，清同治九年刊本。

24.《蘇軾詩選》，陳邇冬選注，人民文學出版社，1957年印行，1984年再版。

25.《蘇東坡詩詞選》，陳邇冬選注，人民文學出版社，1960年印行，1979年再版。

26.《蘇軾詩選注》，吳鷺山等編，百花文藝出版社，1982年。

27.《宋詩選注》，錢鍾書選注，人民文學出版社，1982年重慶版。

28.《東坡詩論叢》，蘇軾研究學會編，四川人民出版社，1983年。

29.《蘇軾詩集》，清王文浩輯注，孔凡禮點校，北京中華書局1982年，1985年再版。

30.《蘇軾詩選》，徐續選注，廣東人民出版社，1987年，據三聯書店香港分店版重印。

31.《蘇軾詩研究》，謝桃坊撰，巴蜀書社，1987年5月一版。

32.《東坡勝跡詩聯選》，朱玉書，廣州：花城，1995年12月。

33.《唐宋名家百家詞》十百三十卷，明吳訥編，傳抄本。

34.《宋名家詞》九十卷，明毛晉編，清黃儀等校，汲古閣刊本。

35.《新譯宋詞三百首》，汪中，臺北：三民，民69年。

36.《蘇辛詞比較研究》，陳師滿銘，臺北：文津民69年。

37.《全宋詞》五冊，唐圭璋，臺北：洪氏，民70年。

38.《東坡樂府箋》，龍榆生，臺北：華正，民72年8月。

39.《宋詞精選會注評箋》，文史哲編，民75年10月。

40.《蘇軾》（唐宋名家詞賞析之四），葉嘉瑩，1988年，臺北：大安。

41.《東坡樂府研究》，唐玲玲，成都：巴蜀，1991年。

42.《詩詞新論》，陳師滿銘，臺北：萬卷樓，民83年。

43.《蘇軾詞賞析集》，王思宇主編·巴蜀書社，1996年8月。

44.《經進東坡文集事略》六十卷，宋朗曄注，《四部叢刊》影宋刊本。又，文學古籍刊行社1957年刊本。

45.《東坡先生全集》，文七十三卷，詞二卷，明萬曆三十四年吳興茅維刻本。又，明陳仁錫閱，明末文盛堂刻本。

46.《蘇軾文學論集》，劉乃昌撰，齊魯書社，1982年4月一版。

47.《三蘇文選》，牛寶彤選注，四川人民出版社，1983年刊行。

48.《東坡志林·仇池筆記》，華東師範大學出版社，1983年點校本。

49.《蘇軾文學理論研究》，劉國珺撰，南開大學出版社，1984年印行。

50. 《蘇軾及其作品》，柯大課，吉林：人民，1984。

51. 《論蘇軾的創作經驗》，徐中玉撰，華東師大出版社，1981 年 9 月一版。

52. 《蘇軾論文藝》，顏中其編注，北京出版社，1985 年 5 月一版。

53. 《蘇軾文集》七十三卷，孔凡禮點校，附錄蘇軾佚文匯編七卷。中華書局 1986 年刊行。

54. 《東坡文論叢》，蘇軾研究學會編，四川文藝出版社，1986 年 3 月一版。

55. 《蘇軾在密州》，李增坡，齊魯書社，1995 年 5 月。

56. 《蘇軾論》，朱靖華，京華，1997 年 12 月。

57. 《東坡先生年譜》一卷，宋王宗稷撰，《東坡七集》附。

58. 《東坡紀年錄》一卷，宋傅藻撰，《四部叢刊初編》《東坡先生詩集注》附。

59. 《東坡先生年譜》一卷，宋施宿撰，王水照《蘇軾選集》附。

60. 《烏臺詩案》一卷，宋朋九萬撰，《函海》本。

61. 《烏臺詩案》一卷，宋周紫芝撰，《學海類編》本。

62. 《東坡事類》二十二卷，清梁廷枬撰，清道光中刊《藤花亭十七種》本。

63. 《增補蘇東坡年譜會證》，王保珍，臺大，民 50 年 8 月。

64. 《蘇軾傳記研究》，費海璣，臺北：商務印書館，1969 年。

65. 《蘇東坡別傳》，陳香編著，臺北：國家出版社，民 69 年 8 月。

66. 《蘇軾》，王水照撰，上海：古籍出版社，1981 年。

67. 《蘇軾評傳》，曾棗莊撰，四川：文藝出版社，1981 年。

68. 《蘇東坡外傳》，楊濤著，臺灣世界文物出版社，民 71 年 6 月。

69. 《蘇東坡新傳》，李一冰著，臺北：聯經，民 72 年。

70. 《蘇軾新論》，朱靖華撰，齊魯書社，1983 年。

71. 《蘇東坡》，顏中其撰，黑龍江人民出版社，1983 年。

72. 《蘇東坡軼事匯編》，顏中其編注，岳麓書社，1984 年。

73. 《蘇軾及其作品》，叢鑑、柯大課撰，吉林人民出版社，1986 年。

74. 《東坡研究論叢》，蘇軾研究學會編，四川文藝出版社，1986 年。

75. 《蘇東坡傳》，林語堂，臺北：遠景，民 76 年 2 月 8 版。

76. 《東坡的人生哲學：曠達人生》，范軍，臺北：揚智，民 83 年。

77. 《千古奇才・蘇東坡合傳》，黃篤書，臺北：國際村，民國 84。

78. 《蘇東坡外傳》，方志遠，臺北：國際村，民 84 年。

79. 《三蘇後代研究》，舒大剛，成都：巴蜀出版社，1995 年 12 月一版。

80. 《蘇東坡傳奇》，蘇凡，臺北：林鬱，民 85 年 11 月。

81. 《蘇東坡逸事》，潘寶余，臺北：林鬱，民 86 年 9 月初版。

82.《蘇軾年譜》，孔凡禮，北京：中華，1998 年 2 月。

二、佛道書

1.《道藏》，1926 年上海涵芬樓影印本。

2.《中國道教史》，傅勤家，臺北：商務，61 年 9 月，臺四版。

3.《道教史》，許地山。臺北：牧童，65 年 7 月。

4.《中國的道教》，金正耀，臺北：商務，72 年 11 月。

5.《道家智慧與現代文明》，張起鈞，臺北：商務，民 73 年。

6.《道家和道教思想研究》，王明著，中國社會科學出版社，1984。

7.《道藏源流考》，陳國符，中華，民 74 年。

8.《中國道教發展史略述》，南懷瑾，臺北：老古，76 年 12 月。

9.《魏晉南北朝時的道教》，湯一介，臺北：東大，77 年 12 月。

10.《蘇軾與道家道教》，李豐楙，臺北：學生，民 79 年五月。

11.《中國道教史》，任繼愈主編，上海人民，1990。

12.《中國道教》，羅希泰，上海：東方，1991 年 1 月。

13.《道教文學史》，詹石窗，上海：文藝，81 年 5 月。

14.《道家十三經》，於平，北京：新華，1993 年 12 月。

17.《道教與諸子百家》，李養正，北京：燕山，1993。

18.《道教的起源與形成》，劉鋒，臺北：文津，83 年 4 月。

19.《話說道教》，羅偉國，寧夏：人民，1994 年 6 月。

20.《道家雜家神仙家》，龔方震，上海：社科學院，1995 年 7 月。

21.《道家文化研究》，陳鼓應主編，香港道教學院，上海古籍，1996 年 6 月至 7 月。

22.《蘇軾文學論集——論佛老思想對蘇軾文學的影響》，劉乃昌，齊魯書社，1982 年。

23.〈蘇詩禪味八題〉，魏啓鵬，蘇軾研究學會編，《蘇軾研究論文集、第二集》，四川：人民，1983 年。

24.《五燈會元》，宋普濟著，北京中華，1984 年 10 月。

25.《宋高僧傳》，宋贊寧撰，范祥雍點校，北京中華，1987 年 8 月。

26.《中國禪學思想研究》，何國銓，臺北：文津，1987 年 4 月。

27.《東坡禪喜集》，明徐長孺，臺北：老古，1988 年 4 月。

28.《佛光大辭典》，佛光大藏經編修委員會，星雲大師監修，佛光，1989 年 4 月 4 版。

29.《中國禪宗與詩歌》，周裕鍇，上海人民，1992 年 7 月。

30.《佛教十三經》，國際文化出版公司，1993 年 9 月。

31.《太平經》，羅明智，西南師大，1996 年 8 月。

32.《禪宗大詞典》，袁賓主編，湖北人民出版社，1994 年 1 月第 1 版。

33.《蘇軾禪詩研究》，朴永煥，北京：社科學院，1995 年 11 月。

三、學位論文

1.《蘇東坡與秦少游》，何金蘭，臺灣大學中文所碩士論文，民 60 年。

2.《蘇軾之生平及其文學》，江正城，臺灣大學中文所碩士論文，民 61 年。

3.《蘇東坡與詩畫合一之研究》，戴麗珠，師大國文所碩士論文，民 64 年。

4.《蘇東坡文學之研究》，洪欽，文化大學中文所博士論文，民 66 年。

5.《蘇軾和陶詩比較研究》，宋丘龍，東海大學中文所碩士論文，民 66 年。

6.《中國士人仕與隱的研究——以陶淵明詩文與東坡和陶詩為主》，陳英姬，師範大學國文所碩士論文，民 72 年。

7.《蘇東坡散文研究》，彭珊珊撰，東吳中研所碩士論文，民 74 年。

8.《蘇軾與莊子——東坡文學作品中的莊子思想》，劉智璇，輔仁大學中文所碩士論文，民 74 年。

9.《東坡瓊州詩研究》，林采梅，東吳大學中文所碩士論文，民 76 年。

10.《蘇軾黃州詩研究》，羅鳳珠，師範大學國文所碩士論文，民國 71 年。

11.《蘇軾嶺南詩論析》，劉昭明，師範大學中文所碩士論文，民國 77 年。

12.《蘇軾策及奏議之研究》，李貞慧，臺大中文所碩士論文，民國 77 年。

13.《蘇軾「以賦為詩」研究》，鄭倖朱，成大中文所碩士論文，民國 77 年。

14.《蘇軾與黃庭堅之詩論及其比較》，林錦婷，中央中文所碩士論文，民國 83 年。

15.《蘇軾「意內言外」詞隅測》，劉昭明，東吳大學中文所博士論文，民國 82 年。

16.《蘇軾題畫文學之研究》，謝惠芳，師大國研所碩士論文，民國 83 年。

17.《蘇軾題畫文學研究》，衣若芬，臺大中文所博士論文，民國 84 年。

18.《蘇東坡美學思想及其現代意義》，林鈺鈴，師大美研所碩士論文，民國 84 年。

19.《蘇軾詩詞中「夢」的研析》，史國興，師大國研所博士論文，民國 85 年。

20.《蘇軾蘇轍兄弟唱和詩研究》，廖志超，師大國研所碩士論文，民國 86 年。

21.《蘇軾元祐詞研究》，許錦華，師大國研所碩士論文，民國 86 年。

22. 《宋詩的形成——以歐、梅、蘇為探論中心》，黃美玲，師大國研所博士論文，民國 86 年。

23. 〈從蘇詞的取材看他的創新風格〉，江惜美，《臺北市立師範學院學報》，第 28 期，民 86 年 6 月，頁 297～308。

24. 〈東坡詞欣賞〉，廖祥荏，《中國語文》，第 80 卷 6 期，民 86 年 6 月，頁 61～65。

四、其他相關書

1. 黑格爾《美學》，黑格爾著，朱光潛譯，北京：商務，1979 年版。

2. 《莊子及其文學》，黃師錦鋐，臺北：東大，民 66 年。

3. 《莊子之文學》，蔡師宗陽，臺北：文史哲，民 72 年。

4. 《老莊研究》，胡師楚生，臺北：學生，民 81 年。

5. 《中國藝術精神》，徐復觀，臺北：學生，民 55 年二月初版，81 年七月 11 版。

6. 《中國美學思想史》，敏澤，齊魯，1989 年 8 月。

7. 《儒道佛美學的融合——蘇軾文藝美學思想研究》，王世德，新華，1993 年 6 月。

8. 《中國散文美學》，吳小如，臺北：里仁，民 84 年七月初版。

9. 《中國美學史》，葉朗，臺北：文津，民 85 年 1 月。

10. 《美學四講》，李澤厚，臺北：三民，民 85 年。

11. 《莊子的美學與文學》，朱榮智，臺北：明文，民 87 年 4 月。

五、期刊論文

1. 〈蘇軾的政治思想和蘇軾的藝術成就〉，謝善繼，《江漢學報》，1962 年 3 期。

2. 〈蘇軾思想簡論〉，楊運泰，《新建設》，1962 年 7 月。

3. 〈蘇軾思想探討——兼綜儒道佛契合理情神〉，李錦全，見眉山三蘇博物館，《四川師範大學學報叢刊》第 12 輯《蘇軾對釋道的態度‧蘇軾思想探詩》。

4. 〈金山留玉靈峰悟宿蘇東坡的佛教因緣〉，蔡惠明，《法音》，1981 年 4 月 2 期。

5. 〈蘇東坡著述版本考〉，王景鴻，《書目季刊》四卷二、三期，民 58 年 12 月～民 59 年 3 月。

6. 〈三蘇的文學思想〉，蘇雨，《建設月刊》，1963 年 12 月，12 卷 7 期，40-41 頁。

7. 〈蘇軾的文藝觀〉，劉乃昌，《文史哲》雙月刊，1981 年 3 期 36 頁。

8. 〈論蘇軾議論文的寫作特色〉，李青撰，《文學遺產》，1985 年第二期。

9. 〈蘇軾的遊記文〉，王立群撰，《河南大學學報》，1986 年第二期，頁 75。

10. 〈略論蘇軾記體散文的藝術特色〉，曾子魯撰，《西北師範學報》，1986 年第四期，頁 75。

11. 〈蘇東坡與晚明小品〉，陳萬益，文載弘化文化公司出版《晚明思潮與社會變動》，76 年 12 月初版。

12. 〈歐曾王蘇散文比較〉，吳小林撰，《文史哲》，1988 年第五期。

13. 〈試論蘇東坡的政治諷刺詩〉，趙繼武，《揚州師範學院學報》，1961 年，總 11 期。

14. 〈評錢穆先生釋蘇詩及其他〉，左舜生，《民主潮》，1964 年 12 月 16 日，14 卷 13 期 17-18 頁。

15. 〈蘇東坡詩的幽默〉，風人，《中央日報》，1966 年 8 月 24 日，第九版。

16. 〈蘇東坡詩的研究〉，余我，《古今談》，1967 年 8 月，30 期 10-11 頁。

17. 〈蘇東坡詩文與中國文化〉，禚夢庵，《中外雜誌》十九卷四期，65 年 4 月。

18. 〈蘇詩之幽默趣味 —— 東坡詩論之一〉，蘇雪林，《暢流》，1972 年 5 月 45 卷 7 期 6-11 頁。

19. 〈蘇詩之善用擬人法 —— 以童心觀世界，東坡詩論之二〉。蘇雪林，《暢流》，1972 年 6 月 45 卷 7 期 6-11 頁。

20. 〈蘇詩以文爲詩 —— 善發議論，東坡詩論之三〉，蘇雪林，《暢流》，1972 年 6 月，45 卷 9 期 13-15 頁。

21. 〈蘇詩之詞選氣暢 —— 筆端有舌，東坡詩論之四〉，蘇雪林，《暢流》，1972 年 7 月，45 卷 10 期 12-14 頁。

22. 〈蘇詩之富於哲理 —— 東坡詩論之五〉，蘇雪林，《暢流》，1972 年 8 月 45 卷 12 期 6-7 頁。

23. 〈蘇詩之用小說俗諺及眼前典故 —— 東坡詩論之六〉。蘇雪林，《暢流》，1972 年 8 月，45 卷 12 期 6-7 頁。

24. 〈東坡禪詩淺探〉，羅桂成。《香港文史學報》，1977 年 12 月第 13 期。

25. 〈析蘇軾的「題西林壁」（上、下）〉，顏元叔，《中央日報》，1979 年 2 月 5-6 日。

26. 〈淺論蘇軾的寓言詩〉，白本松，《河南師大學報》1984 年 7 月 30 日第 2 期（總五十期）72-77 頁。

27. 〈蘇軾以詩爲文論〉，趙仁珪撰，《文學遺產》，1988 第一期。

28. 〈蘇東坡之書畫〉，曹樹銘，《大陸雜誌》，41 卷十期，民 59 年 10 月。

29. 〈詩畫本一律‧天工與清新：蘇軾藝術觀的再認識〉，孫克，《美藝研究》，

1982 年 2 月。

30.〈書藝與靈境兼論東坡〉，汪中，《孔孟月刊》，21 卷 12 期，72 年 8 月 50-51。

31.〈書藝與靈境兼論東坡〉，汪中，《孔孟月刊》，72 年 8 月，21 卷 12 期，頁 49-50。

32.〈蘇東坡的生活與嗜好〉——上、中、下，陳宗敏，《民主憲政》，45 卷 4-2 期，62 年 11 月（頁 20、21）、62 年 12 月（頁 24、25）、62 年 12 月（頁 20、21）。

33.〈蘇東坡評傳〉，梁容若，《文耘》，第 65 期，1965 年 11 月。

34.〈蘇東坡的人生觀〉，費海璣，《幼獅》，1967 年 9 月，26 卷 3 期 16-20 頁。

35.〈貶謫南荒的蘇東坡〉，《臺肥月刊》，十三卷 12 期，1972 年 12 月 31-37 頁。

36.〈蘇東坡的性格與人格〉，陳宗敏，《中華文化復興月刊》，第 6 卷 4 期 1973 年 4 月 61-66 頁。

37.〈讀東坡詩詞記蘇軾的人生旨趣〉，李錦全，《國文天地》，4 卷 11 期，1989 年 4 月。

38.〈影響蘇東坡最大的四位女性〉，陳香，《明道文藝》，69 年 8 月，頁 47-54。

39.〈蘇東坡的多彩多姿生活〉，陳香，《明道文藝》，69 年 8 月，頁 54-61。

40.〈東坡與朝雲〉，《國文天地》，4 卷 6 期 1988 年 11 月頁 8。

41.〈論東坡「以詩爲詞」與稼軒「以文爲詞」之關係〉，方元珍，《空大人文學報》第四期，頁 15-28，民國 84 年 1 月。

42.〈蘇東坡的紅粉知己〉，詹悟，《中央日報·長河》，1989 年 8 月 31 日。

六、筆者相關近作

甲、唐宋八家

1.《歐陽修古文之研究》，高雄：復文，245 頁，78 年 12 月。

2.《韓歐古文之比較研究》，高雄：復文，545 頁，79 年元月。

3.〈曾南豐古文技法之研究〉，《屏師四五週年院慶教師論文集》，頁 287～301，80 年 12 月。

4.〈王荊公詩析論〉，《屏東師院學報》，第四期，頁 107～157。獲國科會甲種研究獎助。80 年 4 月。

5.〈王荊公古文風貌之研究〉，《臺灣省第二屆教育學術論文發表會論文集》（上冊），頁 276～310，新竹。獲國科會甲種研究獎助，80 年 6 月。

6.〈由王荊公古文探析其思想淵源〉，《八十學年度師範教育學術論文發表會論文集》（上冊），頁 1333～1366，臺中師範學院主辦，81 年 6 月。

7.〈由王荊公古文析論其哲學思想〉，《八十學年度師範教育學術論文發表會

論文集》（上冊），頁 1297～1332，臺中師範學院主辦，81 年 6 月。

8. 〈由王荊公古文析論其學術思想與經世思想〉，《屏東師院學報》，第五期，1～44 頁，81 年 5 月。

9. 《柳子厚之寓言世界》，《八十一學年度師範學院教育學術論文發表會論文集》，頁 189～205，81 年 6 月 9 日。

10. 〈蘇子由古文技巧之研究〉，八十二學年度師院教育學術論文發表會，頁 1-27，82 年 6 月。

11. 〈柳子厚寓言世界〉，八十二學年度師範學院教育學術論文發表會，頁 1-7，82 年 6 月。

12. 〈王荊公的奇聞趣事〉，《國教天地》，一〇四期，頁 20～26。83 年 6 月。

13. 〈柳子厚山水亭池文之技法研究〉，《屏東師範學報》，第八期，頁 1～40，84 年 6 月。

14. 〈由古文分析論蘇老泉、王荊公之文史觀〉，《八十四學年度師範學院教育學術論文發表會論文集》，頁 217-250，民 84 年 11 月 3 日。

15. 〈蘇老泉古文技法之研究〉，《八十四學年度師範學院教育學術論文發表會論文集》，頁 131-163，民 84 年 11 月 3 日。

乙、東　坡

1. 〈東坡志林十三首之研究〉，李慕如，《屏東師範學報》第九期，85 年 6 月，頁 291-326。

2. 〈談東坡寓言之承傳〉，李慕如，85 學年度師範學院教育學術論文發表會論文，頁 1～23，民國 85 年 1 月。

3. 〈東坡詩文中道家道教思想之玄蘊〉，李慕如，師大國研所，《中國學術年刊》第十八期頁 97～126，86 年 3 月。

4. 〈東坡與道家道教〉，李慕如，《屏東師院學報》第十期，頁 319-354，民 86 年 3 月。

5. 〈東坡與朝雲〉，李慕如，師大國文系研究生學術論文發表會，頁 1～20，民 86 年 1 月。

6. 〈東坡教育思想與語文教學〉，李慕如，第一屆國際漢學學術討論會（北京），1997 年 10 月。頁 1～30。

7. 〈由「文術論」探析陳秀明《東坡文談錄》〉，李慕如，師大國研所，《中國學術年刊》第十九期，頁 1～23，87 年 3 月。

8. 〈東坡思想創作入禪予人之啟迪〉，李慕如，《屏東師院學報》第十一期，頁 1～31，87 年 5 月。

9. 〈試析元代陳秀明《東坡文談錄》之形式結構與價值〉，李慕如，第十屆國際學術研討會，頁 1～30（山東：諸誠）1998 年 8 月。

附　錄

附錄一　《東坡文集》卷篇統計表

卷次	內　　　容	佚　編
1	賦 27	1
2～5	論 77	
7～9	策 68	2
10	序 27、說 10	序 2
11～12	記 61	2
13	傳 11	
14、15	墓誌 13	2
16	行狀 2	
17、18	碑 12	
19	銘 73	1
20	頌 19	2
20	箴 1	
21	贊 50	3
22	贊 25	
22	偈 20	
23、24	表狀 128	
25	奏議——狀 2、書 2	奏議 9
26	奏議——狀 6	
27	奏議——狀 17、箚子 10	
28	奏議——箚子 16、策狀 2	
29	奏議——狀 39、箚子 6	
30～32	奏議——狀 30	
33	奏議——狀 10、箚子 5	

34	奏議——狀 6、劄子 2	
35	奏議——狀 5、劄子 11	
36	奏議——狀 8、劄子 4	
37	奏議——狀 7、劄子 6、書 3	
38	制 103	
39	制 115	敕
40	內制敕文 3、詔敕 121	
41	勅書 34、口宣 117	刺 1
42	口宣 143	
43	批答 74、表本 17、國書 18	批答 5
44	青詞 10、朱表 3、疏文 8、齋文 17、祝文 32	疏文 1、祝文 3
45	貼子詞 54、詞語 9、教坊詞 84、口號 5	內制 3
46～47	啓 107	啓 2
48-49	書 41	
50-61	尺牘 1298	238
62	疏文 19、祝文 73、青詞 7	
63	祭文 48、哀詞 6	祭文 2
64	雜著 25	17
65	史評 85	1
66	題跋——雜文 94	19
67	題跋——詩詞 86	12
68	題跋——詩詞 102	
69	題跋——書帖 126	10
70	題跋——畫 35、紙墨 39、筆硯 36	6
71	題跋——琴棋雜器 34	2
71	題跋——游行 65	6
72	雜記人物 68	6
72	雜記異事 29	1
73	雜記修煉 14	
73	雜記醫藥 35	3
73	雜記草木飲食 30	6
73	雜記書事 28	題名 21

說明：本表以孔凡禮校點之《蘇軾文集》（北京中華書局本）爲計算根據。

　　　「佚編」指該書附錄之《蘇軾佚文彙編》（含拾遺及拾遺補）。

附錄二　《蘇軾詩集》卷篇統計表

卷次	內容	篇數	卷次	內容	篇數
1.	古今體	40 篇	26.	〃	48
2.	〃	38	27.	〃	39
3.	〃	48	28.	〃	45
4.	〃	46	29.	〃	41
5.	〃	61	30.	〃	63
6.	〃	56	31.	〃	44
7.	〃	45	32.	〃	62
8.	〃	68	33.	〃	61
9.	〃	61	34.	〃	67
10.	〃	52	35.	〃	50
11.	〃	74	36.	〃	65
12.	〃	42	37.	〃	49
13.	〃	48	38.	〃	39
14.	〃	65	39.	〃	82
15.	〃	64	40.	〃	61
16.	〃	61	41.	〃	60
17.	〃	53	42.	〃	36
18.	〃	48	43.	〃	48
19.	〃	49	44.	〃	35
20.	〃	57	45.	〃	48
21.	〃	86	46.	帖子詞口號	65
22.	〃	41	47.	補編古今體	67
23.	〃	44	48.	補編古今體	175
24.	〃	60	49.	他集互見古今體	47
25.	〃	57	50.	他集互見古今體	52
			51.	增補佚詩	29

說明：本表以孔凡禮點校之《蘇軾詩集》（北京中華書局本）爲根據。

附錄三　龍榆生《東坡樂府箋》所收東坡詞（以詞牌首字筆劃爲序）

詞　　牌	該　　書　　頁　　碼
一斛珠	387。
一叢花	283。
卜算子	15、168。
八聲甘州	245。
十拍子	182。
三部樂	284。
千秋歲	106。
少年遊	14、124、125。
天仙子	383。
水龍吟	69、135、200、215、277、278。
水調歌頭	80、92、172、213。
生查子	256。
占春芳	386。
永遇樂	60、104、280。
如夢令	196、197。
好事近	177、231、382。
西江月	111、121、141、163、178、188、219、237、239、240、247、271、293。
行香子	3、9、194、364、366、367、368。
江城子	16、17、25、64、67、83、84、109、130、137、344、345、346。
更漏子	55。
采桑子	53。
泛金船	31。
沁園春	58。
皁羅特髻	371。
青玉案	257。
定風波	40、122、138、148、179、220、303、305、306。
河滿子	43。
阮郎歸	47、378、397。
雨中花慢	65、281、282。
念奴嬌	152、155。

南歌子	2、30、52、112、113、114、115、183、225、226、336、337、338、339、340、341、342、343、
南鄉子	8、29、32、34、37、38、85、156、205、206、207、307、308、309。
洞仙歌	90、149。
昭君怨	11。
祝英臺近	4。
浪淘沙	1。
洞仙歌	149。
哨遍	145、289。
烏夜啼	296。
桃源憶故人	384。
荷花媚	386。
浣溪沙	35、36、57、95、98、99、101、102、103、126、127、128、129、130、140、191、192、198、234、235、236、254、267、318、319、320、321、322、323、324、325、326、327、328、329、330、332、334、335、336。
賀新郎	286。
戚氏	259。
無悉可解	285。
華清引	294。
清平樂	28。
畫堂春	82。
望江南	76、77。
減字木蘭花	41、50、62、71、110、159、160、161、162、163、227、251、255、274、354、355、356、357、358、359、360、361、362、363、364。
木蘭花令	241、250、266、290、291、292。
陽關曲	86、91、107。
菩薩蠻	23、24、27、45、49、164、210、310、311、312、313、314、315、316、317。
訴衷情	22、379。
意難忘	387。
瑞鷓鴣	5、6。
殢人嬌	75、89、270。
滿江紅	73、79、131、142、252。
虞美人	19、193、242、372、373、374、375、376。
漁家傲	117、147、189、232、302、303。

漁父	208、209。
滿庭芳	170、185、198、203、217、279。
瑤池燕	184。
醉落魄	12、48、56。
醉翁操	165、210。
醉蓬萊	175。
蝶戀花	13、63、72、88、174、211、212、347、348、349、351、352、353。
調笑令	385。
竭金門	380、381。
點絳唇	222、229、230、369、370、371。
歸朝歡	263。
臨江仙	7、97、118、157、224、243、248、268、297、298、299、300、301。
翻香令	383。
鵲橋仙	46、228。
蘇幕遮	295。
鷓鴣天	181、275。

龍榆生《東坡樂府箋》所收詞

卷一——106 首、卷二——100 首、卷三——138 首，都爲 344 闋詞，共用 76 詞牌以「浣溪沙」「減字木蘭花」「南歌子」爲最多。

少見詞牌有「哨遍」、「荷花媚」、「阜羅特髻」、「戚氏」、「㜼人嬌」等。

附錄四　東坡生平大事簡表

紀　元	公元	年齡	大　事　記　要	附　記
宋仁宗　景祐三年丙子	1036	1	十二月十九日卯時生於四川眉州眉山沙縠行祖宅。東坡《志林》云：「僕以磨蝎爲命宮。」議者以先生十二月爲辛丑，十九日爲癸亥日，丙子癸亥，水向東流，子卯相刑，晚年多難。	東坡弟子由生於寶元二年（1039），小東坡三歲。
慶曆三年癸未	1043	8	偕弟入小學，以天慶觀道士張易簡爲師，童子數百人，師獨稱軾。見魯人石介（守道）〈慶曆聖德詩〉，問師十一人何人也？師奇軾言，盡以告之。	歐陽修爲諫官，張方平爲翰林學士領群牧使。
慶曆五年乙酉	1045	10	父洵宦學四方，母程氏授以書。問古今成敗，輒能語其要。母授東漢〈范滂傳〉，慨然有奮厲當世志。	黃庭堅生。
慶曆七年丁亥	1047	12	五月十一日，祖父序病逝，享年七十有五。 八月，父洵自江西臨江聞訃，立即奔喪歸。改「南軒」爲「來風軒」，兩兄弟並從父學，父作〈名二子說〉。東坡兄弟14～16歲就讀城西壽昌院。	
皇祐五年癸巳	1053	18	父洵因其幼女事婆家不得歡心，抑鬱而卒，與其婿程之才家斷絕往還。	
至和元年甲午	1054	19	先生年十九，娶眉州青神縣王方女弗爲婦，時年十六歲。	
至和二年乙未	1055	20	父洵爲弟轍娶史氏，完婚後即往成都，訪張方平，獻《權書》、《論衡》各篇，深獲讚許，遂舉薦於朝。先生年二十，游成都，謁張安道（《樂全先生文集》）。	四月，定差役衙前法。文彥博、富弼爲相。
嘉祐元年丙申	1056	21	三月，偕弟侍父洵過成都，同謁張方平。驚歎父子三人俱爲國才，力薦於歐陽修。五月抵京城。八月，舉人考試，名列第二，弟轍同榜中舉。	十月，張方平抵京爲三司使。
嘉祐二年丁酉	1057	22	正月，應禮部試，以〈刑賞忠厚之至論〉，得主考歐陽修之賞識，以爲異人，欲冠多士，置第二，復以「春秋對義」居第一。四月初八日，母程氏病逝於眉山。五月，偕弟侍父洵歸眉山服喪。	歐陽修權知禮貢舉，程顥、張載、朱光廷等同及第。

	嘉祐三年 戊戌	1058	23	居鄉服母喪。 十一月初五日，父洵奉召試「紫微閣」，上皇帝書，辭不至。	六月，韓琦爲相。
	嘉祐四年 己亥	1059	24	九月服除。十月，偕弟侍父洵自蜀舟行，舟行 60 日，1680 里，經 11 郡，作詩 45 首，過鄂入京。十二月初八日，抵江陵驛，作〈南行前集敘〉。 是年，長男邁生。	
	嘉祐五年 庚子	1060	25	正月初五日，自荊州北上，二月抵京。與吏部「流內銓試」，三月，授河南福昌縣主簿，辭不就。時詔求直言之士，歐陽修以才識兼茂薦軾。	五月，王安石爲三司度支判司。 七月，歐陽修表上《新唐書》。
	嘉祐六年 辛丑	1061	26	七月，秘閣試六論。父洵除霸州文安縣主簿。 八月二十五日殿試，復入三等。 先生授官大理評事，簽書鳳翔府判官，十二月十四日，到任。	八月，曾公亮爲相，歐陽修參知政事。
	嘉祐七年 壬寅	1062	27	在鳳翔任。謝執政啓，修訂衙前之興革。 二月，赴轄屬各縣決囚。 又陝西大旱，祈雨太白山神，旱災解除。作〈喜雨亭記〉，關心國計民生。	
	嘉祐八年 癸卯	1063	28	在鳳翔任。 夏遊岐山周文王故里，得與陳慥（季常）相遇訂交。 上書宰相韓琦〈論場務書〉及〈思治論〉，坦陳時政之弊。	
英宗	治平元年 甲辰	1064	29	在鳳翔任。 正月，遊岐下，與文同（與可）相遇訂交，并與商州太守章惇同遊黑水谷之仙遊潭。 三月，王彭（字大年），與論佛法，由是喜研佛學。	

	治平二年乙巳	1065	30	正月還京，為殿中丞直史館，典校天下群書。 英宗聞軾名，欲以「記注」翰林知制誥。召入，宰相韓琦以為不可驟用。 二月，召試秘閣，試二論，復入三等，得直史館。 五月二十八日，元配王弗夫人卒於京城，年二十七。	四月，詔議崇奉生父濮王典禮，爭議盈庭。
	治平三年丙午	1066	31	在京城任。 四月，父洵編《太常因革禮》一百卷成，是月二十五日，父洵病逝於京城，享年五十有八。	正月，詔尊濮王為親，立園廟。
神宗	熙寧元年戊甲	1068	33	十月，續娶王弗夫人之堂妹名「潤之」為繼室，潤之字季璋，時年二十一，為青神縣王介之幼女。	四月，王安石越次入對。創制置三司條例司，議行新法。
	熙寧二年己酉	1069	34	二月還京。王安石執政，素惡先生議論異己，仍以殿中丞直史館判官告院。	二月，王安石參知政事。呂誨、范純仁奏新法不當，遭罷黜。十月，富弼罷相。
	熙寧三年庚戌	1070	35	在京城任。 三月，呂惠卿知貢舉，東坡為編排官，葉祖洽試策不合，竟以第一名及第。先生憤甚，擬進士廷試策一道上奏。 是年，次男迨生。	十二月，王安石、韓絳為相，厲行新法。
	熙寧四年辛亥	1071	36	在京城任。 正月，王安石欲變科舉，先生上〈議學校貢舉狀〉，即日召見。王安石聞之不悅，命攝開封府推官。 上元，帝敕開封府減價買浙燈四千，上〈諫買浙燈狀〉請罷之，即詔允從。二月，〈上神宗書〉，三月，〈上萬言書〉，皆不報。旋因考試開封進士，發策言歷史上「晉武平吳」之獨斷與專任，安石震怒。誣奏過失，東坡乞外任。十一月二十八日，到杭州任通判。	更定科舉法，以經義、策論取士。 六月歐陽修致仕，歸穎卜居。九月，司馬光罷知永興軍，閉戶編著《資治通鑑》，不問世事。

神宗	熙寧五年 壬子	1072	37	首度在杭州任。 七月，赴餘杭、臨安、巡視探訪民情。 九月，聞歐陽修老師訃，哭奠於孤山惠勤僧舍。 十月，督導開闢湯村運鹽河道。 十一月，相度湖州堤岸工程。 是年，三男過生，爲繼配王氏夫人所生。	八月，沈立之罷杭州任，陳襄（字述古）接任。
	熙寧六年 癸丑	1073	38	在杭州任。 籌劃協調督導修六井。 五月，因迨生三年不能行，乃落髮於觀音座下，辯才法師爲之剃度祝福，取名，「竺僧」，遂能行。 十一月，赴常、潤二州放糧賑災。	
	熙寧七年 甲寅	1074	39	在杭州任。 八月赴臨安、於潛、新城各地督導捕蝗賑災、收留棄嬰，罷榷鹽、緝盜，並揭露官府迫租。 公於西普山明智院，初與詩僧參寥訂交。 九月，回杭州，納妾王氏朝雲，時年十二。 赴密州道中作〈沁園春〉。 十一月初三日，到密州任。時方行手實法，到任二十日，即上奏朝廷及上宰相書，極言天災人禍之慘重，應宜行仁政，以紓民困。同時上皇帝〈論河北、京東盜賊狀。〉	四月，監門鄭俠上「流民圖」，王安石罷相，出知江寧府。
	熙寧八年 乙卯	1075	40	在密州任。 正月二十夜，夢見亡妻王弗，作〈江城子〉詞。 七月，作〈後杞菊賦〉。 十一月，葺超然臺、建快哉亭，以爲公餘登臨遊覽之處。	二月，王安石復入相。
	熙寧九年 丙辰	1076	41	在密州任。 正月，磨勘、遷祠部員外郎。新建「蓋公堂」，以見賢思齊。 五月旱，又往常山祈雨。 八月十五，歡宴僚友於超然臺上，作〈水調歌頭·兼懷子由〉詞，流轉千古。	十月，王安石再度罷相，以使相判江寧府。

神宗	熙寧十年 丁巳	1077	42	二月，改任知徐州。 四月，偕弟往南都，謁張方平，爲作〈諫用兵書〉。七月十七日，黃河決澶州，水及城下，東坡親率兵夫防治，十月五日，水退，城賴以全。	
	元豐元年 戊午	1078	43	在徐州任。 二月初四日，防水有功，神宗降勅獎諭，刻石於樓上。 八月十一日，黃樓落成，親書弟轍撰寄之〈黃樓賦〉。 十月，作〈上皇帝書〉，言捕盜、軍政、人才。 十二月，訪知徐州西南白土鎮之北有石炭（煤礦）。用以冶鐵作兵。	正月改元，復以王安石爲尚書左僕射，封舒國公。
	元豐二年 己未	1079	44	正月，在徐州任。上〈乞醫療病囚狀〉，存活人無數。三月，徙知湖州。 沈括、何正臣等人，羅織東坡（由熙寧二年安石行新法以來十年中）之詩文中，有訕謗朝廷者，七月二十八日，皇甫僎（遵）奉旨至湖州追攝。八月十八日到京，入御史臺獄。 十一月三十日結案。十二月二十九日，上愛材，責授黃州團練副使五年，不得簽書公事。 弟轍上書救贖，責授監筠州鹽酒稅。	正月，文同病逝於陳州旅次。 烏臺詩案受累親友二十二人，除弟轍外，王詵、王鞏罰最重。
	元豐三年 庚申	1080	45	二月初一日到黃州、初寓定惠院。二十九日遷居臨皋亭。冬至日，借天慶觀道士堂，燕坐四十九日。 遵父遺命，續成《易傳》九卷，並撰《論語說》五卷。	二月，章惇參知政事。
	元豐四年 辛酉	1081	46	在黃州。 二月，馬夢得爲請舊營地，助其自力耕作，乃闢建「東坡」，自號「東坡居士」。 十月二十二日，過江到武昌車湖訪王齊愈兄弟，坐上聞秉謂破西夏兵大捷，作詩示祝。	三月，章惇罷參知政事。
	元豐五年 壬戌	1082	47	在黃州。 二月，大雪紛飛中，新屋落成，榜曰「東坡雪堂」。	

神宗				三月，寒食日，先生作〈寒食雨二首〉詩。 是月，時年二十二歲之米芾，因馬夢得之介，初會於雪堂，遂訂忘年之交。 七月，一次酒醉，作〈黃泥坂〉詞。是月既望與十月十五日，先後泛舟，遊赤壁之下，作前後〈赤壁賦〉，及念奴嬌詞〈赤壁懷古〉。 重陽節，應徐太守邀宴，乘興駕舟江上，深夜返，作〈臨江仙〉詞，謠傳逝去。	
	元豐六年 癸亥	1083	48	九月二十七日，侍妾朝雲生一男孩名遯，小名幹兒。 重道家養生術、入佛因緣漸濃。	六月，曾鞏卒。 閏六月，富弼卒。
	元豐七年 甲子	1084	49	一至三月在黃州。 三月告下，量移汝州（河南臨汝）。 四月初一日，告別親友，將「雪堂」託付潘邠老兄弟照管。 長子邁赴江西德興縣尉任，全家大小隨往，預定於九江會合。 東坡偕陳慥過九江岐亭。偕參寥（由劉格引導）遊廬山。 六月初，參寥別，遂挈家行。送邁至湖口，同遊石鐘山，作有〈石鐘山記〉。 八月，數見王安石於蔣山。 九月，宜興買田，購屋生風波。	是年，司馬光完成《資治通鑑》。
	元豐八年 乙丑	1085	50	正月初四日，上〈乞常州居住表〉。 五月二十二日至常州。 十月十五日，抵登州任所僅五日，二十日告下，以禮部郎中召還。 十二月，到達京城，專摺上奏登州所見有關國防與民生三狀。	三月初一日，宣仁高太宗垂簾聽政，立十歲哲宗為皇太子。 三月初五日，神宗崩，哲宗即位。 章惇知樞密院事。 詔罷保甲、方田、市易、保馬等法。

哲宗	元祐元年丙寅	1086	51	在京城。正月，以七品服入侍延和殿。三月，奉特詔免試為七品中書舍人〈竹西寺〉：「今歲仍逢大有年。」心情安適。然因議免役法，與司馬光意見不合。八月，遷翰林知制誥。舉黃庭堅自代。十二月，臺諫官朱光庭等，摭拾東坡召試館職「師仁祖之忠厚，法神孝之勵精」語，斷章取義，以為謗訕先帝，交相疏論，自是有蜀洛朋黨之禍起。	罷青苗、免役法。四月，王安石病逝。呂公著為尚書右僕射兼中書侍郎。
	元祐二年丁卯	1087	52	在京城。四上箚子請求外放。八月初一日，進兼侍讀。兄弟同侍邇英閣，進讀寶訓。是月起，四上箚子，暢論西夏鬼章邊防。	十二月范鎮病逝。
	元祐三年戊辰	1088	53	在京城。正月，權知禮部貢舉，主省試。舉人材，去冗官。三月，上陳〈省試放榜後箚子〉三首及〈御試箚子〉二首，並以疾病為由，連上章乞郡外放。鎖宿禁中，太后宣召，君臣晤對感人深。	
	元祐四年己巳	1089	54	正月至四月在京城。三月十一日，除龍圖閣學士，（二度）知杭州，榮寵異常。七月初三日，到杭州任，首除凶猾，立施興革。八月初一日，上〈乞賜州學書版狀〉。時方旱飢，浚治鹽橋、茅山二河。十一月，上〈論高麗進奉狀〉（斥賺不法之利）、〈乞賑濟浙西七州狀〉欲及時賑濟。	
	元祐五年庚午	1090	55	正月，自費修合藥，設廠煮粥，普施貧病，賑濟浙西災飢。三月，於眾安橋創立「安樂坊」病坊以治病。四月，再修復六井，開闢西湖。二十九日，上〈乞開杭州西湖狀〉。七月，先後上奏浙西災荒第一、二狀。八月十五日，上〈乞禁商旅過外國狀〉。與方外參寥、辯才等交遊見真情。	

哲宗	元祐六年辛未	1091	56	正月在杭州。 八月二十二日，以龍圖學士出知潁州任。 九月，申尚書省，〈論開八丈溝利害兩狀〉。 十月，上〈奏論八丈溝不可開狀〉，以此勞民傷財。 十一月，潁民苦旱，爲根本解決境內溝洫水利，奏乞留原修黃河夫役一萬名。 十二月初八日，聞張方平訃，極感哀慟，並作〈張文定公墓誌銘〉。 汝陰縣尉李直方，激勵其緝盜有方，乞行優賞。 歲末，汝陰飢，散義倉穀以爲救濟。並上〈放積穀賑濟狀〉。	
	元祐七年壬申	1092	57	正月在潁州任。 二月，通焦陂水，開濬西湖，作清河、西湖三閘。以防水患。 三月十六日，到揚州任，斥倉法不當，又即停止舉行萬花會，親撰〈潮州韓文公廟碑〉。 五月十六日，上〈論積欠六事並乞檢會應詔所論四事一處行下狀〉，欲去民疾之苦在積欠。 七至八月，先後上狀暢論〈倉法〉、〈罷稅務歲終賞格〉等狀，均蒙詔復舊法，一如所請。 八月，以兵部尚書召還，兼侍讀。 十一月初四日，上〈乞別與推恩直方箚子〉。十三日，南郊壇祭天，上〈奏內中車子爭道亂行箚子〉斥御史不合儀仗。	晁補之爲揚州通判。
	元祐八年癸酉	1093	58	正月在禮部尚書任。 五月初七日，聯名上「乞校正陸贄奏議上進箚子」。二十六日，上〈乞增廣貢舉出題箚子〉。 八月初一日，繼室王氏夫人潤之病逝，享年四十有六。 是月底，以兩學士出知定州。 九月初三日，哲宗親政，傾向新黨，朝局丕變。 十月二十三日，到定州任。上〈乞降度牒修禁軍營房狀〉。 十一月十一日，上〈乞增修弓箭社條約狀〉，嚴整軍紀，部勒戰法，修葺營房，改善官兵生活，眾皆畏服。	

哲宗	紹聖元年甲戌	1094	59	正月在定州任。上〈乞減價糶常平米賑濟狀〉。 二月初，行閱兵大典，吏民喜曰：「自韓魏公去，不見此禮至今矣。」閏四月初三日，坐前掌制命，語涉譏訕，落「端明殿學士」兼「翰林侍讀學士」，責知英州。途中舊病復發，盤川無著，不得已上乞舟行狀。繞道汝州，與弟聚三日。 八月初，舟行遇風，夜半，發運使遣官兵前來索船，經折衝至豫昌易舟而行。初七日，作有〈初入贛過惶恐灘〉詩，亦即接五改謫命之時。 十月初三日，至惠州貶所。初寓合江樓，遷居嘉祐寺。	章惇爲相，復行新法。
	紹聖二年乙亥	1095	60	在惠州，安於淡泊，隨遇而安。 三月初二日，宜興定慧院僧卓契順，千里跋涉來惠。初六日，程之才臨惠州，相見極歡，盡釋前嫌。 四月十一日，初食荔枝，除以〈荔枝嘆〉刺苛政，又作詩多首贊歎。「願作嶺南人。」 五月，用道士鄧守安議，建造東西兩新橋，以便行人。添建營房三百餘間，以肅軍政。 嶺南米賤傷農，書請程之才依物價徵稅。程之才皆全力支持。	九月，朝廷大享明堂，大赦天下，元祐諸大臣不在大赦之列。
	紹聖三年丙子	1096	61	在惠州。舊痔復發，遍讀醫書，搜購藥材，並詳加考訂筆記，發現不少單方。 三月，見洽購得白鶴峰上隙地數畝，築室其上。 七月初五日，愛妾王氏朝雲病逝，年僅三十有四，哀慟逾恆。八月初三日，葬於豐湖棲禪寺東南松林中，棲禪寺僧眾集資爲建「六如亭」。十一月，廣州太守王古來訪，與議將蒲澗山滴水岩清水引入廣州城中，使一城同飲甘涼。	
	紹聖四年丁丑	1097	62	在惠州。 二月十四日，白鶴峰新居完成，自嘉祐寺遷入。 三月，弟轍貶化州別駕，雷州安置。 四月十七日，東坡責授瓊州別駕，昌化軍安置。 六月十一日渡海，七月初二日，到昌化，	

哲宗					僦居官屋（自是居儋州30月）。	
	元符元年戊寅	1098	63	在儋州。 四月，董必至雷州，遣人過海，逐出官屋，乃於桄榔林中，建茅屋三間，以蔽風雨。 五月，屋成名「桄榔庵」。	九月，秦觀徙雷州。 張耒、晁補之亦均坐降。 范祖禹徙化州。 劉安世徙梅州。
	元符二年己卯	1099	64	在儋州。以著書爲樂。 三月，嘗負大瓢，行歌田畝間，途遇老婦年七十，謂曰：「內翰昔日富貴，一場春夢耶！」然之，因呼「春夢婆」。育成儋州人才，黎子雲、姜唐佐等。此人文之盛，由東坡啓之。 歲暮，夜夢韓魏公跨鶴，來報北歸訊。	二月，張中接衝替詔令。 四月，參寥被迫還俗。
	元符三年庚辰	1100	65	在儋州。 四月，完成《易傳》九卷，《書傳》十三卷、《論語說》五卷。 五月，所作「和陶詩」成一二〇首、東坡《志林》未竟。告下儋州，以瓊州別駕，廉州安置。 八月初十日，告下移永州。 十月初，邁、迨率全家大小團聚。 十一月，舟發廣州，告下、復朝奉郎提舉成都玉局觀。	正月初九日，哲宗崩，徽宗立，向太后垂簾聽政。 八月，秦觀卒。 九月，章惇罷相，貶雷州。 參寥落髮復爲僧。
徽宗	建中靖國元年辛	1101	66	五月初一日抵金陵，泊舟於儀眞東海亭下，天氣酷熱，家人多中暑臥病。 六月初三日午夜，瘴毒大作，暴瀉不止，與米芾6書相告。東坡似知不起，竟作書囑弟：「即死，葬我嵩山下，子爲我銘。」上表告老，以本官致仕。 七月二十八日，病逝於毗陵（常州），享年六十有六。	
	崇寧元年壬午	1102		六月，弟轍謹遵遺囑，爲撰〈亡兄子瞻端明墓誌銘〉，在《蘇東坡全集》中，刊爲〈東坡先生墓誌銘〉。 閏六月二十日，弟轍爲合葬兄嫂於汝州郟城縣釣臺上，瑞里嵩陽峨嵋山麓。 先生訃聞，不脛而走，迅即傳達京城、遍及全國及鄰邦。士民莫不齊敬其高風亮節，胸襟度量。	

附錄五　《蘇軾文集》與《仇池筆記》、《東坡志林》篇目對照表

一、《仇池筆記》與《東坡志林》、《蘇軾文集》對照表

〈仇池筆記〉編次	題　名	《仇池筆記》卷／頁	《蘇軾文集》冊／頁	《志林》卷／頁（編次）
1	論文選	上／1	五／2092	1／3（8）
2	三殤	上／1	五／2093	1／4（9）
3	月蝕詩	上／1	五／2114	1／4（10）
4	中宮太乙	上／2		
5	八陣圖詩	上／2	五／2101	1／1（1）
6	不忮之誠信於異類	上／2	六／2374	2／7（56）
7	陽關三疊	上／3	五／2090	7／10（202）
8	磨蝎爲身宮	上／3	五／2122	1／1（3）
9	治齒治目	上／3	六／2375	1／2（5）
10	老子解	上／3	五／2072	5／1（124）
11	三豪詩	上／3	五／2131	1／1（4）
12	萬花會	上／4	六／2293	5／1（126）
13	弄胡孫	上／4	六／2286	5／2（127）
14	治大風方	上／4	六／2344	5／2（128）
15	酒名（松醪春）	上／4	六／2099	5／3（130）
16	論詩	上／5		
17	禁同省往來	上／5		
18	劉原父語	上／5	五／2094	1／6（16）
19	谿洞畫李中師像	上／5	六／2285	
20	韓玉汝李金吾	上／5		
21	舒公封荊公	上／6	六／2292	
22	以意改書	上／6	五／2098	7／8（195）
23	書秋雨詩	上／6	六／2296	5／5（134）
24	杜子美詩	上／7	五／2102	1／4（11）
25	子美詩外有事在	上／8		
26	歸去來詞	上／8		
27	孟郊詩	上／8		

28	白樂天詩	上／8	五／2110	1／6（15）
29	成相	上／8	五／2054	5／5（135）
30	擬作	上／9	五／2094	1／6（16）
31	食薑損智	上／9	五／2277	10／10（297）
32	石墨	上／10	五／2224	5／7（140）
33	桃笙	上／10	五／2110	1／7（18）
34	池魚	上／10	六／2309	5／9（143）
35	耳白於面	上／10	六／2291	5／13（149）
36	如夢詞	上／10		1／7（18）
37	論物理	上／11	六／2362	5／13（150）
38	木蟲	上／11		
39	小兒吸蟾蜍氣	上／11	六／2307	5／13（15）
40	奴爲祟	上／11	六／2321	7／11（203）
41	晉人書	上／12		
42	隱者楊朴	上／12	五／2161	6／16（175）
43	古鏡	上／12	五／2064	
44	剝桃核得雄黃	上／12		
45	研光帽	上／12		
46	戴嵩鬥牛	上／13	五／2213	9／8（225）
47	鵝有二能	上／13	六／2374	6／3（159）
48	戒殺	上／13	六／2372	6／4（161）
49	論醫	上／14	六／2341	6／4（162）
50	黎檬子	上／15	六／2298	6／6（164）
51	井華水	上／15	六／2349	10／9（295）
52	費孝先卦影	上／15	六／2310	10／1（271）
53	看茶啜墨	上／15	六／2577	10／5（282）
54	正獻公焚聖語	上／15	六／2288	4／8（115）
55	世有顯人	上／16	六／2289	4／9（117）
56	論柳宗元	上／16	五／2037	2／3（45）
57	論金土價	上／16	五／2030	4／11（121）
58	青苗錢	上／16	五／2297	4／12（123）
59	巫蠱	上／16	五／2012	1／8（22）
60	字謎	上／17	五／2093	

61	論墨（書懷氏所遺墨）	上／17	五／2225	
62	佛菩薩語	上／17		
63	李赤詩	上／18	五／2096	2／10（63）
64	漱茶說	上／18	六／2370	
65	魯直詩文	上／19	五／2253	
66	論漆	上／19	五／2253	
67	二紅飯	上／19	六／2380	
68	大禹周公	上／19		
69	論設體	下／1		
70	服松脂	下／1	六／2353	9／9（263）
71	孔北海	下／1	五／2292	
72	梁賈說	下／2	五／1994	
73	雞唱	下／2	五／2089	2／11（67）
74	記王晉卿墨	下／2	五／2230	
75	徐仲車二反	下／2	五／2294	2／2（42）
76	論漢武帝	下／3	五／2009	4／11（122）
77	硬黃臨二王書	下／3		
78	魯直詩	下／3		
79	寶應民	下／3	五／2166	
80	佛受戒平冤	下／3		
81	君謨書	下／3		
82	張子野詩	下／4		
83	書邁詩（林檎詩）	下／4	五／2154	10／11（300）
84	鳳味硯	下／4		
85	李十八書	下／4	五／2182	9／1（235）
86	楊凝式書	下／5	五／2188	8／9（228）
87	杜甫詩	下／5		
88	與疊秀倡和	下／5		
89	文與可詩	下／6		
90	論董秦	下／6	五／2114	10／3（275）
91	樂天燒丹	下／6	六／2379	12／3（348）
92	盤遊飯谷董羹	下／6	五／2153	
93	參寥詩	下／6		

94	煮豬頭頌	下／7		
95	薽草錄	下／7	六／2359	
96	探艾	下／7	六／2349	10／1（272）
97	治內障眼	下／7	六／2350	
98	潘谷墨	下／8	六／2228	
99	雪常義尊	下／8		
100	顧魯公論逸少字	下／8		
101	歐公書	下／8	五／2185	
102	荆公書	下／8	五／2179	
103	眞人之心	下／9	五／2080	10／4（280）
104	搬運法	下／9		
105	勤修善果	下／9		
106	眾狗不悅	下／10		
107	三老人問年	下／10	六／2382	7／11（204）
108	夢韓魏公	下／10		
109	眞一酒	下／10	六／2312	
110	法報化三身	下／11	五／2082	10／3（276）
111	蒸豚詩	下／11	五／2150	7／4（185）
112	儋耳地獄	下／11		
113	五穀耗地氣	下／11	六／2366	6／（161）
114	記海南菊	下／12	六／2366	
115	本秀二僧	下／12		
116	梅詢非君子	下／12	六／2281	4／5（106）
117	吳育不相	下／12	六／2281	4／5（106）
118	時無英雄豎子成名	下／12	五／2121	4／3（105）
119	永樂之役	下／13	六／2283	4／5（107）
120	二李優劣	下／13		
121	太尉足香	下／13		
122	面征途中詩	下／14	五／2139	
123	招高麗	下／14	五／2286	4／7（111）
124	易書論語說	下／14	五／2073	1／8（21）

二、《東坡志林》與《仇池筆記》、《蘇軾文集》對照表

《志林》編次	題　名	《志林》卷／頁	《東坡／集》冊／頁	《仇池筆記》卷／頁（編次）
1	人誤子美〈八陣圖〉	1／1	五／2101	上／2（5）
2	退之〈青龍寺〉詩	1／1	五／2099	
3	書退之詩	1／1	五／2122	上／3（8）
4	評杜默詩	1／1	五／2131	上／3（11）
5	記張公規論去慾養生——治齒治目	1／2	2375	上／3（9）
6	書諸集僞謬	1／2	五／2099	
7	記樂天西掖通東省詩	1／3	五／2151	
8	題《文選》	1／3	五／2092	上／1（1）
9	書謝瞻詩	1／4	五／2093	上／1（2）
10	書日月蝕詩	1／4	五／2114	上／1（3）
11	書子美聰馬行	1／4	五／2102	上／7（24）
12	雜書子美詩	1／5	五／2105	
13	記董傳論詩	1／5	五／2136	
14	書子美憶昔詩	1／5	五／2105	
15	書樂天香山寺詩	1／6	五／2110	上／8（28）
16	題蔡琰傳	1／6	五／2094	上／9（30）
17	書子厚〈桃笙〉詩	1／7	五／2110	上／10（33）
18	戲作如夢兩闋	1／7		上／10（36）
19	書蘇子美金魚詩	1／7	五／2145	10（34）
20	記謝中舍詩	1／8	五／2145	
21	題所作書易傳論語說	1／8	五／2073	下／14（124）
22	漢武巫蠱事	1／8	五／2012	上／16（59）
23	名容安亭	1／9	五／2272	
24	偶書二首·其一	1／9	五／2078	
25	東坡詣廣陵	1／9		
26	韓狄盛事	1／9	五／2291	
27	陳輔之不娶	1／9	六／2295	
28	朱照僧	1／10	六／2299	

29	書青州石末硯	1／10	五／2241	
30	龐安常善醫	1／10	六／2341	
31	孔子誅少正卯	1／10	五／2000	
32	偶書二首・其二	1／11	五／2078	
33	郗方回嘉賓父子事	1／11	五／2027	
34	子由幼達	1／11	五／2296	
35	書田	1／12	五／2259	
36	書蜀公約鄰	1／12	五／2259	
37	僧伽同行	1／12	六／2323	
38	若稽古說	2／1	五／1991	
39	酈寄幸免	2／1	五／2066	
40	蔡延慶迫服母喪	2／1	六／2288	
41	郗超小人之孝	2／2	五／2028	
42	徐仲車二反	2／2	五／2294	上／2（75）
43	壽禪師放生	2／2	六／2324	
44	劉沈認扆	2／3	五／2031	
45	柳子厚誕妄	2／3	五／2037	上／6（56）
46	記合浦老人語	2／4	六／2380	
47	馬夢得窮	2／4	六／2297	
48	王僧虔胡廣美惡	2／4	五／2029	
49	記朱炎禪頌	2／5	五／2081	
50	書子美自平詩	2／5	五／2102	
51	子由爲人——心口如一	2／5		
52	記徐陵語	2／5	五／2054	
53	書徐則事	2／6	五／2079	
54	顏燭巧貧	2／6	五／2003	
55	書《左傳》醫和語	2／7	五／2076	
56	先夫人不殘鳥雀。不忮之誠信於異類	2／7	六／2374	上／2（6）
57	記歐陽論退之文	2／8	五／2077	
58	記李邦直言周瑜	2／8	五／2077	
59	洛人善接花	2／9		
60	漢武無秦穆之德	2／9	五／2008	

61	堯遜位於許由	2／9	五／1997	
62	跋子由作〈棲賢堂記〉後	2／9	五／2064	
63	讀李白十詠	2／10	五／2096	上／18（63）
64	書杜牧集僧制	2／10	五／2076	
65	周書金縢形製	2／10	五／2251	
66	樂天論張平叔	2／11	五／2038	
67	書雞鳴歌	2／11	五／2089	下／2（73）
68	記子由修身	2／11	六／2377	
69	宋君奪民時	3／1	五／1999	
70	王翦用兵-如小兒毀齒	3／1	五／2005	
71	管仲無後	3／2	五／2000	
72	宰我不叛	3／2	五／2001	
73	楚子玉以兵多敗	3／3	五／2000	
74	晉惠帝為太子廢立——衛瓘拊床	3／3	五／2023	
75	晉武娶婦	3／3	五／2023	
76	阮籍求全	3／3	五／2022	
77	英雄自相服	3／4	五／2026	
78	霍光疏昌邑王之罪	3／4	五／2012	
79	陳平論全兵	3／4	五／2006	
80	晉宋之君與臣下爭善	3／5	五／2028	
81	曹袁興亡	3／5	五／2018	
82	趙堯年真刀筆吏	3／6	五／2006	
83	荀卿疎謬	3／6	五／2005	
84	西漢風俗諂媚	3／7	五／2009	
85	褚遂良以飛雉入宮為祥	3／7	五／2033	
86	蠟說	3／8	五／1992	
87	唐太宗借隋吏以殺弟兄	3／8	五／2033	
88	史彥輔論黃霸	3／8	五／2014	
89	宰我不叛	3／8	五／2001	
90	真不疑買金償亡	3／9	五／2016	
91	巢由不可廢	3／9	五／1997	

92	《史記・舜本記》不誅四凶	3／10	五／1998	
93	梁統議法	3／10	五／2014	
94	張儀欺楚	3／11	五／2004	
95	商君功罪	3／12	五／2004	
96	劉禹錫文過不悛	3／12	五／2038	
97	崔浩占星	4／1	五／2031	
98	元成詔語	4／1	五／2015	
99	房琯之敗	4／1	五／2035	
100	史彥輔論黃霸	4／2	五／2014	
101	司馬穰苴	4／2	五／2002	
102	司馬相如之諂死而不已	4／2	五／2010	
103	孟嘉與謝安石相若	4／3	五／2025	
104	李秀二僧	4／3	六／2298	
105	書李太白廣陵戰場詩	4／3	六／2121	下／12（118）
106	眞宗信李沆	4／5	六／2281	下／12（116）
107	永洛事	4／5	六／2283	下／13（119）
108	彭孫詔李憲	4／5	六／2284	
109	書張芸叟詩	4／6	五／2139	下／14（122）
110	曹瑋知人料事	4／6	六／2285	
111	呂公弼招致高麗人	4／7	六／2286	下／14（123）
112	范景仁定樂上殿	4／7	六／2287	
113	張安道比孔北海	4／8	六／2292	
114	張士遜中孔道輔	4／8	六／2287	下／1（71）
115	杜正獻焚聖語	4／8	六／2288	上／15（54）
116	仁祖盛德	4／9	六／2281	
117	王欽若沮李士衡	4／9	六／2289	上／16（55）
118	范文正諫止朝正	4／9	六／2284	
119	白樂天不欲伐淮蔡	4／10	五／2037	
120	邳彤漢之元臣	4／10	五／2016	
121	齊高帝欲等金土之價	4／11	五／2030	上／16（57）
122	衛青奴才	4／12	五／2009	3（76）
123	唐允從論青苗	4／12	六／2297	16（58）上／

124	跋子由老子解後	5／1	五／2072	上／3（10）
125	記張元方論麥蟲	5／1	六／2364	
126	以樂害民	5／1	六／2293	上／4（12）
127	黃寔言高麗通北虜	5／2	六／2286	上／4（13）
128	錢子飛施藥	5／2	六／2344	上／4（14）
129	異人有無	5／3	六／2327	
130	記退之拋青春句	5／3	五／2099	上／4（15）
131	谿洞蠻神事李師中	5／4	六／2285	
132	宰相不學	5／4	六／2292	上／6（21）
133	書諸集改字	5／4	五／2098	上／6（22）
134	馬正卿守節	5／5	六／2296	上／6（23）
135	記孫卿韻語	5／5	五／2054	上／8（29）
136	劉貢父戲介甫	5／6	六／2292	
137	書《文選》後	5／6	六／2095	
138	裴顧之詔	5／7	五／2024	
139	蕭子雲論書	5／7		
140	書沈存中石墨	5／7	五／2224	上／10（32）
141	田單火牛	5／8	五／2003	
142	豬母佛	5／8	六／2308	
143	池魚自達	5／9	六／2309	
144	太白山神	5／9	六／2305	
145	記黃州故吳國	5／10	五／2074	
146	記先夫人不發宿藏	5／10	六／2373	
147	華陰老嫗	5／10	六／2308	
148	單龐二豎	5／11	六／2340	
149	文忠公相	5／13	六／2291	上／10（35）
150	菱芡桃杏記	5／13	六／2362	上／11（37）
151	空家小兒	5／13	六／2306	上／11（39）
152	石普嗜殺	5／13	六／2322	
153	夢中作祭春牛文	5／13	六／2547	
154	黃鄂之風	5／14	六／2316	
155	王翊救鹿	5／6	六／2315	

156	書許敬宗硯二首・其二	5／7	五／2239	
157	記夢中句	6／2	五／2164	
158	陳昱再生	6／2	六／2317	
159	鵝有二能	6／3	六／2374	上／13（47）
160	金麨說	6／3	六／2366	
161	食雞卵說	6／4	六／2372	上／13（48）
162	求醫診脈	6／5	六／2341	上／14（49）
163	符陵丹砂	6／6	六／2330	
164	黎檬子	6／6	六／2298	上／15（50）
165	幸恩順服盜	6／7	六／2310	
166	處子再生	6／7	六／2324	
167	陳太初尸解	6／8	六／2322	
168	題秧馬歌後四首・其四	6／9	五／2153	
169	蜀鹽說	6／9	五／2367	
170	服黃連法	6／9	六／2354	
171	記王彭論曹劉之澤	6／10	五／2077	
172	雪堂記	6／10	二／410	
173	書自作木石	6／15	六／2572	
174	冬至作草露書	6／15		
175	題楊朴妻詩	6／16	五／2161	上／12（42）
176	書陳後主詞	7／1	五／2151	
177	書鄭君乘絹紙	7／1	五／2230	
178	書夢中靴銘	7／2	五／2081	
179	記夢詩文	7／2	五／2163	
180	記夢中論《左傳》	7／2	五／2076	
181	記寶山題詩	7／3	五／2149	
182	書文忠贈李師琴詩	7／3	五／2250	
183	家藏雷氏琴	7／3	五／2243	
184	書林道人論琴棋	7／4	五／2250	
185	書蜀僧詩	7／4	五／2150	下／11（111）
186	記鐵墓厄臺	7／4	五／2075	
187	書汴河斗門	7／5	五／2075	

188	名西閣	7／5	五／2279	
189	黃僕射得道	7／5	六／2323	
190	書章誓詩	7／6	五／2161	
191	韓績酷刑	7／6	五／2290	
192	評七言麗句	7／7	五／2143	
193	書張長史書法	7／7	五／2200	
194	書淵明歸去來兮	7／7	五／2077	
195	改陶潛詩，以意改書	7／8	五／2098	上／6（22）
196	題淵明詩二首・其二	7／8	五／2091	
197	書淵明飲酒詩後	7／8	五／2091	
198	跋退之送李愿序	7／8	五／2057	
199	徐寅	7／9	五／2586	
200	書溫公誌文異壙之語	72062／9	五／	
201	八佾說	7／10	五／1991	
202	記陽關第四聲	7／10	五／2090	上／3（7）
203	鬼附語	7／11	六／2321	上／11（40）
204	三老人論年	7／11	六／2382	下／10（107）
205	記故人病	7／12	六／2376	
206	苦樂說	8／1	六／2377	
207	書南史盧度傳	8／1	五／2048	
208	書贈陳季常語	8／2	五／2133	
209	記所作詩	8／2	五／2130	
210	跋草書後	8／2	五／2191	
211	書董京詩	8／3	五／2117	
212	書海南風土	8／3	五／2275	
213	東坡遊天慶觀	8／4		
214	阮籍（世之所謂君子者）	8／4	五／2021	
215	書錢塘程奕筆	8／5	五／2233	
216	記汝南檜柏	8／5	六／2364	
217	判倖酒狀	8／6	五／1988	
218	題眞一酒詩後	8／6	六／2537	
219	僧自欺	8／6	六／2303	

220	書柳公權聯句	8／6	五／2106	
221	論食——爛蒸同州羔	8／7	六／2591	
222	居心靜	8／7		
223	題合江樓	8／7	五／2272	
224	漢高祖封羹頡侯	8／7	五／2041	
225	穆生去楚王戊	8／8	五／2007	
226	書米元章藏帖	8／8	六／2570	
227	書謗	8／9	五／2274	
228	王文甫達軒評書	8／9	五／2188	下／5（86）
229	四花相似說	8／10	六／2362	
230	芍藥與牡丹	8／10	六／2591	
231	朱暉非張林均輸說	8／10	五／2017	
232	書上元夜游	8／11	五／2275	
233	書杜介求字	9／1	五／2195	
234	不學子瞻書	9／1		
235	題李十八淨因雜書	9／1	五／2182	下／4（85）
236	論君謨書	9／1	五／2181	
237	記與君謨論書	9／2	五／2193	
238	自記吳興詩	9／2	五／2129	
239	辯曾參說	9／2	六／2546	
240	從召南之教	9／2		
241	睹書字	9／2	六／2540	
242	記赤壁	9／3	五／2255	
243	書清泉寺詞	9／3	五／2164	
244	書韋蘇州詩	9／4	五／2118	
245	贈別王文甫	9／4	五／2260	
246	書贈柳仲矩	9／4	五／2263	
247	桓範討曹爽	9／5	五／2042	
248	記黃州對月詩	9／5	五／2166	
249	久在江湖	9／6	六／2379	
250	仙不可力求	9／6	六／2379	
251	與郭生遊於寒溪	9／6		

252	題張白雲詩後	9／7	五／2166	
253	龐安常爲醫不志利	9／7	六／2341	
254	記張君宜醫	9／7	六／2377	
255	書戴嵩畫牛	9／8	五／2213	上／13（46）
256	張僧繇畫	9／8	五／2332	
257	書海苔紙	9／8	五／2232	
258	記太白詩二首・其一	9／8	五／2097	
259	題柳子厚詩二首・其二	9／8	五／2109	
260	書柳文瓶賦後	9／9	六／2543	
261	夾注轎子	9／9	六／2292	
262	人間無酒仙	9／9		
263	服松脂法	9／9	六／2353	下／1（70）
264	子美詩多舛	9／10	六／2375	
265	記徐州殺狗事	9／10	六／2375	
266	書煮魚羹	9／11	六／2592	
267	治目忌點濯說	9／12	六／2343	
268	記郭震詩	9／12	五／2130	
269	唐彬	9／13	五／2021	
270	記竹雌雄	9／13	六／2365	
271	費孝先卦影	10／1	五／2130	上／15（52）
272	艾人著炙法	10／1	六／2349	下／7（96）
273	論司馬相如創開西南夷路	10／1	五／2010	
274	柳子厚論伊尹	10／2	五／2036	
275	論董秦	10／3	五／2114	下／6（90）
276	近讀六祖壇經	10／3	五／2082	
277	潞公	10／4	六／2586	
278	夢南軒	10／4	五／2778	
279	梁上君子	10／4	六／2384	
280	記導引家語	10／4	六／2080	下／9（103）
281	書茶與墨	10／4	六／2576	
282	又書茶輿墨	10／5	六／2577	上／15（53）
283	記參寥龍丘答問	10／5	六／2304	

284	書浮玉買田	10／5	五／2259	
285	師中菴題名	10／5	六／2581	
286	書郭文語	10／6	五／2079	
287	顏回簞瓢	10／6	五／2001	
288	試墨	10／7	五／2221	
289	書雪堂義墨	10／7	五／2225	
290	記海南作墨	10／7	五／2229	
291	記溫公論茶墨	10／7	五／2227	
292	竇嬰田蚡好儒	10／8	五／2011	
293	記漢時講堂	10／8	五／2256	
294	太息一章送秦少游章秀才	10／8	五／1979	
295	井華水	10／9	六／2349	上／15（51）
296	評詩人寫物	10／10	五／2143	
297	題廉州清樂軒	10／10	五／2277	上／9（31）
298	書薛能茶詩	10／10	五／2113	
299	書司空圖詩	10／11	五／2119	
300	書邁詩	10／11	五／2154	下／4（83）
301	題淵明詩二首	10／11	五／2091	
302	臨皋亭下雪水	10／11		
303	王衍之死	10／12	五／2025	
304	石崇婢知人	10／12	五／2024	
305	記遊白水嵓	10／12	五／2269	
306	記卓契順茶問	10／12	六／2303	
307	跋所贈疊秀書	10／13	五／200	
308	題嘉祐寺壁	10／13	五／2270	
309	記石塔長老答問	10／13	六／2304	
310	改觀音經	10／13	六／2082	
311	荔枝似江瑤柱說	11／1	六／2363	
312	題李伯祥詩	11／1	五／2136	
313	鄭君先輩	11／1		
314	有二措大言志	11／2	六／2381	
315	書賈祐論眞玉	11／2	五／2252	

316	常德必吉	11／2	六／2378	
317	釋天性	11／2	六／2539	
318	書贈王十六二首之二	11／2	五／2189	
319	書布頭牋	11／2	五／2231	
320	書贈孫叔靜	11／3	五／2231	
321	書南華長老重辯師逸事	11／3	五／2053	
322	題羅浮	11／4	五／2268	
323	題棲禪院	11／4	五／2672	
324	書贈邵道士	11／5	五／2083	
325	李衛公言	11／5		
326	唐制樂律	11／5	五／2039	
327	記鄭君老佛語	11／5	六／2380	
328	妙總	11／6	六／2299	
329	維琳	11／6	六／2300	
330	圓照	11／6	六／2300	
331	秀州長老	11／6	六／2300	
332	楚明	11／6	六／2300	
333	仲殊	11／7	六／2300	
334	守欽	11／7	六／2301	
335	思義	11／7	六／2301	
336	思聰	11／7	六／2301	
337	可久清順	11／7	六／2302	
338	法穎	11／7	六／2302	
339	惠誠	11／8	六／2302	
340	羅浮道士何宗一	12／1		
341	桃符仰視艾人	12／1	六／2382	
342	代茶飲子	12／1	六／2351	
343	書陸道士詩	12／2	五／2121	
344	李若之布氣	12／2	六／2333	
345	慎言語、節飲食	12／3		
346	書天臺玉板紙	12／3	五／2241	
347	書月石屏硯	12／3	五／2241	

348	事不能兩立	12／3	六／2379	下／6（91）
349	書贈王文甫	12／3	五／2188	
350	書贈王十六二首之一	12／3	五／2189	
351	諸葛亮八陣	12／4	五／2018	
352	貴戚專殺	12／4	五／2025	
353	書贈游浙僧	12／4	五／2276	
354	張鎬爲江海客	12／4	五／2225	
355	跋歐陽文忠公書	12／5	五／2204	
356	記與君謨論書	12／5	五／2193	
357	記趙貧子語	12／5	六／2376	
358	管幼安賢於荀孔	12／6	五／2019	

三、《東坡志林》、《仇池筆記》見於《蘇軾文集》之篇數對照表

《蘇軾文集》題跋雜文總篇數	括號為佚篇數	《東坡志林》見於《蘇軾文集》篇數	《仇池筆記》見於《蘇軾文集》篇數	《四庫全書》‧《東坡文集》
雜著（卷64）25	（17）	5	5	有題跋小品之數
史評（卷65）88	（1）	63	4	
題跋——雜文（卷66）94	（19）	31		
題跋——詩詞（卷67）86	（32）	31	22	
題跋——詩詞（卷68）102	（10）	28		
題跋——書帖（卷69）126	（12）	14（另佚篇2）	6	
題跋——畫（卷70）35	（3）	2（另佚篇2）	2	
題跋——紙墨（卷70）39	（2）	8（另佚篇2）	3	
題跋——筆硯（卷70）36	（2）	6		
題跋——琴棋雜器（卷71）34	（6）	6		
題跋——游行（卷71）65	（6）	21	1	
雜記——人物（卷72）68	（1）	46（另佚篇2）	11	記55
雜記——軍事（卷72）29	（0）	18	5	異事42
雜記——修煉（卷73）14	（3）	4		
雜記——醫藥（卷73）35	（6）	14	11	祭祀57
雜記——草木飲食（卷73）30	（22）	14（另佚篇2）	1	古跡46
雜記——書事（卷73）28		20		論古13
其他		13（含〈雪堂記〉文410）		
總計934則	（142）則	358則	124則	213則

由以上三表所列，則

1.《蘇軾文集》所收東坡題跋小品文最全凡934篇。

2.《蘇軾文集》、《志林》、《仇池筆記》所載相同者甚多。如《志林》358則，見於《東坡文集》有341則，佔95.3%。《仇池筆記》124則中有88則，佔71%。

3.《仇池筆記》與《志林》相同有68則。佔《仇池筆記》的54.8%；佔《志林》的19%。

4.是以為文取資料，應相互並看，是以列表如上。